# 田中英光傑作選

オリンポスの果実／さようなら　他

田中英光
西村賢太編

角川文庫
19403

# 目次

本文校訂　西村賢太

# オリンポスの果実

# 1

秋ちん。

と呼ぶのも、もう可笑しいようになりました。熊本秋子さん。あなたも、たしか、三十に間近い筈だ。ぼくも同じく、二十八歳。すでに女房を貰い、子供も一人できた。あなたは、九州で、女学校の体操教師をしていると、近頃風の便りにききました。時間というのは、変なものです。十年近い歳月が、当時あれほど、あなたの事というと興奮して、こうした追憶をするのさえ、苦しかったぼくを、今では冷静におししずめ、ああした愛情は一体なんであったろうかと、考えてみるようにさせました。

恋というには、あまりに素朴な愛情、ろくろく話さえしなかった仲でしたから、あなたはもう忘れているかもしれない。しかし、ぼくは今日、ロスアンゼルスで買った記念の財布のなかから、あのとき大洋丸で、あなたに貰った、杏の実を、とりだし、ここ京城の陋屋の陽もささぬ裏庭に棄てました。そのとき、急にこうしたものが書きたくなったのです。

これはむろん恋情からではありません。ただ昔の愛情の思い出と、あなたに、お聞きしたかったことが、聞けなかった心残りからです。

思わせぶりではありますがその言葉は、この手記の最後まで、とっておかして下さい。

## 2

あなたにとってはどうでしょうか、ぼくにとって、あのオリムピアへの旅は、一種青春の酩酊のごときものがありました。あの前後を通じて、ぼくはひどい神経衰弱にかかっていたような気がします。

ぼくだけではなかったかも知れません。たとえば、すでに三十近かった、ぼく達のキャプテン整調の森さんでさえ、出発の二三日前、あるいかがわしい場処へ、デレゲエション・バッヂを落してきたのです。

モオラン(Morning-run)と称する、朝の駆足をやって帰ってくると、森さんが、合宿傍の六地蔵の通りで背広を着て、俯いたまま、何かを探していました。駆けているぼく達――といっても、舵の清さんに、七番の坂本さん、二番の虎さん、それに、ぼくといった真面目な四五人だけでしたが――をみると、森さんは、真先に、ぼくをよんで、「オイ、大坂、いっしょに探してくれ。」と頼むのです。ぼくの姓は坂本ですが、七番の坂本さんと間違え易いので、いつも身体の大きいぼくは、侮蔑的な意味も含めて、大坂と呼ばれていました。

そのとき、バッヂを悪所に落した事情をきくと、日頃いじめられているだけに、皆が笑うと一緒に噴き出したくなるのを、我慢できなかったほど、好い気味だ、とおもいましたが、それから、暫くして、ぼくは、森さんより、もっとひどい失敗をやってしまったのです。

出発の前々夜、合宿引上げの酒宴が、おわると、皆は三々五々、芸者買いに出かけてしまい、残ったのは、また、舵の清さん、七番の坂本さん、それと、ぼくだけになってしまいました。ぼくも、遊びに行こうとは思っておりましたが、兎もあれ東京に実家があるので、一度は荷物を置きに、帰らねばなりません。

その夜は、いくら飲んでも、酔いが廻らず、空しい興奮と、練習疲れからでしょう、頭はうつろ、瞳はかすみ、瞼はおもく時々痙攣していました。なにしろ、それからの享楽を妄想して、夢中で、合宿を引き上げる荷物も、いい加減に縛りおわると、清さんが、「坂本さん、今夜は、家だろうね。」とからかうのに、「勿論ですよ。」こう照れた返事をしたまま、自動車をよびに、戸外に出ました。

そのとき学生服を着ていて、協会から、作って貰った、揃いの背広は始めて纏う嬉しさもあり、その夜、遊びに出るまで、着ないつもりで手をとおさないまま、蒲団の間に、つつんでおいた、それが悪かったんです。はじめから、着ていればよかった。

運転手と助手から、荷物を運び入れてもらったり、ぼくは、自動車の座席にふんぞりかえり、その夜の後の享楽ばかり思っていました。なにしろ、二十のぼくが、餞別だけで二百円ばかり、ポケットに入れていたんですから――。

その頃、ぼくは、銀座のシャ・ノワールというカフェのN子という女給から、誘惑されていました。そして、それが、ぼくが好きだというより、ぼくの童貞だという点に、迷信じみた興味をもち、かつ、その色白で、瞳の清しい彼女が、先輩Kさんの愛人である、とも、きかされていました。その晩、それを思い出すと、腹がたってたまらず、よし、俺でも、大人並の遊びをするぞと、覚悟をきめていた訳です。が、流石にこうやって働いている運転手さん達には、すまなく感じ、うちに着いてから、七十銭ぎめのところを一円やりました。

宅に入ると、助手が運んでくれた荷物は、ぐちゃぐちゃに壊れている。が、最初のぼくの荷造りが、いい加減だったのですから、気にもとめず、玄関へ入り、その荷物を置いたうしろから顔をだした、皺と雀斑だらけの母に、「ほら、背広まで貰ったんだよ。」と手を突ッこんで、出してみせようとしたが手触りもありません。「おやッ。」といぶかしく、運んでくれた助手に訊ねてみようと、表に出てみると、もう自動車は、白い烟りが、かすかなほど遥かの角を曲るところでした。「可笑しいなァ。」とぼやきつつ、ふたたび玄関に入って、気づかう母に、「なんでもない。あるよ、あるよ。」といいながら、包みの底の底までひっくり返してみましたが、ブレザァコオトはあっても、背広の影も形もありません。なにしろ明後日、出発のこととて、外出用のユニホオムである背広がなくなったらコオチャアや監督に合せる顔もない、金を出して作り直すにも日時がないとおもうと根が小心者のぼくのことである。もう、顔色まで変ったのでしょう。はや、キンキン声で、「お前はだらしがないからねエ。」と叱りつける母には、「あア、合宿に忘れてきたんだ。もう一度帰ってくる。大丈夫だよ。」といいおき、また通りに出ると車をとめ、合宿まで帰りました。

艇庫には、もう、寝てしまった艇番夫婦をのぞいては、誰一人いなくなっています。二階にあがり、念の為、押入れを捜してみましたが、もとより、あろう筈がありません。

もう、先程までの、享楽を想っての興奮はどこへやら、ただ血眼になってしまった、ぼくは、それでも、ひょッとしたら落ちてはいないかなアと、浅ましい恰好で、自動車の路すじを、どこからどこまで、這うようにして探してみました。そのうち、ひょッとしたら、合宿の戸棚のグリス鑵の後ろになかったかなアと、溝のなかをみつめている最中、ふとおもいつくと、直ぐまた合宿の二階に駆けあがって、戸棚をあけ、鉄亜鈴やエキスパンダアをどけてやはり鑵の背後にないのをみると否々、ひょッとしたら、あの道端の草叢のかげかもしれないぞと、また周章て、駆けおりてゆくのでした。

捜せば、捜すだけ、なくなったということだけが、はっきりしてきます、頭のなかは、火が燃えているように熱く、空っぽでした。もう、駄目だと諦めかけているうち、ひょッとしたら、さっき家で、蒲団を全部、拡げてみなかったんじゃなかったか、という錯覚が、ふいに起りました。そうなると、また一も二もありません。一縷の望みだけをつないで、また車をつかまえると「渋谷、七十銭。」と前二回とも乗った値段をつけました。

と、その眼のぎょろっとした運転手は、「八十銭やって下さいよ。」とうそぶきます。場所が場所だけに、学生の遊里帰りとでも、間違えたのでしょう、ひどく反感をもった態度でしたが、こちらは何しろ気が顚倒しています。言い値どおりに乗りました。

ぼくは、車に揺られているうち、どうも、はじめの運転手に盗られたんだ、という気がしてきました。（彼奴に一円もやった。泥棒に追銭とはこのことだ。）と思えば口惜しくてならない。たまりかねて、「ねエ、運転手君。……」と背広がなくなったいきさつを全部、この一癖ありげな運転手に話してきかせました。すると、彼は自信ありげな口調で、「そりゃア。やられたにきまっているよ。こんな商売をしているのには、そんなのが多いからね。」とうなずきます。ぼくは、「そうかねエ。」と愚にもつかぬ歎声(たんせい)を発したが、心はどうしよう、と口惜しく、張り裂けるばかりでした。が、その運転手は同情どころかい、といった小面憎さで、黙りかえっています。

それでいて、家につくと、彼は突然、ここは渋谷とはちがう、恵比寿だから、十銭ましてくれ、ときりだしました。てッきり、嘗められたと思いましたから、こちらも口汚く罵りかえす。と、向うは金挺(レバー)をもち、扉(ドア)をあけ、飛びだしてきました。「喧嘩か。ハ。面白いや。」と叫び、ええ、やるか、と、ぼくも自棄だったのですが、もし血をみるに到ればクリュウの恥、母校の恥、おまけにオリムピック行は、どうなるんだと、思いかえし、「オイそれじゃア、交番に行こう。」と強く云いました。「行くとも！　さア行こう。」たけりたった相手は、ぼくの肩を摑みます。振りきったぼくは、ええ面倒とばかり十銭払ってやりました。「ざまア見ろ。」とか棄台詞(すてぜりふ)を残して車は行きました。ぼくは、前より余計しょんぼりとなって玄関の閾(しきい)をまたいだのです。

気の強い母は、ぼくの顔をみるなり、嚙みつくように、「あったかえ。」と訊ねました。ぼくは無言で、荷物のところへ行くと、蒲団はすでに畳んで、風呂敷が、上に載っています。どうしていいか分らなくなったぼくは、空の風呂敷をつまんで、振って、捨てると、ただ、母の怒罵をさける為と、万一を心頼みにして、「やっぱり合宿かなア。もう一度、捜してくらア。」と留める母をふりきり、家を出ました。勝気な母も、やっぱり女です、兄が夜業でまだ帰りませんし、「困ったねエ。」を連発していました。

　ぼくはまた、自動車で、渋谷から向島まで行きました。熱が出たようにあつい額を押え、憤りと悔いにギリギリしながら、艇庫につき、念を入れてもう一回、押入れなぞ改めてはみましたが夜も更け、人気のない二階はたださえ、がらんとして、いよいよ、もう駄目だ、という想いを強めるだけです。

　ぼくは二階の廊下を歩き、屋上の露台のほうへ登って行きました。眼の下には、鋭い舳（バウ）をした滑席艇（スライデングシエル）がぎっしり横木につまっています。そのラッカア塗りの船腹が、仄暗（ほのぐら）い電灯に、丸味をおび、つやつやしく光っているのも、妙に心ぼそい感じで、ベランダに出ました。遥か、浅草の装飾灯が赤く輝いています。時折、言問橋を自動車のヘッドライトが明滅して、行き過ぎます。すでに一艘の船もいない隅田川がくろく、膨らんで流れてゆく。チャップチャップ、船台を洗う波の音がきこえる、ぼくは小説（ロマンス）めいた気持でしょう。死にたくなりました。死んだ方が楽だと、感じたからです。

　大体が、文学少年であったぼくが、ただ、身体の大きいために選ばれて、ボオト生活、約一箇年、「昨日も、今日も、ただ水の上に、陽が暮れて行った。」と日記に書く、気の弱いぼくが、それも一人だけの、新人(フレッシュマン)として、逞しい先輩達に伍(ご)し、鍛えられていたのですから、ぼくにとっては肉体的の苦痛も、ですが、それよりも、精神的なへばりのほうが我慢できなかった。

ぼくは、ボオトのことばかりでなく、日常生活でも、することが一々無態(ぶざま)だというので、先輩達にずいぶん叱られた。叱られた上に馬鹿にされていました。ぼくみたいに、弱気な人間には、ひとから侮辱されて抵抗の手段がないと諦め切る時ほど、悲しい事はありません。なにをいっても、大坂(ダイハン)は怒らない、と先輩達は、感心していましたが、怒ったら、ボオトを止めるよりほかに手段がない。また、そうしてボオトを止めるのは、ぼくのひそかに傲慢な痩意地にとって、自殺にもひとしかった。

それで、背広を失くした苦痛に、加えて、こうした先輩達の罵声が、どんなに辛辣であろうかと、思っただけでもたまりません。蔭口(かげぐち)や皮肉をとばす、整調森さんの意地悪さ、面とむかって「ぶちまわすぞ。」と威(おど)かす五番松山さんの凄まじさ、そうした予感が、堪えがたいまでに、ちらつきます。またそうした先輩達の咎から、いつも庇ってくれるコオチャアやO・B達に対しても、ぼくの過失はなお済まない気がします。

悶え悶え、ぼくは手摺(てすり)によりかかりました。其処は三階、下はコンクリイトの土間です。飛び降りれば、それでお終(しま)い。思い切って、ぼくは、頭をまえに突き出しました。恰度手摺が腰の辺に、あたります。離れかかった足指には、力が一杯、入っています。「神様！」ぼくは泣いていたかもしれません。しかし、その瞬間、ぼくが唾をすると、それは落ちてから、水溜りでもあったのでしょう、ポチャンという、微かな音がしました。すると、ぼくには、不意と、なにか死ぬのが莫迦々々しくなり、殊に、死ぬまでの痛さが身に沁みておもわれ、いそいで、足をバタつかせ、圧迫されていた腸の辺りを、まえに戻しました。いま考えると、可笑しいのですが、そのときは満天の星、銀と輝く、美しい夜空のもとで、ほんとに困って死にたかった。

　そんな簡単に、自殺をしようと考えるのには、多分、耽読した小説の悪影響もあったのでしょう。ぼくは冷たい風が髪をなぶるのに、やッと、気がつきかけたが、もうなんとしても、背広は出てこないという点に、考えがぶつかると、やはり死の容易さに、惹かれてゆきます。ぼくは、なにか、ほかの方法で死にたいと、思いました。身投げは泳げるし、鉄道自殺は汚い、ああ、もう、と目茶苦茶な気持に駆りたてられ、合宿横にある交番に、さしかかると、「オイ。」と巡査に呼び咎められました。それ迄は、これから、向島の待合に行って、芸者と遊んだ末、無理心中でもしようかという虫の良い料簡も起しかけていたのですが、ハッと冷水をかけられた気が致しました。

　こんなに夜遅く、学生がへんな恰好でうろついていたからでしょう。巡査は、ぼくの傍にきて、じっとみつめてから、なんだという顔になり、「ああ君はWの人じゃないか。」といい、大学の艇庫ばかり並んでいる処ですから、ボオト選手の日頃の行状を知っていて、「いいねエ。君等は。飲みすぎですか。」と笑いかけます。ぼくの蒼ざめた顔を、酒の故とでも思ったのでしょう。照れ臭くなったぼくは、折から来かかった円タクを呼びとめ、また、渋谷へと命じました。

家に着いたぼくは、なにもいわず、ただ「ねかしてくれ。」と頼んだそうですが、あまり顔色と眼付が変なのに、心配した母は、すぐ、叱りもせずに、床をしいてくれました。翌朝、眼の覚めたときは、もう十時過ぎでしたろう。枕もとの障子一面に、赫々(かくかく)と陽がさしています。「ああ、気持よい。」と手足をのばした途端、襖ごしに、舵手の清さんと、母の声がします。ぼくの胸は、直ぐ、一杯に塞(ふさ)がりました。

もう寝たふりをして置こうと、夜着をかぶり、聴きたくもない話なので、耳を塞いでいると、そのうち、また眠ってしまったようです。あの頃は、よく眠りました。練習休みの日なぞ、家に帰って、食べるだけ食べると、あとは、丸一日、眠ったものです。それ程、心身共に、疲れ果てていたのでしょう。処が、やがて、「やア、坊主、ねてるな。」という兄の親しい笑い声と、同時に、夜着をひッぱがれました。二十歳にもなっているぼくを、坊主なぞ呼ぶのは、可笑しいのですが、早くから、父を失い、いちばん末ッ子であったぼくは、家族中で、いつでも、猫ッ可愛がりに愛されていて、身体こそ、六尺、十九貫もありましたが、ベビイ・フェイスの、未だ、ほんとに子供でした。

ぼくの蒲団をまくった兄は、母から事情をきいたとみえ、叱言一つ、いわず、「馬鹿、それ位のことで、くよくよする奴があるかい。さァ、一緒に、洋服を作りに行ってやるから、起きろ、起きろ。」とせかしたてるのです。ぼくは途端に、「ほんと。」と飛び起きました。兄は会社関係から、日本毛織の販売所に、親しいひとがいて、特に、二日で間に合うように頼んでやる、というので、ぼくは大慌てに、支度を始めました。

あとになって、判ったのですが、この朝、老いた母は、六時頃に起きて、合宿まで行ってくれ、また合宿では、清さんがひとり、明方に帰って来ていて、母から話をきくと、一緒に、家まで様子を見にきてくれたとのことでした。清さんは、ぼくを落着くまで、静かにほって置いたほうが好いだろう。背広のことは、コオチャアや監督に、よく話をしておきます。災難だから、仕方がない。明朝、出発のときは、ブレザァコオトをきて、颯爽と出て来るように云って下さい。なァに、学生服で、あちらに行ったって、差支えないでしょう、と言い置いてくれた由。兄は、其の頃、すでに、共産党のシンパサイザァだったらしいのですから、ぼくや母の杞憂は、てんで茶化していたようでしたが、流石に、一人の弟の晴衣とて心配してくれたとみえます。母といい、兄といい肉親の愛情のまえでは、ひとことの文句も言えません。

服は仮縫いなしに、ユニホオムと同色同型のものを、出帆の時刻までに、間に合してくれることになりましたが、やはり出来てきたのは少し違うので、ぼくはこの為、旅行中、背広に関しては、いつも顔を赤らめねばなりませんでした。

3

出発の朝、ぼくは向島の古本屋で、啄木歌集『哀しき玩具』を買い、その扉紙に、『はろばろと海を渡りて、亜米利加へ、ゆく朝。墨田の辺りにて求む。』と書きました。それから、合宿で、恒例のテキにカツを食い、一杯の冷酒に征途をことほいだ後、晴れのブレザァコオトも嬉しく、ほてるような気持で、旅立ったのです。

あとは、御承知のようなコオスで、大洋丸まで辿りつきました。文字通りの熱狂的な歓送のなか、名も知られぬぼくなどに迄、サインを頼みにくるお嬢さん、チョコレエトや花束などをくれる女学生達。旗と、人と、体臭と、汗に、揉まれ揉まれているうち、ふと、ぼくは狂的な笑いの発作を、我慢している自分に気づきました。

勿論、こんなに盛大に見送って頂くことに感謝はしていたのです。ことに、京浜間に多い工場という工場の、窓から、柵から、或いは屋根にまで登って、日の丸の旗を振ってくれていた職工さんや女工さんの、目白押しの純真な姿を、汽車の窓からみたときには、思わず涙がでそうになりました。

しかし、例の狂的な笑いの発作が、船に乗って、多勢の見送り人達に、身動きもならないほど囲まれると、また、我慢できぬほど猛烈に、起ってきて、ぼくは教わったばかりの船室（ケビン）にもぐりこみ、思う存分、笑ってから、再びデッキに出たのです。昔、教えて頂いた中学、学院の諸先生、友人、後輩連も来ていてくれました。銅鑼（どら）が鳴ってから一件の背広を届けに、兄が、母の表現を借りると、スルスルと猿のように、人波をかきわけ登ってきて呉（く）れました。これは帰朝してから、聞いたことですが、故郷鎌倉での幼馴染の少年少女も来ていてくれたそうです。なかでも、波止場の人混みのなかで、押し潰されそうになりながら、手巾をふっている老母の姿をみたときは目頭が熱くなりました。周囲に、家の下宿人の親切な人が、二人来ていてくれたので安心しながら、ぼくは、兄が買ってくれたテエプを抛（ほう）りましたが、なかなか母にとどきません。

女学生の一群にとび込んだり、学校の友人達の手にはいったりしても、母にはとどかないのです。その内、漸（ようや）く、一つが、母の近くの、サラリイマン風の人に取られたのを、下宿人のHさんが話して、母に渡してくれました。少しヒステリイ気味のある母は、テエプを握り、しゃくり上げるように泣いていました。あまり泣くのをみている内、なにか、ホッとする気持になり、左右を見廻すと、大抵の選手達が、誰でも一人は、若い女のひとに来て貰っている、花やかさに見えました。
ぼく達のクルウでも、豪傑風な五番の松山さん迄が、見知り越しのシャ・ノワールの女給とテエプを交しています。殊に美男（ハンサム）な、六番の東海さんなんかは、テエプというテエプが綺麗な女に握られていました。肉親と男友達の情愛に、見送られているぼくは幸福には違いありません。が、母には勿体（もったい）ないが、娘さんがひとり交っていて、欲しかった。

その淋しい気持は出帆してからも続きました。見送りの人達の影も波止場も霞（かす）み、港も灯台も隔たって、歓送船も帰ったあと、花束や、テエプの散らかった甲板にひとり、島と、鷗（かもめ）と、波のうねりを、見詰めていると、もはや旅愁といった感じがこみあげて来るのでした。

出発時の華やかな空気はその儘（まま）、船を包んで――ぼく達のクルウにも残っていました。朝のデンマアク体操も、B甲板を廻るモオニング・ランも、午前と午後のバック台も棒引きも、隅田川にいるときとは比べものにならないほど楽だったし、皆も、向うに着くまではという気が、いくらかはあったのでしょう。東海さんや、補欠の有沢さんを中心とする惚（のろ）け話や、森さんや松山さんを囲んでの色話（エロ）も、盛んなものでした。

合宿の頃から、ずうッと一人ぼっちだったぼくは、多勢の他チィムのなかに雑ると、余計さびしく、出帆してから二三日、練習以外の時間は、ただ甲板を散歩したり、船室で、啄木を読んだり、船室が、相部屋の松山さん、沢村さんに占領されているときは、喫煙室で、母へ手紙を書いたりしていました。

故国を離れてから三日目、ぼくは恥かしい白状をしなければなりません。無暗に淋しくなったぼくはスモオキング・ルウムの片隅で、とても非常識な手紙を書こうとしていたのです。無論、書きかけた丈で、実行はしませんでしたが、その前年の夏、鎌倉の海で、一寸遊んだ、文化学院のお嬢さんに、ラブレタアを書いてやろうと思ったのです。返事は多分、向うに着いて貰えるだろうと思いましたが、その、円(つぶ)らな瞳をした、お嬢さんには、すでに恋人があったかも知れないとおもうと、気恥かしくなって来て、止めにしました。

## 4

やはり、あなたと初めてお逢(あ)いした晩のことは、はっきり憶(おぼ)えています。

例の、食事中にはネクタイをきちんと結べ、フォオクをがちゃつかすな、スウプを飲むのに音を立てるな、頭髪に手を触れるな、といった食卓作法(テエブルマナア)も、まだ出発して一週間にならない、あの頃はよく守られていました。

そうした夕食後の一刻を、やはり新人(フレッシュマン)の為、仲間はずれになっている、ＫＯのフォァァの補欠で、銀座ボオイの綽名（あだな）のある、村川と、一等船客専用のA甲板を――Aデッキを練習以外には使うな、などという規則が守られていたのは、初めの二三日でした。――ぶらついていると、「オーイ、活動が一等の食堂にあるぞオ。」と誰かが、叫んで、四五人、駆けて行きました。「行って見ようや。」とぼくは村川を誘い、KOの二番の柴山、補欠（サブ）の河堀とも一緒になって、デッキを降り、食堂に入って行きますと、映画は始まっていて、代表選手の練習を集めた実写物らしく女子選手のダイヴィングが、空中に美しい弓なりの弧を描いているところでした。

ぼく達、ボオトの場景が最後（ラスト）を飾り、観ていれば、撮影された覚えもある荒川放水路、蘆（あし）の茂みも、川面（かわも）の漣（さざなみ）も、すべて強烈な斜陽の逆光線に、輝いているなかを、エイト・オアス・シエルの影画（シルエット）が、キラキラする水を鋭く切り、凄まじい速さで、進んでゆくのでした。影画のようなオォルでも、上げれば、水泡と、飛沫が、同時に光ります。「いいなア。」と誰かが溜息をついていました。漕いでいれば、あんなに辛いものでも、見ていれば綺麗に違いありません。

映画が済んでから、またAデッキに出てみますと、太平洋は、けぶるような朧月夜（おぼろづきよ）でした。霧がすこしたれこめ、うねりもゆるやかな海面を、眺めながら、Bデッキへの降り口にまで来たときです。甲板の反対側から、廻ってきた、あなた達と、ぱったり一緒になってしまいました。雀のように喋りあっているあなた達に、村川は、「どうぞ、お先に。」とふざけて、云いました、女子ハアドルの内田さんが、先に進みでて、先に進みでて、「おおきに。」と澄ましたお辞儀をしたので、あなた達は笑い崩れる。

　そのとき、全く偶然で、すぐ前にいたあなたに、ぼくが「活動みていたんですか。」ときいた。あなたは驚いたように顔をあげて、ぼくをみた、真面目になった、あなたの顔が、月光に、青白く輝いていた。それは、童女の貌と、成熟した女の貌との混淆による奇妙な魅力でした。

　みじんも化粧もせず、白粉のかわりに、健康がぷんぷん匂う清潔さで、あなたはぼくを惹きつけた。あなたの言葉は田舎の女学生丸出しだし、髪はまるで、老嬢のような、ひっつめでしたが、それさえ、なにか微笑ましい魅力でした。

　あなたは、薄紫の浴衣に、黄色い三尺をふッさりと結んでいた。そして、「ボオトはきれいねエ。」と云いながら、袖をひるがえして漕ぐ真似をした。ぼくは別れるとき、「お名前は。」とか、「なにをやって居られるんですか。」とか、訊きました。そしたら、あなたは、「うち、いややわ。」と急に、袂で、顔をかくし、笑い声をたてて、バタバタ駆けて行ってしまった。お友達のなかでいちばん背の高いあなたが、子供のように跳ねてゆくところを、ぼくは、拍子抜けしたように、ぽかんと眺めていたのです。その癖、心のなかには、潮のように、温かいなにかが、ふッふッと沸き、荒れ狂ってくるのでした。

船室に帰ってから、ぼくは大急ぎで、選手名簿を引き出し、女子選手の処を、探してみました。すると、あなたの顔ではありますが、全然、さっきの魅力を失った、ただの田舎女学生の、薄汚く取り澄ました、肖像が発見されました。そこに（熊本秋子、二十歳、K県出身、N体専に在学中、種目ハイ・ジャンプ記録一米五七。）と出ているのを、何度も読みかえしました。なかでも、高知県出身とある偶然さが、嬉しかった。ぼくも高知県——といっても、本籍があるだけで、行ったことはなかったのですが、それでも、この次、お逢いしたときの、話のきっかけが出来たと、ぼくには、嬉しかった。

5

翌朝から、ぼくは、あなたを、先輩達に云わせれば、まるで犬の様につけまわし出しました。船の頂辺のボオト・デッキから、船底のCデッキまで、ぼくは閑さえあると、くるくる廻り歩き、あなたの姿を追って、一目遠くからでも見れば、満足だったのです。

その晩、B甲板の船室の蔭で、あなたが手摺に凭れかかって、海を見ているところを、みつけました。腕をくんで背中をまるめている、あなたの緑色のスエタアのうえに、お下げにした黒髪が、颯々（さっさつ）と、風になびき、折柄の月光に、ひかっていました。勿論ぼくには、馴々しく、傍によって、声をかける大胆さなどありません。只、あなたの横にいた、柴山の肩を叩き、「なにを見てる。」と尋ねました。それは、あなたに云った積りでした。柴山は、「海だよ。」と答えてくれました。ぼくも船板（ふなばた）から、見下した。真したには、すこし風の強いため、舷側に砕ける浪が、まるで石鹸（シャボン）のように泡だち、沸騰して、飛んでいました。

次の晩、ぼくが、二等船室から喫煙室のほうに、階段を昇って行くと、上り口の右側の部屋から、潑剌（はつらつ）としたピアノの音が、流れてきます。〝春が来た、春が来た、野にも来た〟と弾いているようなので、そっとその部屋を覗くと、あなたが、ピアノの前にちんまりと腰をかけ、その傍に、内田さんが立っていました。

二人は、覗いているぼくに気づくと、顔を見合わせ、花やかに、笑いだしました。その花やいだ笑いに、つりこまれるように、ぼくは、その部屋が男子禁制のレディス・ルウムであるのも忘れ、ふらふらと入り込んでしまいました。あなた達は、怪訝な顔をして、ぼくを見ています。ぼくも入ったきり、なんとも出来ぬ、羞恥にかられ、立ちすくんでしまった。

すると、あなた達はそそくさ、部屋を出て行きました。ぼくも、その後から、急いで逃げだしたのです。

翌晩、船で、簡単な晩餐会があって、その席上、選手全員の自己紹介が行われました。なにしろ元気一杯な連中ばかりですから、潑剌とした挨拶が、食堂中に響き渡ります。槍の丹智さんが女にしては、堂々たる声で、「槍の丹智(TANCHI)で御座います。」とお辞儀をすると、TAをCHIと聴き違え易いものですから、男達は、どっと笑い出しました。ぼくには、大きな体の丹智さんが、呆気(あっけ)にとられ、坐(すわ)りもならず、立っているのが、その時には、ほんとうにお気の毒でした。いつもなら、無邪気に笑えたでしょう。が、あなたの上に、すぐ考えて、それが如何(いか)にも、女性を穢(けが)す、許されない悪巫山戯(わるふざけ)に、思えたのです。

ぼくの番になったら、美辞麗句を連ね、あなたに認められようと思っていたのに、恥かしがり屋のぼくは、口のなかで、もぐもぐ、姓と名前を云ったら、もうお終いでした。

あなたの番になると、あなたは、怖じず臆せず明快に、「高飛びの熊本秋子です。」と名乗って着席しました。ぼくには、その人怖じしない態度が好きだった。

それから何日、経ったでしょう、ぼくはその間、どうしたらあなたと友達になれるかと、そればかりを考えていました。前にも云ったとおり、恥かしがりで孤独なぼくには、なにかにつけ、目立った行為はできなかった。

ある夜、船員達の素人芝居があるというので、皆一等食堂に行き、すっかりがらんとしたあとぼくがツウリスト・ケビンの間を歩いていますと、仄明るい廊下の端れに、月光に輝いた、実に真ッ蒼な海がみえました。と、その間から、ひょいと、あなたの顔が、覗いてひっこんだのです。ぼくは我を忘れ駆けて行ってみました。すると、手摺に頬杖ついた、あなたが、一人で月を眺めていました。月は、横浜を発ってから大きくなるばかりで、その夜は恰度十六夜あたりでしたろうか。太平洋上の月の壮大さは、玉兎、銀波に映じ、といった古風な形容がぴったりする程です。満々たる月、満々たる水といいましょうか。澄みきった天心に、皎々たる銀盤が一つ、ぽかッと浮び、水波渺茫と霞んでいる辺りから、すぐ眼の前までの一帯の海が、限りない縮緬皺をよせ、洋上一面に、金光が、ちろッちろッと走っているさまは、誠に、もの凄まじいばかりの景色でした。

ぼくは一瞬、度胆を抜かれましたが、こんな景色とて、これが、あの背広を失った晩に見たらどんなに詰らなく見えたでしょうか。いわばあなたとの最初の邂逅が、こんなにも、海を、月を、夜を、香わしくさせたとしか思われません。ぼくは胸を膨らませ、あなたを見つめました。

その夜のあなたは、また、薄紫の浴衣に、黄色い三尺帯を締め、髪を左右に編んでお下げにしていました。化粧をしていない、小麦色の肌が、ぼくにしっとりとした、落着きを与えてくれます。顔つき合わせては、恥かしく、というより、何も彼にもが、しろがね色に光り輝く、この雰囲気のなかでは、喋るよりも黙って、あなたと、海をみているほうが、愉(たの)しかった。

　随分、長い間、沈黙が続いた後で、ぽつんとぼくが、「熊本さんも、高知ですか。」と訊ねました。あなたは頷(うな)ずいてから、「坂本さんは、高知の、どこでしたの。」と云います。「いや、高知は両親の生れた所ですけれど、まだ知りません。ずっと東京です。」「そう。高知は良い国よ。水が綺麗だし、人が親切で。」「ええ、聴いています。母がよく、話してくれます。ほら、よさこい節ってあるんでしょう。」「ええ、こんなんですわ。」とあなたは、悪戯(いたずら)ッ児(こ)のように、くるくる動く黒眼勝の、睫の長い瞳を、輝かせ、靨(えくぼ)をよせて頬笑むと、袂を翻えし、かるく手拍子を打って『土佐は良いとこ、南を受けて、薩摩颪(さつまおろし)がそよそよと。』と小声で歌いながら、ゆっくり、踊りだしました。

　ぼくが可笑しがって、吹出すと、あなたも声を立てて、笑いながら、『土佐の高知の、播磨屋(はりまや)橋で、坊さん、簪(かんざし)、買うをみた。』と裾をひるがえし、活潑(かっぱつ)に、踊りだしました。文句の面白さもあって、踊るひと、観るひと共に、大笑い、天地も、為に笑った、と云いたいのですが、これは白光浄土とも呼びたいくらい、荘厳な月夜でした。

　しかし、その月光の園の一刻は、長かったようで、直ぐ終ってしまいました。それは、あなたの友達の内田さんが、船室の蔭から、ひょッこり姿を、現わしたからです。

内田さんも、あなたの様子にニコニコ笑って来るし、ぼく達も、笑って迎えましたが、ぼくにとっては月の光りも、一時に、色褪せた気持でした。

6

それから、三人揃って、芝居を見に行きました。なにをやっていたか、もう忘れています。多分、碌々(ろくろく)、見ていなかったのでしょう。ぼくは別れて、後ろの席から、あなたの、お下げ髪と、内田さんの赤いベレエ帽が、時々、動くのを見ていたことだけ憶えています。

それからの日々が、いかに幸福であったことか。未だ、誰にも気づかれず、ぼくはあなたへの愛情を育てていけた。ぼくはその頃あなたと顔を合せるだけで、もう満ち足りた気持になってしまうのでした。朝の楽しい駆足、Aデッキを廻りながら、あなた達が一層下のBデッキで、デンマアク体操をしているのが、みえる処までくると、ぼくはすぐあなたを見附けます。

なかでも、長身なあなたが、若い鹿のように、嫋(たお)やかな、ひき緊(しま)った肉体を、リズミカルにゆさぶっているのが、次の一廻り中、眼にちらついています。今度、デッキの上を駆ける頃になると、あなたは、海風に髪を靡(なび)かせながら、いっぱいに腕を開き、張りきった胸をそらしている。その真剣な顔付が、また、次の一廻り中、眼の前にある。その次、Bデッキの上まで来るとあなたは腕をあげ脚を思い切り蹴上げている、というように、以前は、嫌いだった駆足も、駆けている間中、あなたが見えるといった愉しさに変りました。

それからすっかり腹を空かした朝の食事、オオトミイルに牛乳をなみなみと注いで、あなたを見ると、林檎を丸噛りに頬張っているところ、なにかふっと笑っては、自分に照れ、俯いてしまいます。(よく、食うなア。)と、あなたに云った積りですが、案外、自分のことでしょう。

朝飯を食うと午前中の練習で、八時半から十一時頃まで、ボオト・デッキの体育室（ギムナジユウムルーム）の前に置いてあるバック台を、まず、三百本以上は、定まって引きました。大体、三番の梶さんと、四番のぼくは並んで引くのが原則ですが、下手糞な為、時々、五番の松山さんや整調の森さんとも引きます。ぼくは、胴が長くて、上体が重く、いつも起上り（レカバリー）が、おくれて、叱られるのですが、あの数日は、すばらしい好調でした。

いつもは隣りのバック台に、合わそうとすればする程合わないのが、その頃は合わそうとしないでも、いつの間にかチャッチャッとリズムが出てくるのです。身も心も浮々していて、普段は音痴のぼくでも、ひどく音楽的になれたのでしょう。そのリズムに乗ってしまえばしめたもので、カタンと足で蹴り身体を倒した瞬間、もう上半身は起き上り、スウッと身体は前に出てゆきます。手首をブラッと突きだし、全身が倒れた反動で、ひとりでに進むのをゆるくセエブしながら、みはるかす眼下ひろびろと、日に輝く太平洋が青畳のように凪いでいるのを見るのは、まことに気持の好いものです。

そんな時、監督に廻って来た総監督の西博士が、コオチャアの黒井さんに、「みんな、坂本君位、身体があれば、大したものだなア。」と褒めて下さるのを聞くと、いつもクルウの先輩連からは、「大きな身体を、持てあましていやがって――。」など云われているだけに、思わず、ハッとあがってしまい、又普段の地金が出るのではないかと固くなるのでした。

ある日、バック台を引いたあとで、腕組みをしながら、あとの人達のやるのを見ていて、ひょいと眼をあげると、あなたの汗ばんだ顔が、体育室の円窓越しに、此方を眺めていました。ぼくは直ぐ、恥かしくなって、視線をそらせようとすると、あなたも、寂しいくらい白い歯をみせ、笑うと、窓硝子をトントン拳で叩く真似をしてから、身をひるがえし逃げてゆきました。

それからと云うものは、ぼくは、バック台をひき乍らも、背後の体育室のなかで、かすかに、モオタアの廻り出す音でも、聞えると、あなたが来ているかなと、胸が昂まるのでした。

いつでしたか、いちばん後まで残り、バック台を蔵(しま)ってからも、皆、降りて行ってしまうまで海を眺めるふりをし、誰もいなくなってから、体育室に入ってみました。すると、あなたと、内田さんが、木馬に乗って、ギッコンギッコンと凄まじい速さで、上ったり下ったりしています。おまけに、あなた達はパンツ一枚なのですから、太股(ふともも)の紅潮した筋肉が張りきって、プリプリ律動するのがみえ、ぼくはすっかり駄目になり、ほうほうの態(てい)で、退却したことがあります。

午後は、ぼく達の棒引きが終ってから、あなたがたの練習をみるのが、また楽しみでした。

殊に、あなたのアマゾンヌの様な、トレエニング・パンツの姿が、A甲板の端から此方まで、風をきって疾走してくる。それも、ひどく真剣な顔が汗みどろになっているのが、一種異様な美しさでした。

（視よ、わが愛する者の姿みゆ。視よ、山をとび、丘を躍りこえ来る。わが愛する者は獐(しか)のごとく、また小鹿のごとし。）

紫紺のセエタアの胸高いあたりに、紅く、Nipponと縫いとりし、踝(くるぶし)まで同じ色のパンツをはいて、足音もきこえぬくらいの速さで、ゴオルに躍りこむ。と、すこし離れている、ぼくにさえ聞えるほどの激しい動悸、粒々の汗が、小麦色に陽焼けした、豊かな頬を滴たり、黒いリボンで結んだ、髪の乱れが、頸(くび)すじに、汗に濡れ、纏りついているのを、無造作にかきあげる。

七番の坂本さんが、ぼくの肩を叩いて、「すごいなア。」という。あなたの真剣さに、感動したのでしょう。「ええ。」と頷きながら、ぼくはふいと目頭が熱くなったのに、自分で驚き、汗を拭う、ふりをすると、慌てて船室に駆け降りました。

舷（ふなばた）では、槍の丹智さんが、大洋にむかって、紐（ひも）をつけた、槍を投げています。ブンと風をきり、五十米も海にむかって、突き刺さって行く槍の穂先が、波に墜ちるとき、キラキラッと陽に眩めくのが、素晴らしい。と、上の甲板からは、ダイヴィングの女子選手が、胴のまわりを、吊鐶（つりわ）で押えたまま、空中に、サッと飛びこむ。アクロバットなどより真面目な美しさです。

と、また、男達のほうでも、ボクサアは、喰いつきそうな形相で、サンドバッグを叩いていますし、レスラアは、筋肉の塊りにみえる、すさまじさで、ブリッヂの練習。体操の選手で、贅肉のない浮彫のような体を、平行棒に、海老上りさせては、くるくる廻っています。おおかた上のプウルでは、水泳選手の河童連が、水沫をたてて、浮いたり沈んだり、ウオタアポロの、球を奪いあっているのでしょう。

それでありながら、古代ギリシヤ、ロオマの巨匠達が発見した、人間の文字通り具体的な、観念に憑かれぬという意味での美しさが、百花撩乱と咲き乱れておりました。

しかしながら、その中に育った、ぼく達の愛情は、肉体の露わにみえる処に、あればあるほど肉体的でない、まるで童話（メルヘン）の恋物語めいた、静かさでありました。あなたと語り合うことは、恐しく、眼を見交すことが、楽しく、黙して身近くあるよりも、ただ訳もなく一緒に遊んでいるほうが、嬉しかったのです。

夜の食事のときなど、メニュウが、手紙になったり、先の方に絵葉書がついていたりします。ぼくはその上に書く、あなたへの、愛の手紙など空想して、コオルドビイフでも噛んでいるのです。メニュウには、殆（ほとん）ど錦絵が描かれています。歌麿なぞいやですが、広重の富士と海の色はすばらしい。その藍のなかに、とけこむ、ぼくの文章も青いまでに美しい。ところで、あなたはパセリなど銜（くわ）えながら、時々こちらに、ちらっと笑いかけてくれるのでした。

夜は、概して平安一路な航海、月や星の美しい甲板で、浴衣がけや、スポオツドレスのあなたが、近くに仄白く浮いてみえるのを、意識しながら、照り輝く大海原を、眺めているのは、また幸福なものでした。

なかでも、わけて愉しかったのは、昼食から三時までの練習休みの時間、大抵のひとが暑さにかまけて、昼寝でもしているか、涼しい船室を選んで麻雀でも、闘かわしているのに、ぼくは炎熱で溶けるような甲板の上ででも、あなたや内田さんと、デッキゴルフや、シャブルボオドをして遊んでいれば、暑さなど、想ってもみない、楽しさで充実した時間でした。

飯を食うと、ぼくは直ぐAデッキに出て、コオチャア黒井さんが昼寝している横の、デッキ・チェアに腰を降し、瀝青(チャン)のように、たぎった海を見ています。暫く経ってから、黄色いブラッスに白いスカアトをはいた、あなたと、赤いベレエ帽に、紺の上衣を着た内田さんとが、笑いながらやって来ます。内田さんは、ぼくに、「ぼんち、デッキ・ゴルフやろう。」と云ってから、今度は黒井さんの手をひっぱって、無理に起します。黒井さんは、「ああア。」と大欠伸(あくび)をしてから、周囲をみまわし、「大坂(ダイハン)とか、よし、また、ひねってやろう。」とゆっくり立上るのでした。

そこで、あなたと内田さんの組と、ぼくと黒井さんの組が対抗してゲエムを始めます。ぼくにとって、勝負なぞ、初めは、どうでも好いのですが、やはり良い当りをみせて、あなたの持ち輪を圏外の溝のなかに、叩き落したときなぞ、思わず快心の笑みがうかぶ、得意さでした。

ことに、ぼくをいつも庇護してくれる黒井さんが、そういうとき、「うまい。」と一言、褒めてくれるのが、ふだんクルウの先輩達が、ぼくをまるで、運動神経の零(ゼロ)なように、コオチャアに云いつけているのを知っているだけ、とても嬉しかったのです。

勿論、あなた達のほうでも、ぼく達を負かしたときには、手を叩いて、嬉しがっていた。勝負の面白さが、純粋に勝負だけの面白さで、その時には、恋も、コオチャアも、女も、利害も、過去も未来もなかったのです。

後年、ぼくは、或る女達と、もっと恋愛らしい肉体的な交際を結びました。しかし、それが、所謂（いわゆる）恋愛らしい、形を採ればとるほど、ぼくは恋愛を装って、実は、損得を計算している自分に気づくのでした。

おもうに、あのとき、燃える空と海に包まれ、そして、焼きつくような日光をあびた甲板に、勝っているときは嬉しく、負けたときは口惜しく、遊びの楽しさの他には、なにもなかった。ぼくは、本当に、黄金の日々を過していたのでした。

もう、あの日当りでのデッキ・ゴルフの愉しさは、書くのを止めましょう。もっと、純粋な愉しさがあって、書けば書くほど、嘘になる気がします。

しかし、此の黄金の書に、ものを書く時間は短く、これと殆ど同時に、ぼくには、大きな不幸が忍びよって来ていました。それは、まず第一に、ほかの人間達が、ぼく等の友情のなかに、影を落して来だしたことです。次には、ぼく達が、他の人達に注目されるほど、仲良くなって行ったことです。

## 7

ある日、写真機を持出した村川が、ぼくを呼んで、あなたと内田さんの写真をとるから誘うてきてくれ、と云います。ぼくが、「いやだ。」と断ると、「なんでい、熊本は、お前のいう事なら、きくよ。」と笑います。

結局、あなた達の写真を貰える嬉しさもあり、白地に、紫の菖蒲を散らした浴衣をきたあなたと、紅いレザアコオトをきた内田さんを、ボオト・デッキの蔭に、ひっぱり出し、村川が、写真を撮り、また、ぼくと村川の写真を、内田さんが撮りました。二三日経って、出来上った写真を、交換し、サインもし合っていました。あなたの顔は、眼が円く、鼻がちんまりして、色が黒く、いかにも、漁師の娘さんといった風だし、内田さんの顔は、また、色っぽい美人の猫、といった感じに撮れていたので、皆で、それを指摘し合っては、騒々しく笑っていると、東海さんが、通りかかり、ものも云わず、写真をとり上げ、一寸見るなり、「フン。」と鼻で笑って、抛り出し、行ってしまった。

その晩でしたか、七番の坂本さんが、女子選手のブロマイドを買い、皆に見せながら、一々名前をきいていましたが、なかに分らないのがあって、誰か、名簿を取りに立とうとすると、東海さんが、突然、大声で、「大坂に聞けよ。大坂は、女の選手のことなら、とても詳しいんだ。」といいます。昼間の写真のことだなと、ぼくは胸に応えました。すると、松山さんが、「ほう、大坂はそんなに、女子選手の通なんか。」といったので、皆、笑いだしたけれど、ぼくには、そのときの、誰彼の皮肉な目付が、ぞっとするほど、厭だった。

又ある日、ぼくが、練習が済み、水を貰おうと、食堂へ降りて行くと、入口でぱったり、あなたと同じジャムパアの中村さんに、逢いました。と、十六歳のこの女学生は、突然、ぼくの顔を覗きこむように、「うちの写真、貰ってくれやはる。」といいます。

驚いて、まじまじしているのに、「ここで待っててね。」といいざま、子栗鼠のような素早さで、とんで行き、ぼくが椅子に腰かける間もなく、ちいさい中村さんは、息をきり、ちんまりした鼻の頭に汗を掻き、駆け戻って来ると、ぼくの掌に、写真を渡し、また駆けて行ってしまいました。

あとでみた、写真には、ハアト形のなかに、お澄ましな田舎女学校の三年生がいて、おまけに稚拙なサインがしてあるのが、いかにも可愛く、ほほ笑んでしまった。

当時、すこし自惚れて、考え違いしていましたが、これは多分、同室のあなた達が、ぼくや村川の写真を、中村さんにみせたので、少女らしい競争心を出し、まず、ぼくに写真をくれたのでしょう。

その後、暫くしてから、「坂本さん、ボオトの写真、うち、欲しいわ。」と女学生服をきた彼女から、兄貴にでもねだるようにして、せがまれました。「いやだ。」というと、「熊本さんにはあげた癖に。――」と、口をとがらせ、イィをされたので、驚いたぼくは、バック台を引いている写真をやってしまいました。

こうした風に、段々、へんな噂がたつのに加えて、人の好い村川が、無意識にふりまいた、デマゴオグも、また相当の反響があったと思われます。

未だ、ませた中学生に過ぎなかった彼としては、自分が、いかに女の子と親しくしているかを、大いに、みせびらかしたかったのでしょう。それだけ、ぼくより、無邪気だったとも、云えますが、ぼくにしてみれば、彼が、あなた達、女子選手をいかにも、中性の化物らしく批評し、「熊本や、内田の奴等がなア。」と二言目には、あなた達が、村川に交際を求めるような口吻を弄し、やたらに、写真を撮らしたり、ぼく達四人の交友を、針小棒大に云い触らすのをきいては、癪に触るやら、心配やら、はらはらして居りました。

併し、これは、人間の本能的な弱さからだと、ぼくには許せる気になるのでしたが、同時に、誰でもが持っている岡焼き根性とは、いっても、クルゥの先輩連が、ぼくに浴びせる罵詈讒謗には、嫉妬以上の悪意があって、当時、ぼくはこれを、気が変になるまで、憎んだのです。

その頃、整調でもあり主将もしている、クルウでいちばん年長者の森さんは、ぼくをみると、すぐこんな皮肉をいうのでした。「大坂は、熊本と、もう何回接吻をした。」とか「お尻にさわったか。」とか、或いは、もっと悪どいことを嬉しそうに言って、嘲笑するのでした。

七番のおとなしい坂本さんまでが、「大坂（ダイハン）は秋ちゃんと仲が良いのう。」とひやかし半分に、ぼくの肩を叩きます。六番の美男の東海さんは、「蟋蟀（きりぎりす）みたいな、あんな女のどこが好いのだ。おい。」と、ぼくの面をしげしげとのぞいて尋ねます。五番の柔道三段の松山さんは、「腐れ女の尻を、犬みたいに追いまわしやがって――。」とすごい剣幕で、睨みつけます。三番の、もとはぼくを正選手（レギュラア）に引張ってくれた、沢村さんまでが、「あんな女のどこが好いかのう。女が珍らしいのじゃろう。不思議だのう。」と、みんなに訊ねるようにするのが癖でした。二番の虎さんは、広い胸幅を揺りあげ、その話をするときは、ぼくを見ないようにして、「でれでれしやがって。」と、忌々しそうに、痰を吐きとばします。この態度が、むしろ、好きでした。

舳手（バウ）の梶さんは、ぼくの次に、新しい選手ですし、それに、七番の商科の坂本さん、二番の専門部の虎さんと共に、クルウの政経科で固めた中心勢力とは、派が合わぬだけ、別に何んともいわず、皆と一緒にいるときに、軽蔑した風をしていますが、ひとりで逢うと、時々、「おおいに若いときの想い出をつくれよ。」とか、文科の学生らしく、煽動してくれました。こうして、好意とまでゆかないでも、気にしないでいてくれる、梶さん、清さんのような人達もありましたが、前述したような、クルウ大方の空気は、ひがんでいるぼくにとって、最早、クルウのなかばかりでなく、船中の誰も彼もが、白眼視しているような気になり、切なくてたまらなかったのです。

例えば、船に、横浜解纜(かいらん)の際、中学の先生から紹介して貰った、Kさんという、中学で四年先輩のひとが、見習船員をしておりました。Kさんは、未だ高等商船を出たばかりで、学生気の抜けない明るい青年で、後輩のぼくの面倒をよくみてくれて、船の隅々迄、案内もしてくれるし、一緒に記念撮影などもしていました。

ところが、その頃、船の前端にある彼の部屋に、夜遊びに行ってみると、何かのきっかけで、Kさんが、「女子選手ッて、みんな、凄いのばかりだね。」といいだしました。ビクッとしたのになおも、「あれで、男の選手へ、モオションをかけるのが、いるっていうじゃないか。アッハッハ……。」と大口あいて笑うのです。

その時は、てッきり、ぼくにあてこすっているのか、忠告しているのかと、取り、早々に逃げ出したのですが、それからは、なるべく、Kさんにまで逢わないようにしていました。しかし、いま考えれば、これも、ぼくのひがみだったのです。

## 8

横浜を出てから一週間も経った頃、朝の練習が済むと、B甲板に、全員集合を命ぜられました。役員のひとりで、豪放磊落(らいらく)なG博士が、肩幅の広い身体をゆすりあげ、設けの席につくと、みんなをずっと見廻したのち、

「諸君。ぼくはこんなことを、日本選手でもあり、立派な紳士、淑女でもある皆さんに、お話するのは、じつに残念であるが、止むを得ん。兎に角、本日只今から、男子と女子の交際は、絶対にこれを禁止する。

遊ぶのは勿論ならんし話をしても不可(いか)ん。今後、この規則を破るものがあったら、発見次第夫々(それぞれ)の所属チイムの責任者によって、処分して貰う。尚、その程度によっては、ホノルルなり、サンフランシスコなりに、船が着いたら、下船させてしまうぞ。スポオツマンとしての資格の欠けるものに、日本は選手として、出場して貰いたくないのだ。」

日頃、太ッ腹な氏としては、珍らしく、話すのも汚らわしいといった激越ぶりでした。ぼくにしてみれば、話の最中ふりかえって、此方をみる、クルウの先輩達もいるし、それでなくとも、氏の一言一句が、ただ、ぼくに向っての叱声に聞え、かあっと、あがってしまうのでした。氏は語をついで、

「だいたい、この前のアムステルダム行きの時は、このことを怖れ、男子船と女子船とを別々に立たせたものだ、今回も前に比べれば、人数も増えているし、万一のことがあってはと心配して『男女七歳にして席を同じうせず』式の議論から、別々に立たせるのを主張する人もあったが、ぼくは、『厳粛なる自由(スタアンリバティ)』を称え、笑って、その議論を一蹴(いっしゅう)した。諸君、もう一度、君達の胸のバッヂをみたまえ。光輝ある日の丸の下

に、書かれた Japanese Delegation の文字は、伊達では、ねエんだろ。俺は今朝、ある忌わしい場面を、この船の事務員が見たとか、いう話をきいたときは、初めは話のほうが信用できなかった。否、今でも、そんな話は信用しとらん。而し、こういった丈で、若し、その事実ありとしても、その当人達は、充分、自戒してくれると思う。頼むから諸君、二度と俺にこんなことを、言わさないでくれ。終りッ。」

そういい棄てると博士をはじめ、幹部連はさっさと引揚げてしまいましたが、そうなると、今度はかえって、あとの騒ぎが大変。どこにでもいる噂好きな人達が、大声で、見て来たような嘘をいいあったり、猥褻な想像をしあっては喜んでいる。そのなかで、ぼく一人、また一人ぼッち、茫然と身動きもできませんでした。

ボオトの連中はてっきり、ぼくとあなたをこの醜聞にあて嵌めてしまったのでしょう。森さんなんかは血相かえ、「俺達のなかで、困るのは、まあ大坂一人位のものだな。」と皮肉をいいます。松山さんは、「大坂だけ、困るんじゃねえぞ。ボオト部全体の恥だからな。」とぼくを、睨みつけます。と、東海さんが、「Gさんも、ああ云うんだし、皆でよく、今後を打合せたらどうだい。」と横目でぼくを見ながらいう。日頃、寡黙なKOの主将、八郎さんまで、「よかろう。」と積極的に喙をだします。結局、それからぼくの査問会らしきものが、皆で開かれることになりました。

尤(もっと)も、あとで考えると、G博士のいった醜聞は、子供ッぽいぼく等の友情などは、問題としておらず、先夜、ある男女が、ボオト・デッキの蔭で、抱擁し合っていたのを、船員にみられたという噂からだったのを、すでに連中は知っていたかとも思われますが――。

皆はぞろぞろ二等のサロンに入りました。ぼくは、勢い、衆目の帰する処です。出帆前からの神経異常が、あなたの愉しい交わりに、紛らわされてはいたが、こうした場合一度に出て来て、頭の芯は重だるく、気力もなくなり、なにをいわれても、聞いてはいずに肯(うなず)くばかりでした。

ぼくは前から、左側の瞼だけが二重で、右は一重瞼なのです。それを両方共、二重にする為には、眼を大きく、上に瞠(みは)ってから、パチリとやれば、右も二重瞼になる。それを、あなたと逢う前には、よくやって、顔を綺麗にしようと思ったものです。その癖が恰度、皆から査問を受けている最中、ひょっくり出て、瞳をパチリと動かす。と、森さんが、「おい、大坂(ダイハン)、止さんか。」と真ッ赤になって怒りだした。しまった。ぼくは取返しのつかない思いにうつむく。と、「どうしたんだ。」松山さんが、面白がり、声を荒げて聞いた。森さんが「否、厭らしいッたら、ありゃしない。此奴ったら。」と、ぼくのほうを顎でしゃくって、「ウインクの真似をしてやがるんだ。こんなにしてな。」と、さも厭らしく、三白眼をむいてみせます。「ハハア、それがウインクてんだな。新式の――。」と補欠（サブ）の佐藤が、憎らしく、お節介な口を出すと、皆がどッとふきだしました。

その笑いのなかで、ぼくはもう死にたい、という気がする程、弱虫でした。まだ、松山氏は、沢村さんに向って、「こんなにするんだとよ。気味が悪い。」とやって見せています。こんなふうに、皆から扱われるのには慣れていますが、あなたのことが、有るだけに、堪らなかったのです。

結局さんざん嘲弄されてから、解放されましたが、それからまた、バック台練習は、以前のように口喧（やかま）しく、先輩達から怒鳴られるようになるし、怒鳴られるほど、またギコチなくなって行きました。

こう書くと、いかにもぼくが、弱々しいだけに見えますが、先輩達だとて、ぼくが本当に弱く降参しきっていれば、あれ迄いじめなかったでしょう。加えて、ぼくには、文学少年にありがちな孤独癖がありました。それも生意気だとか、図々しいとか見られていたのでしょう。実際、図々しい処もありました。あなたから、此の手記の初めに書いた、杏の実を貰ったのは、その問題があった日の昼のことでしたから――。

とにかく、その日の昼は、もうあなたと遊べなくなった淋しさと、口惜しさから、殆ど飯も食べずに、トレイニング・パンツに着更え、誰もいないB甲板をうろついていると、ひょッくりあなたと小さい中村嬢に逢いました。

中村さんは、小さい唇をとがらせ、「うち、詰らんわァ。もう男のひとと、遊んではいけない云うて、監督さんから説教されたわ。おんなじ船に乗ってて、口利いてもいかん、なんて、阿呆らしいわ。」ぼくも合槌うって、「すこし、変ですね。」と云えば、あなたも「ほんとうに詰らんわァ。」中村嬢は、益々雄弁に「ほんとに嫌らし。山田さんや高橋さんみたいに、仰山、白粉や紅をべたべたに塗るひといるからやわ。」と、なおも小さな唇をつきだします。ぼくは只、中村さんに喋らしておいて、心のなかでは、詰らない、詰らない、と云い続けていました。

やがて、あなたは、剽軽に、「こんなにしていて、見つけられたら、大変やわ。これ上げましょ。」とぼくの掌に、よく熟れた杏の実をひとつ載せると、二人で船室のほうへ駆けてゆきました。ぼくも、杏の実を握りしめ、くるくると鉄梯子をあがって、頂辺のボオト・デッキに出ました。

太平洋は、日本晴の上天気。雲も波もなく、ただ一面にボオッと、青いまま霞んでいます。ぼくは、手摺に凭れかかって、杏を食べはじめました。甘酸っぱい実を、よく眺めては、食べているうち、ふっと瞼の裏が、熱くなりました。食いおわった杏の種子を、陽にかがやく海に、抛ろうとしてから、ふと思い直し、ポケットのなかに、しまいこみました。

しばらく海をみてから、もう練習かなと、Bデッキを瞰下すと、皆はまだ麻雀でもしているのでしょう。甲板にいるのはデッキ・チェアに寄りかかったあなたと、船客で羅府行きの第二世のお嬢さんだけ。二人で、なにか仲良さそうに話している。こちらは、莫迦みたいに、頰笑んで、瞰下していると、あなたは、直ぐ、気づき、上をむいて、にっこりした。隣りのお嬢さんも、おなじく見上げる、ぼくは、視線のやりばに困るから、船尾のほうを、眺めるふりをしている。とまもなく、第二世のお嬢さんは、眼をつむり、寝てしまっている様子です。

思いきって、ぼくが合図に、右手を高くあげると、あなたも右手をあげて振る。ほんとうに、片眼をおもいッきり、つぶってウインクをしてみる。あなたの顔は、笑いだす。ぼくも、だらしなくにこにこします。

一瞬、船は停り、時も停止し、ただ、この上もなく、じいんと碧い空と、碧い海、暖かい碧一色の空間にぼくは溶け込んだ気がしたが、それも束の間、ぼくは誰かにみられるのと、こうした幸福の持続が、あんまり恐しく、身体を飜えし、バック台の方へ、逃げて行き、こっとん、こっとん、微笑のうちに、二三回ひいてから、また手摺まで走って行ってはあなたに手をあげ、あなたも手をあげ応えると、また、にこにこと笑い交して、バック台まで逃げてゆく。そうしているときは愉しく、その想い出も愉しかった。

翌晩でしたか、ひどい時化の最中、すき焼会がありました。大抵のひとが出て来ないほど、船が、凄まじくロオリングするなか、ぼくは盛んに、牛飲馬食、二番の虎さんや、水泳の安さんなんかと一緒に、殆ど、最後まで残って、たしか飯を五杯以上は食いました。その飯には、杏の味の甘美さが、まだ残っている気がしたのでした。

そして、いよいよ Blue Hawaii です。

## 9

ハワイの想い出は、レイの花からでした。

第一装のブレザァコオトに着更え、甲板に立っていると、上甲板のほうで「鱶が釣れた。」と騒ぎたて、みんな駆けてゆきました。しかし、ぼくは漸く、雲影模糊とみえそめた島々の蒼さを驚異と憧憬の眼でみつめたまま、動く気もしなかったのです。

未知の国を初めてまのあたり眺める感動と、あなたへの思慕とがありました。其の頃、漸くにして、自分の技倆の未熟さはさておき、とにかく日の丸の下に戦わねばならぬ、自分の重責を、あなたへの思い深まるに連れて、深く自覚自責するものがありました。ぼくは、あなたへの愛情をどうしても、帰国後まで、大切に、蔵っておかねばならぬと、おもった。然し、具体的なことはまだ一言も云わなかったし、云えもしなかった。ぼくの焦燥はひどいものでした。

　ようやく波止場も見えてきて、全員集合を命ぜられたとき、いつもの様に、ぼくの眼は、あなたの姿を探していました。或る人達が、わめきちらす、女子選手達のお尻についての無遠慮な評言を、ぼくは堪えられないような弱い気になって、聞くともなく聞いていると、いちばん後れてあなたが、うち萎（しお）れた姿をみせた。

あなたは、先頃の明るさにひきかえ、一夜の中に、醜く、年老（としと）って、なにか人目を恥じ、泣いたあとのような赤い眼と手に皺くちゃの手巾を持っていました。ぼくは、あなたが、てっきりぼく達のことについて、なにか云われたのではないかと、勝手な想像をして、暗然となったのです。おまけに、そのときあなたはぼくが逢ってから、初めて厚目に、白粉をつけ、紅を塗っていた。その田舎娘みたいなお化粧が、涙で崩れたあなたほど、惨めに可哀想にみえたものはありません。

恰（あたか）も、直ぐそのあとで、ぼくの胸には、歓迎邦人からの、白い首飾りの花が掛けられました。有名な選手などは、二つも三つも掛けて貰っていましたが、ぼくが洋装をした田舎の小母さん然たる奥さんに、にこにこ笑いながら掛けて貰ったレイの花は、ひとつでも堪えられないくらい芳烈な香りを放っていました。ぼくは、その匂いのなかに、恋情の苦しさを甘くする術（すべ）を発見したのでした。

　それから間もなく催して頂いた、ハワイの官民歓迎会の、ハワイアン・ギタアと、フラ・ダンス、いずれも土人の亡国歌、余韻嫋々たる悲しさがありましたが、ぼくは、その悲しさに甘く陶酔している自分を、すぐ発見して、なにか可憐しく思ったのです。ハワイでは、あなたと一度も、話し出来ませんでしたが、ぼくは、美しい異国の風景のなかに、あなたの姿を、まぼろしに描くだけで、満足でした。

ぼく達が日本語よりも英語がうまいのを自慢にしている運転手君——と云うのは、ぼく達が波止場から邦人の提供してくれた、自動車に乗りこむと、早速、英語で話しかけて来て、皆が、第二世君と思っていたのに、土人かしらと、些か啞然としていると「あなた達、英語出来ないんですねェ。」と軽蔑したように、初めて日本語を使った——その小生意気な運転手君に連れられて一同と共に、奇勝ノアノパリに向う途中、もの凄い大雷雨に、襲われました。が、忽ち、からりと晴れると、なんと其の透き徹るような碧い空の見事さ。雨に濡れ、緑のいっそう鮮かに光り輝く、草木のあいだに、撩乱と咲き誇っている、紅紫黄白、色とりどりの花々の美しさ、あなたは、何処にでもいる気が、ふッと致しました。

ぼくはものを感じるのは、まあ人並だろうと、思っていますが、憶えるのは、面倒臭いと考える故もあって、自信がありません。

それで、ノアノパリの絶壁上に立ち、世界で三番目に強いと云われる風速何十米かの風、顔をたえず叩かれ上衣をしょっちゅう捲くられているような烈風、を受けつつ、眺めた景色は髣髴と、今でも浮んできます。眼前に展がる蒼茫たる平原、かすれたようなコバルト色の空、懸垂直下、何百米かの切りたった崖の真下は、牧場とみえて、何百頭もの牛馬が草を食んでいる。その牛馬一匹々々の玩具のような小ささ、でも流石に、獣の生々しい毛皮の色が、今も眼にあります。

しかし、後方右側に聳えたつ、なんとか峰はたえず陽に輝き、左側のなんとか峰はたえず雨に降られている。これは、その昔ハワイの王様なんとか一世が、なんとかいう蛮人の酋長を、火牛の戦法で、この崖から追い落した。で、陽の照っているほうは、なんとか一世の善霊、鎮まり、雨に降られているほうは、蛮人なんとかの悪霊、鎮まるという、こんな伝説の固有名詞は全部忘れてしまいました。が、折からの驟雨が晴れて、水々しい山頂をくっきりと玻璃のような青い空に、聳えさせていた峰々のうるわしさは、忘れません。

あなたはあのとき、びッしょり濡れて、善霊峰の下の洞穴に、風雨を避けていた。スカアトの襞も崩れ、半巾を冠って強風にあおられている。あなたは、朝の印象もあって、ばかに惨めにみえました。が、その苦しさも、ハワイの素晴らしい自然が、すぐ慰めてくれ、甘いものとする。そう考えるほど、ぼくは自分のなかだけで、恋情を、育てていたのです。

午後から、ハワイのロオイング倶楽部に、招待されて練習に行きました。コオスはほんとうに、草花につつまれているのどかさで、小波ひとつなく、目にみえる流れさえない掘割でした。隅田川の濁流、ポンポン蒸汽、伝馬船、モオタアボオト等に囲まれ、せせこましい練習をしていた、ぼく達にとっては、文字どおり、ドリイミング・コオスと云った感じです。艇は、固定席（フィックス）が滑席艇（スライデング）に移るまえにあった、ドギユウと日本では称しているような昔懐しいもの。それにオォルの握りも太く、ブレエドの幅も広く、艇は遅いけれど、バランスがよく、舟足も軽い。まっさおい水の上に、艇をポオンと置いてから、約一月ぶりに、シャッシャッと漕ぎだすと、一本々々のオォルに水が青い油のように、ネットリ搦みついて、スプラッシュなどしようと思っても、出来ないあんばい。三十本も漕ぐと、艇はたちまちコオスの端まで行ってしまう。河幅わずか十米あまり。漕いでいるオォルの先に、ぷうんと熱帯の花々が匂うばかりです。さすがに先輩たちも感にたえたか、ぼくはいつもの叱言一つさえ、聴きませんでした。五番の松山さんが、突然「あーア。」とおおきい溜息をつき「おーい、みんな、漕ぐのは止めろッ。寝ろッ寝ろッ。」と叫びさま、オォルをぽおんと投げだし、ぼくの太股のうえに、もぢゃもぢゃの頭を載せました。彼の鬼をも欺くばかりの貌が、ニコニコ笑うのをみると、ぼくは股の上の彼の感触から、へんに肉感的（センシュアル）なくすぐッたさを覚え、みんなに倣って、やはり三番の沢村さんの膝に、頭をのせ仰向けになりました。と、そんな吝な肉感なんか、忽ち、すッとんでしまうほど空はとろけそうに碧く、ギラギラ燃えていた。その空の奥に、あなたの顔の輪郭が、ぼおっと浮んだような気がしました。

あなたに逢いたい、逢いたいと思っていた。そうしたら、ワイキキ・ビイチに行く途中、凱旋門(がいせん)のところで、あなたと内田さん達の一行に、ぱったり逢いました。ぼく達の自動車は、助手席の処にぼく、うしろに三番の沢村さん、二番の虎さんなんかが乗っていた。あなたはその日、朝からずうっと萎れどおしのようでした。ただ、内田さんは、たいへん元気で、あなた達がつけたぼくの綽名(あだな)を呼び「ぼんぼん、アイスクリームあげよう。」と片手に、容器を捧げてとんで来ました。恰度、車が動きだしたところだったので、はにかみながら腕を伸ばした、ぼくには届かず、うしろの沢村さんが、ひッたくッてしまった。そして、なにか猥褻なことを内田さんに云い、自分もすこし照れた様子で、わざと「うまい。うまい。」と内田さんのほうに、みせびらかし乍(なが)ら、虎さんと食ってしまいました。虎さんも助平な事を云い、豪傑笑いしてから食っていた。

ぼくは甚だ、憤慨したが、弱いのだから止むを得ません。ただ、半べそを搔きつつ「ひどいわ。意地悪。」と叫んでいる内田さんに、たいへん愛情を感じました。

併し、それはその時に、沸き上った感情です。あなたに対しては、心の中で、すでに、愛さなければならないという規範を、打ち樹てていたと思います。ホノルル・ブロオドウェイの十仙店で、ぼくは、紅のセエム革表紙のノオトを買いました。初めて、米国の金でした買物、金五十仙也。ぼくは、それをあなたとの、日記帳にしようと思って厭らしく、紅い色のものを買ったのです。しかし、それも後から憶えば買わなかったほうが、いや買ったにしても、なんにも書かぬ白紙のなかに、記憶だけを止めておいたほうが、良かった結果になりました。

翌日の午後は、個人外出を許され、船の出帆時刻は、確か、七時でしたが、ひとりぽっちで歩いていても、面白くなく、帰ったならば、案外また、あなたに逢えるかとも思うと、四時頃からもう帰船しました。

午前中の甲板には銭拾いの土人達が多勢、集って来ていて、それが頂辺のデッキから、真ッ逆様に、蒼い海へ、水煙りをあげて、次から次へ、飛びこむと、こちらで抛った幾つもの銀貨が海の中を水平に、ゆらゆら光りながら、落ちて行く。それを逸早く、銜えあげたものから、ぽっかりぽっかりと海面に首を出し、ぷうっと口々に水を吐きながら、片手で水を叩き、片手に金をかざしてみせる。とまた、忽ち猿の如く甲板に攀じのぼってきては、同じ芸当を繰返すのでした。その中に、ぼくは片足の琉球人城間(グスクマ)某と云う、赤銅色の逞しい三十男を発見し、彼の生活力の豊富さに愕(おどろ)いたものです。

然し、外出から帰ってみると、甲板にはもう土人達は一人もいず、その代りに第二世のお嬢さんたちが、花やかに着飾って、まだ、あまり帰っていない選手達を取り巻いていました。

真面目でもあるし、殊にフェミニストの坂本さんが、矢張り、五六人のお嬢さん達に取り囲まれていましたが、ぼくの姿をみるなり「ああ坂本君。」と呼んで「この人もボオトの選手です。大きいでしょう。」とか、紹介しておいて、自分は歓迎に来ている県人会の人達のほうへ行ってしまいました。ぼくは周囲の女性達をみるなり、坂本さんが、ぼくに委して、立去ったのが、すぐ諒解できました。美醜はとわず、兎に角、その頃の言葉で、心臓の強いお嬢さん達でした。

いずれも二十歳前後の娘さんとみえますが、なかに一人、豊かに肥えた肩をむきだした洋装の、だぼ沙魚(はぜ)みたいなお嬢さんが、リイダア格で、「サインして下さいよう。」とサイン帳をつきだすと、あとは我も我もと、キャアキャア手帳をつきつけます。「ぼくなんかサインしても詰りませんよ。」と、それでも、押しつけられる儘に、ぼくが女持の万年筆を借りて、Xth Olympic, Japanese Rowing Team, No.4. S.Sakamoto と書きながら、驚いたのは、そのだぼはぜ嬢、「好いのよ。好いのよ。」と嬌声(きょうせい)を発し

「あなた、とても好いわ。」とぼくの肩に手を置いた事です。馬鹿です。ぼくは相好崩して喜んだらしい。「チャアミングよ。」というお嬢さんもいれば、「日本人で、こんなに大きい。スプレンディッド。」という女もいる。いよいよ、好い気持になって、ワアワアへしあってくる娘さん達の、香油と、汗と白粉のムッとする体臭にむせていると、いきなり、また吃驚りさせられました。というのは、そのだぼはぜ嬢が、愈々瞳に媚をたたえて、「けっして、助平とは思わないでね。」とウインクをするのです。失礼！が、ぼくはふき出したい衝動のあとで、泣き出したいような気になりました。だって、このお嬢さん達は、きっと祖国を知らないんだ。だから日本の礼儀、日本の言葉もよく知らないのだろう。笑ってはいけない、と思いました。で、「ええ、思いませんとも。」と真面目に云いきりましたが、そういう口の端から、へんに肉感的な微苦笑が唇を歪めるのを、押えられませんでした。

　すると、そのだぼはぜ嬢はいきなり、ハンドバッグのなかから、自分の写真を取り出し、サインをして、呉れます。と傍から、「わたしも上げる。」とか云いながら、パアスを探すお嬢さんがいます。二三枚、貰った写真は、何れもブロマイド式に凝ったものですが、正直、綺麗なひとは、一人もいませんでした。

　その上、「あなた、メモ貸して、ミイのアドレス書く。」と、だぼはぜ嬢が切り出し、また、続けて、二三人が、達者な英語で、御自分のアドレスを書いてくれました。

「あなた、向うのアドレス、着いたら、教えて。」とだぼはぜお嬢さんが云うのを、うんうん肯いている中、ぼくは、そのグルッペの隅に、ひとりの可憐な娘を見つけました。

美しい顔ではありませんが、色の黒い、痩せた顔に、子供らしい瞳が、くるくるしていて可愛らしい。先刻から、だぼはぜさんの蔭にかすんで、悄然（しょんぼり）しているのが、今朝からのあなたの姿に聯想（れんそう）され、「テエプ、この裡（うち）の一人に抛ってね。」とだぼはぜ嬢が自信ありげに念を押したとき、よしあの娘（こ）に抛ろうと、とっさに決めたのでした。

出帆の銅鑼が鳴りだしたとき、ぼくは白いテエプを、その娘に投げてやりました。淋しい顔立が、人混みに揉まれ、船が離れて行けば、いっそう頼りなげに見える、そのぼんやりした瞳に、ぼくが、テエプを抛ろうとすると、その瞳は、急に濡れてみえるほど、生々と光りだした気がしました。この娘は、まだ十七で、帰りに寄航したときも逢いましたし、内地に子供らしい手紙を度々、呉れました。

あとで、船室に集った、皆が、ハワイでの収穫を話しあったとき、坂本さんが、ニヤニヤ笑いながら、ぼくとだぼ沙魚（はぜ）嬢のロオマンスを素ッ破抜きました。こんな巫山戯た話になると、みんなとても機嫌よく、森さんが、先（ま）ず、「ほう、大坂（ダイハン）は、最近、大当りだな。」とひやかせば、松山さん、「色男は違うな。」と、大口開いて笑うし、虎さんは、「ドレドレ。」とだぼはぜ嬢の写真をとって見ようとする。「俺にも貸せ。」

と梶さんが手を伸ばす。「待て、待て。」と横から覗いていた沢村さんが怒る。あとは、ワアッと大笑いでした。

あなたとの友情も、こんなに巫山戯半分で、皆と共々に笑える余裕があったなら、あんなに皆から憎まれず、また、ぼくも苦しい想いをしなくても、済んだ、と思います。

## 10

それまでは皆、ぼくを精々、嫉妬するくらいで、別に詰問するだけの根拠はなかったのですが図らずも、布哇(ハワイ)で買った、紅いセエム革の手帳が、それに役立つことになりました。

布哇を出て、海は荒れだしました。甲板に出ても、これまで群青に、輝いていた穏かな海が、いまは暗緑色に膨れあがり、いちめんの白波が奔馬の鬣(たてがみ)のように、飛沫をあげ、荒れ狂うのをみるのは、なにか、胸塞る思いでした。船の針路を眺めると、二三間もあるような、大きなうねりが、屏風をおし立てたように、あとからあとから続いて来ます。

さすが、巨(おお)きな汽船だけに、まア、リフトの昇降時にかんじる、不愉快さといった程のものでしたが、やはり甲板に出てくる人の数は少なく、喫煙室(スモーキングルーム)で、麻雀でもするか、コリントゲエムでもやっている連中が多かったのです。

そういう時、ぼくは独り、甲板の手摺に凭れ、泡だった浪を、みつめているのが、何よりの快感でした。あなたとは、もう遊べませんでした。で、ぼくは、あなたとレエスのことばかり、空想していました。ボオトは、勝負はとにかく、全力を出し切らねばならない。全力を出し、クルウが遺憾なく、闘えたとします。そうしたら日本に帰って、あなたと堂々と結婚できると思う。

そんな風に楽しい空想を描いているときでも、絶えず、先輩達の眼、周囲の口が、想われて、それがなにより厭でした。こうした悪意に対して、ぼくは、それを、じっと受け応えるだけで、精一杯でした。

当時、ぼくは二十歳、たいへん理想に燃えていたものです。なによりも、貧しき人々を救いたいと云う非望を、愛していました。だから、その頃、なにか苦しい目にぶつかると、あの哀れな人達（プロレタリアート）を思えと、自分に云いきかせて、頑張ったものです。

それでいながら、例えば、舷側に沸きあがり、渦巻き、泡だっては消えてゆく、太平洋の水の透き徹る淡青さに、生命も要らぬ、と思う、はかない気持もあった。

船室では、同室の沢村さん松山さんが、いないときが多かったので、いつでも、自分の上段の寝室にあがり、寝そべって、日記をつけていました。日記の書き出しには、こんなことが書いてありました。

《ぼくはあのひとが好きでたまらない。此の頃のぼくはひとりでいるときでも、なんでも、あのひとと一緒にいる気がしてならない。ぼくの呼吸も、ぼくの皮膚も、息づくのが、すでに、あのひとなしに考えられない。たえず、ぼくの血管のなかには、あのひとの血が流れているほど、いつも、あのひとはぼくの身近にいる。それでいて、ぼくはあのひとの指先にさえ触ったことはないのだ。むろん触りたくはない。触るとおもっただけで、体中の血が、凍るほど、厭らしい。なぜだか、はっきり云えないが。

どこが好きかときかれたら、ぼくは困るだろう。それほど、ぼくはあのひとが好きだ。綺麗かときかれても、判らない、と答えるだろう。利巧かいといわれても、どうだか、としか返事できないだろう。気性が好きか、といわれても、さアとしか云えない、それ程、ぼくはあのひとについて、なんにも知らないし、知ろうとも、知りたいとも思わない。

ただ、二人でよく故里鎌倉の浜辺をあるいている夢をみる。ふたりとも一言も喋りはしない。それでいて、黙々と寄添って、歩いているだけで、お互いには、なにもかにもが、すっかり解りきっているのだ。あたたかい白砂だ。なごやかな春の海だ。ぼくは、その海一杯に日射しをあびているように、そのときは暖かい。

が目ざめてのち、ぼくはあのひとの幻だけとともに、まわりはつめたい鉄の壁にとりかこまれ漸く生きている気がする。
ぼくみたいな男でも、かりにも日本の Delegation として戦うのだ。自分の全力の砕けるまで闘わなければ済まない。恋なぞ、という個人的な感性は、揚棄(アウフヘエベン)せよ。それが、義務だという声もきこえる。それより、ぼくも棄てたいと望んでいる。が、そう考えているときのぼくに、はや、あのひとの面影がつきそっている。あのひとが、そう一緒に望んでくれる、と思うのだ。
これからのぼくは、一心に、あのひとを、どっかに蔵い込もう。日本に帰る日まで、一個人に立ち返れるまで、とこの言葉を呪文として、ぼくは、もう、あのひとの片影なりとも、心に描くまい。》

そう書いた、次の日の日記に、

《かにかくに杏の味のほろ苦く、舌にのこれる初恋のごと》

もっと、ここに書くのも気恥かしいほど、甘ったるい文句も書いてありました。で、ぼくは大切に、一々トランクの奥底にしまい込んでいたのです。

処が、ある日の午後、例によって、ベッドから、脚をぶらんぶらんさせ、トランクを台にして日記を書いていると、いま外に出たばかりの松山さんと沢村さんが、カッタア・シャツ一枚で、ぬッと入って来ました。

ぼくは、あなたのことを、感傷的な形容詞で一杯、書き散らしていたところですから、なにか照れ臭く、まごまごすると、慌てて、手帳をベッドの上の網棚に、抛りあげ、そそくさ、部屋を出て行きました。

二十分程してから、もういないだろうと、恐る恐る、扉をあけると、松山さんは、ぼくのトランクに腰をかけたままでしたが、沢村さんは、ぼくの顔を見るや、立ち上って、なにかを、ぼくの寝台に抛りあげ、そのまま、下段の自分のベッドに転がり、松山さんと、意味ありげに、顔を見合せ、ぼくのほうを振りかえります。

ぼくは、ばつが悪く、再び扉をしめ、出ようとすると、沢村さんが、「おい、大坂。」と呼びとめました。「え。」といぶかるぼくに、「ああ、ぼくはあの女が好きでたまらない、か。」と、ぼくの日記の一節を手痛く、叩きつけた。続いて、松山さんが、にこりともせず、怒ったような口調で、「あア、好きで好きでたまらない、か。」と云いざま、二人とも、声のない嘲笑を、ぼくの胸にねじこむような眼付で、ぼくの顔をみながら、ドアをばたんと、乱暴に閉め、足音高く、出て行きました。

ぼくはカアッとなり、屈辱の思いにひかれ、ベッドの上から、紅いセエム革の手帳を、鷲掴みにし、一気に、階段をとんであがり、誰もいない、Cデッキの蔭に行ってから、思いッきり、手帳をとおくに投げつけました。

手帳は、空中で風を受け、瞬間止ったようでしたが、ふっと吹き飛ばされると、もう、遥かの船腹におちていました。沸騰する飛沫に、翻弄され、そのまま碧い水底に沈んで行くかと思われましたが、不意と、ぽッかり赤い表紙が浮び、浮いたり、沈んだり、はては紅い一点となり、消えうせ、太平洋の藻屑となった。

## 11

愚かにもその晩、ぼくはよく眠れませんでした。

翌朝、いつもの様に、朝の駆足(モオラン)をやっているときです。あのときのオリムピック応援歌（揚げよ日の丸、緑の風に、響け君が代、黒潮越えて）その繰返し(リフレイン)で、（光りだ、栄だ。）と歌うべき処を、皆は、禿さんと蔭で呼んでいる黒井コオチャアへのあてこすりから、（光りだ、禿だ。）と歌うのです。ぼくは黒井さんが好きでしたし、その若禿の為に、許婚(いいなずけ)を失ったという、噂話もきかされているので、唱う気にはなれません。

と号令が速足進めに変り、「一(オイチ)、二(ニツ)、一(オイチ)、二(ニツ)。」と、黒井さんが調子を張り上げます。「四番、もっと手を振って。」と注意され、ぼくは勢いよく腕を振り上げようとすると、可笑しなことに、手と足と一緒に動き、交互にならないのです。例えば、右脚をあげると、自然に右腕が上って、左腕が上らないのです。無理に、互い違いに動かそうとすると、手が上らなくなるばかりではありません。歩けなくなるのです。

その不恰好なざまは、忽ち、皆に発見され、どッと笑いものにされて了(しま)いました。

「頼むぜ、おい、女の尻追いかけるのもいいが、歩くのだけは一人前に歩いて呉れよ。」と森さん。「ボオトがろくに漕げもせんと思ったら、よう歩けもせんのか。それでもよう女だけ、出来るもんじゃ。」と沢村さん。「貴様は、あまり女が好きだから、手も動かなくなるんじゃ。しっかり歩け。ぶち廻すぞ。」と松山さん。「やれやれ、なんと不器用かなア。」と東海さん。等々。

ぼくは自分の神経が病気なのを、はっきり感じました。なんの為に。紅いセエム革がちらつく気持でした。眩暈（めまい）が起ればよかったのです。がぼくは、そのまま歩き続けました。その中、黒井さんも手の上らないのを注意しなくなり、皆のぶッぶッ云うのも聞えなくなりました。

その日は、バック台も棒引きも、目茶苦茶でした。棒引はいつも、腕力のそう違わない沢村さんが相手なのに、その日は、力も段違いな松山さんが、前のバック台に坐り、「ほれっ、引いてみろ。」と頑張り、木株のような腕を曲げ、鼻の穴を大きくして、睨みつけます。その瞳には、むしろ敵意さえ感じられました。ちょッと縄を緩めてからパッと引くと訳ないのですが、それをやると、ひどく皆から怒られ、何遍でも遣（や）りなおしです。黒井さんが、「もう好い。」と云うまで、ぼくは油汗をだらだら流しづめでした。

晩になって、B甲板の捲揚台（ウインチ）のまわりに、皆が集っているので、行ってみると、腕（うで）

角力(ずもう)の最中でした。初め、ＫＯの八郎さんと、十九歳の美少年上原——彼はぼく同様新人ですが、商工部のときから漕いでいるし、ボオトも上手で、皆から愛されていました。——の二人がやって、八郎さんが負けると、「うん、上原はなかなか強い。俺とやろう。」と松山さんが節くれだった毛深い腕を出します。「いやア。」と上原も顔負けしながら、やってみると、矢張り、問題ではなく、松山さんが強い。

松山さんは機嫌よく、上原を賞めていましたが、ぼくと視線が合うと、忽ち、不機嫌な顔付きになって、「おい、大坂(ダイハン)、上原とやってみい。お前の方が、一ッ歳上じゃないか。」と、きめつけます。ぼくは今朝以来、自信が、少しもないので、「いや、上原君のほうが強いですよ。」とべそかき笑いをしますと、「ばか、貴様は、女の尻に喰いつくだけが、得意なんだな。」と罵り、豪傑笑いしてから、上原なんかと行ってしまいました。

周囲には、女の選手達、殊にちびの中村さんも居ましたので、ぼくは完全に度を失い、立ち去ろうとすると、中村さんが、少女らしく、傍にいる七番の坂本さんに、「ぼんちは身体が大きいけれど、弱いの。」と訊ねます。坂本さんは、ぼくをからかうように、「大坂(ダイハン)は温和(おとな)しいもんな。」と笑います。すると隣りにいた沢村さんが、大きな声で、「青大将なのよ。」とぼくのいちばん嫌う綽名を呼んでから、気持よさそうに笑い出しました。「まあ、青大将。」誰か、女のひとが、そう云って、くすッと笑うのに、羞恥で消え入りそうになりながら、ぼくは漸く、そこから逃出したのです。ひとりで、暗い海を暫くみてから、寝に帰ろうと、喫煙室のなかを通り抜けていると、一隅で沢村、森、松山、東海さん達が、麻雀をやっていましたが、「おい、おい。」と沢村さんが、ぼくを呼びとめます。

どうせまた、嘲弄されるとおもいましたが、知らん振りもできないので、近よると、「おい、さっき、中村がお前のことを、ボンチと呼んでいたが、あれはお前の綽名か。」とききます。「さアどうですか。」と白ばっくれるのに、「どういう意味か、知ってるか。」とニヤニヤ皆と目くばせしてから、尋ねます。関西弁で、坊ちゃんという事じゃないですか、と正直に答えようと思いましたが、また反感を買ってもと思い、「知りません。」と些かくすぐったい返事をすると、横から、東海さんが、大声で、「あれは関西で、白痴のことを云うんだよ。」と云えば、沢村さんも、「そうとも、ボンチはつまりポンチと同じことじゃ。阿呆のことをいうんだぞ。」と大笑い。と、森さんがしたり顔で、「ああ、それで解った。女の選手達が、大坂（ダイハン）のことをボンチとか、ボンボンとか呼んでいるのは、そういう意味か。」と云えば、松山さんも荒々しく、「大坂（ダイハン）よお前は惚れている女から、いつも莫迦と呼ばれているんだぞ。」と罵り、そこで皆から、ひとしきり嘲笑の雨。

ぼくは、しばしポカンとしていましたが、堪え切れなくなると、「そうですか。」と一言。泣きッ面をみられないようにまた暗い甲板に。

霧の深い晩なので、Aデッキから、ボオト・デッキに上り、誰にも見られず、索具の蔭で悲しもうと、近づいて行くと、向うから、靴音がきこえて来た。

やがて、靄（もや）の底から、ぼんやり現われたのは、立派な白髯を生した、紅毛のお爺さんでした。ぼくのしょんぼりした姿をみると、にこにこ笑いながら「How do you do?」と太い声できく。外人と話し合うのは初めてでしたが、先方の好意が感ぜられて、嬉しく、「Thank you, Sir. I'm very well.」と、サアをつけました。「That's good.」と、お爺さんは、重々しく、うなずいて「Are you a delegation of Japanese Olympic Team?」と尋ねます。「Yes, I am.」と云ってから、ニッコリ笑ってしまいました。すると、「What's team?」と訊いたような気がするので、「Boat Crew.」と答えますと、「What's?」と小首を傾けます。おや、間違ったかなと想い、出来るだけ叮嚀（ていねい）に、「Please say once more.」と頼むと、からから笑い、サッカアと蹴る真似をしたり、ボクシング、と撲る真似をします。やはりそうかと、朗らかになり、「I am a oarsman. Rowing.」と漕ぐ恰好をすると、大袈裟な身振りで、「Oh! I see. It's really splendid!」とぼくの肩を叩いてから顔を覗き込み、「What's the matter with you?」と気づかってくれる様です。こうなれば、なんでも叮嚀に云うに限ると思いましたから、「Thank you, Sir. Never mind, Please. I am very glad to see you. How a lovely night!」

とかこんな靄の深い、厭な晩なのも忘れ、お世辞をいいました。と、お爺さんは、また アッハーと笑い、「I think so, too.」と答えると、「O. K. boy, good night.」と笑い続け去って行きます。

暫く、靴音が遠くなってから、とても若々しいハミングが、フウフウフフン、ウフフフンとか聴えて来ました。いつか佐藤が、食堂で、亜米利加人のハミングの真似をして、事務員に叱られた事を思い出し、ぼくの出鱈目英語も可笑しく、ぼくはプウと噴き出すと、すっかり気分がよくなって、寝に帰ったのです。

併し、翌日も、またその次の日も同じような皆の悪意が露骨で、病的になったぼくの神経をずたずたに切り苛なみます。あなたに、逢えないまま、海の荒れる日が、桑港に着くまで、続きました。

12

ぼくは、もう日本に帰る迄、あなたとは口も利くまいと、かたく心に誓ったのです。日本を離れるに随って、日本が好きになるとは、誰しもが云う処です。幼いマルキストであったぼくですが、布哇を過ぎ、桑港も近くなると、今更のように、自分は日本選手だ、という気持を感じて来ました。

　その頃、ぼくは、人知れず、閑さえあれば、バック台を引いて、練習をしていました。ようやく静まってきた波のうねりをみながら、一望千里、涯しない大洋の碧さに、甘い少年の感傷を注いで、スライドの滑る音をきいていたのも、忘れられぬ想い出であります。

　船が桑港に入る前夜、ぼくは日本を発つとき、学校の先生から頼まれた、羅府（ロスアンゼルス）にいる先生の親戚への贈物、女の着物の始末に困って、副監督のM氏に相談しました。M氏は、それを誰か女の選手に、彼女の持物として、預って貰えと云います。浅ましい話ですが、ぼくは其れをきくと、眼の色が変るほど、興奮しました。あなたに預って貰えたら、と思ったのです。口を利かずともどんな形にでも、あなたと繋がっているものが欲しかった。ぼくは、その着物に潜ませる、恋文のことなど考えて、その夜も、また眠れませんでした。

　もう二時間程で、桑港に入るという午後、ぼくは、M氏から、誰という名前はきかず、その着物を預かって貰えるからとの話で、着物をお願いしました。

　がっかりすると云うより、ぼんやりして、海を見ていると、舵手の清さんがやって来て、肩を叩きます。「どうしたんだい、坂本さん。」微笑んでいる清さんは、本当にぼくを気遣ってくれるのでしょう。「いや、別に。」とぼくは、だらしなく悄気た声を出しました。「ばかに、元気がないじゃないか。」「ええ。」とうなずいて、清さんの顔をみていると、此のひとに、なにもかにも打明けたら、薩張りするだろうという、気がふッと致しました。

と、清さんは、急に真顔になって、「坂本さん。ちょッと話があるんだ。来てくれませんか。」と先に立ち、上甲板に登って行きます。ああ、そのことかと、胸にギクリ来ましたが、結局、云われたほうが、楽になると思い、ついて行くと、ボオト・デッキから更に階段をあがり、船の頂上、プウルのある甲板にでました。方二間位のプウルには、青々と水が、湛えられ、船の動揺にしたがって、揺れています。周囲にベンチが二つ、置かれてあるだけの狭い甲板です。「まア、掛けましょう。」といわれ、並んで腰を降したまま、しばらく沈黙が続きました。もう港が近いとみえ、鷗が、遥か下の海上を飛んでいるのが、見えます。

「少し、話し悪いことなんですが――。」と前置きをして、清さんは切り出しました。

「実は、あんたのことで、変な噂があるのを、前からきいていましたが、坂本さんに限って、そんな莫迦はしないと、ぼくはいつも打消していました。処が、この頃、あんまり、森さんや、松山さん達が、心配するんでね、ぼくも、もう米国に着いたことだし、ここで、坂本さんにしっかりして貰えなきゃ困るんで、今日、改まって、訊く訳ですが、一体、あの噂は、何処ら辺までが、本当なんです。」

ぼくも、こんな風に云われると、矢張り、自分の精神的な、苦悩は大切に蔵っておきたく、それとはあべこべに、あなたとの楽しかった遊びが、次から次へと、走馬灯のように想い出され、清さんのそれからの御意見も、いつしか空吹く風と、きき流したくなりました。と、不意に、（意見せられて、さし俯向いて――）という、おけさの一節が、頭に浮びました。（泣いていながら主のこと。）なにか訴えるものが欲しかった。自然(ネイチュア)よ！　と眼をあげた刹那、映じた風景は、むろん異国的ではありながら、その癖、未生前とでもいいますか、どこかで一回は眺めたことがあるという感懐が、肉体を痺れさせるほど、強くおそいました。

みよ、この時、髣髴と迫ってくるものは、水天青一色、からりと晴れ、さわやかに碧い、みじんも湿りッ気を含まぬ、おおらかな空気のなかに、真ッ白い国が浮びあがってくる。夢のような美しさだ。夢がこれほど実感を伴って、みえたことはないというのは、オリムピックを通じての感想ではありませんが、それをこの時ほど、如実に感じたことはありません。

白い国！　蜃気楼(ミラアジュ)もかくや、――など陳腐な形容ですが、事実、ぼくは蜃気楼(ミラアジュ)をみた想いでした。背後には、青空をくっきりと劃(かく)した、峰々の紫紺の山肌、手前には、油のようにとろりと静かな港の水、その間に、整然とたち並んだ、白いビルディング、ビルディング、ビルディング。それがいかにも、摩天楼(スカイスクレエパア)という名にふさわしく、空も山も、為にちいさくみえる豪華さです。その頭上に、七月の太陽が、カアッと一面に反射して、すべては絢爛(けんらん)と光り輝き、明るさと眩しさに息づいているのです。ぼく達の大洋丸は、悠々と、海を圧して、碇泊中の汽船、軍艦の間を縫い、白い鷗に守られつつ、進んで行きます。

しかし、実のところ、ぼくは鷗も船も港も山も、なに一つ覚えてはおりません。只、青い海に浮んだ白い大都市が、燦然(さんぜん)と、迫ってきた、あの感じが、いつもぼくに、ある永劫のものへの旅を誘います。金門湾、桑港！　と、ぼくは、昔なつかしい名を口にして、そのときも、今、聞かされている意見より、もっと、悠久なものについて、考えていました。清さんも、同じ種類の感動に襲われたのか、ぼくに、「ほら、もう桑港じゃないか。元気をだしなよ。」と肩を叩いて話を打ちきり、二人はしばし、唇を噤(つぐ)み、じっと、この新しい大陸をみつめていました。

## 13

税関の検査も、愛想の好い税関吏達の笑いの中に済んで、上陸したぼく達の前には、ただ、WELCOME の旗の波と、群衆の歓呼の声が充ち満ちていました。市長さんから、大きな金の鍵(ゴオルデンキイ)を頂くまでの市中行進も、夢のような眩惑さに溢れたものでしたが、そのうち、忘れられぬ一つの現実的な風景がありました。

桑港（フリスコ）の日当りの好い丘の下に、ぼく達を迎えて熱狂する邦人の一群があり、その中に、一人ぽつねんと、佇んでいる男がいた。潰れた鼻に、歪（いび）つな耳、一目でボクサアと判る、その男は、あまりにも、みすぼらしい風体と、うつろな瞳をしていました。一行中の朴拳闘選手が、この男をみるなり、「金徳一だ！」と叫び、駆けよって手を握っていましたが、その男の表情は、依然、白痴に近いものでした。金徳一は、知る人ぞ知る、先のバンタム級の世界ベストテンに数えられた名選手でした。リングでの負傷が祟って落ち目が続き、帰国の旅費もないとやら。ぼくは、絢爛たる、あの行進の最中、彼の幻が、暗示するものを、打消すことが出来なかったのです。

桑港（フリスコ）の夜。船から降りたった波止場の端れに、ガアドがあって、その上に、冷たく懸っていた、小さく、まん円い月も忘れられません。斜め下には、教会堂の尖塔（せんとう）も鋭く、空に、つき刺さって、この通俗的な抒情画を、更に、完璧なものにしていました。

月の色が、どこで、どんなときにみても、変らないというのは、人間にとって、甚だもの悲しいことです。

黄色（イエロオ）タクシイの運転手に、インチキ英語（ブロオクンイングリッシュ）を使って、とんでもない支那街に、連れこまれたことも、市場通り（マアケットストリイト）で、一本五十仙也の赤ネクタイを買ったことも、今は懐しい想い出のひとつです。

しかし、その夜、フォックス劇場（シアタア）できいた『君が代』の荘厳さは、なお耳底にのこる、深刻なものがありました。シュウマンハインクとかいう、とても肥ったお婆さんで、世界的な歌手が、我々が入場して行くと、日の丸の旗と、星条旗を両手に持ち、歌ってくれたのです。満場の視線が、明るいライトを浴びた我々に集り、むずかゆい様な面映ゆさでした。が、その明るい光線を横ぎって、身体をすぼめ、腰を降した、あなたの黒い影が、焼きつくように、ぼくの網膜に残っていました。あなたは、随分、窶(やつ)れていた。

翌日、南加大学(サウスカルホルニア)で、艇を借りられるとのことで、練習に行きました。金門湾を廻って、オオクランドに出て、一路坦々、沿道の風光は明媚そのものでした。鵞鳥(がちょう)が遊ぶ碧い湖、羊の群れる緑の草原、赤い屋根、白い家々。大学もそんなユウトピアの中にあります。

艇を借りるとき、世話を焼いてくれた、親切な南加大学の補欠漕手(サブ)の上背も、六尺八寸はあり、驚かされたことでした。

練習コオスは流れる淀み、オォルがねばる、気持よさです。久し振りに、はりきった清さんの号令で、艇は船台(ランディング)を離れ、下流に向いました。

と、突然、漕ぎすぎようとする橋の上に、群れていた観衆が、なつかしい母国語で、「万歳。」と叫んでくれます。みれば、顔の黄色い、日本人ばかり。おおかた、聞き伝えて、近在から寄り集った移民のお百姓達でありましょう。質素な服装、日に焼けた顔、その熱狂ぶりも烈しくて、彼等の朴訥な歓迎には、心打たれるものがありました。ぼくは、愈々、あなたを忘れねば、と繰返し、オォルに力を入れて、スライドを蹴っていたときです。前のシイトの松山さんが、「止めい、止めろ。」と叫びざま、オォルを投げだすや、振返って、ぼくを睨めつけ、「貴様、一人で、バランスを毀していやがる。そんなに女が気になるか。」ぼくには一言もない怒罵でした。森さんがまた、「大坂、貴様これからあの女と口を利くな。顔もみるな。少しは考えろ。」と喙を入れるのに松山さんが続けて「貴様の為にクルウの調子が狂って、もし、負けたら、手足の折れるまで、撲りたおすから、そう思え。」それから、なんと叱られたか忘れました。ただ、河口に並んだ蒸汽船の林立する煙突から、吐く煙りが、濛々と、夕焼け空を暗くしていたのを、なんとなく憶えています。

　翌日、スタンフォド大学に、全米陸上競技大会を、見学に行きました。熊や鹿が棲むという、幽邃な金門公園を抜けて、乗っていたロオルスロオイスが、時速九十粁で一時間とばしても、変化のないような、青草と、羊群のつづく、幾つもの大牧場を通って――途中でだいぶ自動車を停めた露骨なランデェブウにもお目にかかりました。厭だった。――そしてスタンフォドに着いたら、大学の森中、数千台の自動車で埋っている人出でした。

スタンドで、あなたの水色のベレエ帽が、眼の前にあった。それだけを憶えています。競技はろくに憶えていません。ただ、赤いユニホオムを着た、でぶの爺さんが、米国一流のハムマア投げ、ときかされ、もの珍らしく、眺めていたのだけ記憶にあります。

そのうち、隣席にいた、副監督のM氏が、ぼくに御愛用の時価千円ほどのコダックを渡して便所に行ったそうです。そうです、と云うのは、それほど、その時のぼくの頭には、あなたの水色のベレエが、いっぱいに詰っていたのです。あなたの盗み見た横顔は、苦悩と疲労のあとが、ありありとしていて、いかにも醜く、ぼくは眼を塞ぎたい想いでした。

船に帰って、ピンポンをしていると、M氏が来て「坂本君、コダックは。」と訊きます。愕然、ぼくは脳天を金槌でなぐられた気がしました。預った憶えは、ないと云えばよかったのですが、云われた途端、ハッとしたものがあって、——卑劣なぼくは、「村川君に、じゃなかったのですか。」と苦し紛れに嘘を吐きました。M氏は、「そうだったかな。」と気軽く云い、小首を捻りながら、村川を捜しに行きましたが、ぼくは、居たたまれず、船室に駆けこみ、頭を押えて、七転八倒の苦しみでした。

お金持のM氏は、誰に預けたかを、そのまま追求もせず、諦めておられたようですが、ぼくは良心の苛責に、堪えられず、あなたへの愛情へ、ある影を、ずっと落すようになりだしました。

それから、ぼくの眼は、あなたを追わなくなりました。併し、心は。

14

ロスアンゼルスへの外港、サンピイドロの海は、巨艦サラトガ、ミシシッピイ等の船腹を銀色に光らせ、いぶし銀のように燻んでいました。曇天の故もあって、海も街も、重苦しい感じでした。

ぼく達は、ロングビイチの近くにある、フォオド工場の提供してくれた、V8の新車八台に分乗して、工場の見学後、ロングビイチの合宿に着きました。

日本人のコックさんが、広島弁丸出しの奥さんと一緒に、すぐ、久し振りの味噌汁で、昼飯をくわして呉れました。娘の花子さんは十五歳でしたか、豊頬黒瞳、まめまめしく、ぼく達の汚れ物の洗濯などしてくれる、可愛らしさでした。

翌日、マリンスタヂアムに練習始め。ぼく達よりも、近所の邦人の方々が、張り切って、自家用車で、練習場まで、送って下さるやら、スタンドに陣取って声援して下さるやら、それよりも騒いでくれたのが、隣り近所のメリケン・ボォイズ、ガアルズ達で、映画のアワア・ギャングもかくや、と思われる顔触れが、脱衣場にまで、入りこんで、パンツの世話まで、手伝ってくれるのには顔負けでした。

コオスは掘割りになっていて、流れは殆どありません。大体、二千米の長さしかなく、なんども、往復して、練習をしました。すでに、ブラジル、英国、独逸(ドイツ)、カナダ等、各国の選手達は集っていて、彼等の大きな身体には、平均五尺八寸、十六貫六百のぼく達も、子供のように見えるほどでした。

それに、彼等が奥さんや、恋人御同伴なのも、すぐ眼につきました。

しかし、ぼく達も、隅田川での恋人、「さくら」が、一足先に艇庫に納まり、各国の競艇のなかに、一際、優美(エレガント)な肢体を艶やかに光らせているのをみたときは、なんともいえぬ、嬉しさで、彼女のお腹を、ぺたぺたと愛撫したものです。

ある国の選手達は、ロングビイチの海水浴場に入りびたり、ビイチ・パラソルの蔭に、いかがわしい娘たちと、おおっぴらな抱擁をしていたのを、見たこともあります。練習場の入口におしよせる観衆のなかから、唇と頬の真ッ紅な、職業女(プロスチチュウト)を呼びだして、近くの芝生でいちゃついていた、外国の選手達もみました。

微笑ましかったのは、米国のスカアル選手のダグラスさん、六尺八寸はあろうと思われる長身巨軀が軽々と、左手にスカアル、右手に、美しい奥さんを抱いて、艇庫から、船台まで運び、そこで別れの接吻（ベエゼ）などしてから、お互いに、片手をあげては、スカアルの小さくなるまで、合図を交していました。

　独逸クルウの誰かの愛人（リイベ）とみえる、一人のゲルマン娘は、いつも毅然としていて、練習時間には、慎ましく、ひとり日蔭椅子に坐り、編物か、読書に耽っていて、その端麗な姿にも、心打たれるものがありました。

　然し、ぼく達は、向うの新聞に、オォバアワアクであると、批評されるほど、傍目もふらずに練習を重ねるのでした。外国のクルウが、一、二回コオスを引いて、一日の練習を終るのに、ぼく達は午前中に四回、午後に四回とコオスを引き、それでも、隅田川にいた頃に較べれば、軽すぎるほどでした。タイムは、それにも拘らず、遊んでいるような外国クルウに比し、全然、劣っておりましたが、ぼく達は、努力しすぎて負けることを、少しも恥とせぬ潔い気持でした。ぼくも今は、ただ、ボオトを漕ぐことだけに夢中になれたのでした。

　練習帰りのある日。いつもの様に、独りとぼとぼ、歩いていると、背後から、飛ばしてきた古色蒼然たるロオドスタアが、キキキキ……と止って、なかから、嚙み煙草を吐きだし、禿頭をつきだし、容貌魁偉な爺さんが、「ヘロオ、ボオイ。」と嗄れた声で、呼びかけ、どぎまぎしているぼくを、自動車に乗れ、と薦めるのです。遠慮なく、乗せて貰うと、目貫きの通りにドライブしながら、ぼくの胸にさした日の丸のバッヂを見詰め、「俺は日本が好きだ。若いとき、船乗りだったから横浜や、神戸に、度々行ったよ。ゲイシヤガアル素晴らしいね。」とか云い、皺くちゃの顔いっぱいに、歯の疎らな口を開け、笑ってみせます。そうとう、煙草の脂臭い鼻息に閉口しながらも、親切な爺さんの怪し気な日本回想記をきかされ、途中でアイスクリイムまで奢って貰い、合宿まで送り届けられたのでした。

こうして、ぼくはあなたのことを忘れ、只管、練習に精根を打ちこんでいた頃、日本から、初めての書簡に、接しました。

合宿前の日当りの好い芝生に、皆は、円く坐って、黒井さんが読みあげる、封筒の宛名に「ホラ彼女からだ。」とか一々、騒ぎたてていました。東海さんの処へは、横浜で、テエプを交した女学生七人から、連名のファン・レタアも来たりしました。松山さんにも、シャ・ノワールの女給さんから、便りがあり、皆に冷かされて、嬉しそうでした。

その中、ぼくの名前でも一通。「おや、これは日本からとは違うぞ。」とぼくを見た、黒井さんの眼が、心なしか、光った気がしました。と、坂本さんが、ぼくの肩を叩き、「秋子ちゃんからじゃないか。」と笑いながら、云います。皆の顔が、一瞬、憎悪に歪んだような気がしました、我慢できないような厭らしい沈黙のなかで、ぼくは手紙を受取ると、そのまま、宿舎に入り、便所に飛びこんで、鍵を降しました。風呂場(シャワルーム)と兼用になっている、その部屋で、ぼくは冷っこい便器に、腰を掛けると、封筒を裏返してみました。ただK生より、となっています。ぼくはてっきり、あなたからだと信じこみ、胸躍らせ、封を切る手も、震わせ、読み下して行くと、なんだ、がっかりしました。と云っては悪いでしょう。船で知り合った、中学の先輩、Kさんからの親切な激励状だったのです。再び、表の芝生にでた、ぼくの顔は蒼褪(あおざ)めていたかも知れません。坂本さんから、また、「大坂(ダイハン)、顔色変ったね。」とひやかされました。

二三日経って、午後の練習を終え、ヘンリイ山本君の運転する、ロオドスタアの踏段に足を載せ、合宿迄、帰ってくると、庭前の芝生に、花やかな色彩を溢れさせた、女子選手の人達が、五六人、来ていて、先に帰ったクルウの連中に、囲まれ、喋り合っているのが、ハッと眼につきました。ぼくは、もう、途端に、自動車から、飛び降りたい位、気持が顚倒しました。

しかし、直ぐ、あなたの来ていないのに気づくと、笑いかける内田さん、中村嬢の顔にも答えず、真ッ赧な顔をして、そのまま宿舎にとび込みました、と、後から、花やいだ笑い声が、追い駆けてきて、「ぼんち、秋っぺがいないんで、腐ってるのね。」確か、中村嬢の声でした。続いて東海さんの低音(バス)が、小声でなにか云っています。また、なにかぼくの蔭口ではないかと、焦々している耳に、内田さんの声が、「熊本さん、この頃、とても、しょげているのよ。可哀そうよ。」「ぼんちのことで。」と誰か女のひとが、訊き返している様でした。ぼくは、耳を塞ぎ、声を大にして、「煩さいッ。」とでも、怒鳴りつけてやりたかった。続いて聞えてきたのは、太い調子のひそひそ声で、なにか、陰険な悪口か、猥褻な批判らしく、無遠慮に響いてくる高らかな皆の笑い声と共に、ぼくは又、すっかり悄気てしまったのです。

女の人達が帰ってから、ぼくの狸寝をしている部屋に、松山さんと、沢村さんが入って来ました。松山さんは、殊の他、御機嫌で、「村の祭が、取り持つ縁で――。」という、卑俗な歌を、口ずさんでいましたが、ぼくの寝姿をみるなり、「オリムピックが取り持つ縁で、嬉しい秋ちゃんとの仲になり。」と歌いかえてから、沢村さんと顔見合せ、ゲラゲラ笑いだしました。ぼくは、不愉快そのもののような気持で、ベッドに引繰り返ったまま、眼を閉じていると、松山さんは、なおも、手近にあった通俗雑誌を手にとり、ぼくの横にわざと、ごろりと寝て、いかにも精力的らしい体臭をぷんぷんさせながら、雑誌をめくり、適当な恋愛小説をめっけると、其の一節を、こんな風に読みかえて、ぼくを嘲弄しようとしました。

「そう云うと、熊本秋子は、坂本の胸に深く顔をうずめた。その白いうなじに、坂本は接吻したい誘惑を烈しく感じたが、二人の純潔のために、それをも差し控えて、右の手を伸ばし、豊穣な彼女の肉体を初めて抱きしめたのである。」

ぼくは泣きだしたい気持でした。松山さんはなおも、厭らしく女の声色も使って、

「『いやですわ、いやですわ。』と秋子は叫びながら、坂本の胸を両手でおしつけた。秋子の薫るような呼吸が感ぜられ、坂本は悩ましいほど幸福な気がした。

『今ではいけないのでしょうか。』

『いいえ、日本にお帰りになってから。』」

あえて、ぼくは神聖な愛情とは呼びません。しかし、子供めいたお互いの友情を、そんなふうに歪曲して弄ばれることは、我慢できない腹立たしさでした。

15

翌日、練習休みで、近くのゴルフリンクへ一同でピクニックに行きました。

前夜、眠られぬ頭は重く、涯しないみどりの芝生に、初夏の陽の燦然たる風景も、眼に痛いおもいでした。

東海さんが、顔馴染のフォオド会社の肥った紳士に、ゴルフを教えてもらい、なんども空振りをして、地面を叩く恰好を面白がって、みんな笑い崩れていましたが、ぼくはつまらなかった。

みんな、写真機を買いたてで、ぼくも金十八弗也のイイストマンを大切に抱えていましたが、なにを写す元気もなく、ぼんやりしている処を、あべこべに何度も写されたりしました。

結局、朝から夕方まで、ぼんやり坐ったり歩いたりしただけで、帰ってきました。帰ってからポケットにふと、手を入れると、全財産百五十弗ばかりを入れた蟇口がありません。

ぼくは忽ち逆上して、身体中や其処らを探しまわった揚句の果は、恐らく、ゴルフ場で落したに相違ないときめてしまいました。百五十弗は当時の為替率で四百五十円位にあたります。素人下宿をして働いている、母の粒々辛苦の金とおもえば、居ても立ってもおられず、明朝、未だ皆の起きないうちに抜けだし、ゴルフ場まで探しに行こうと思いました。

翌朝、未明に合宿を出ると、すぐ表で、ぱったり出逢ったのは、近所の、小さい友達で、リンキイ君、ぼく達がリンカアンと綽名をつけた少年でした。ぼくをみると、鳶色の瞳を輝やかせ、「どうしたの。」と可愛い声で叫びます。十歳位の少年ですが、ぼくとは気が合って、彼の家にも引張って行かれ、二間位のせせこましい家に、いっぱいに置かれたオルガンで、下手糞なスワニィ河をきかされたり、やさしいお母さんにも紹介して貰いお茶を頂いたり、または彼氏自慢の映画スタアのサイン入りのブロマイドを何枚となく、貰ったことがあります。

　その朝、ぼくの様子が気になるのか、彼氏はませた仕草（ヂエスチユア）で、ぼくの肩を叩き、「なんでも打明けてくれ。」というのです。「金をおとした。」と答えると「いくら。」と訊き、金額を話すと「オウ。」と眉を顰（ひそ）めたり、肩をすぼめたり、おおげさに愕いてみせ、一緒に捜しに行く、といいはってきかないのです。

　とうとう、二粁もあるゴルフ場迄、ついて来て、朝露に濡れた芝生の上を、口笛吹き吹き、探してくれました。ぼくは勿論、一生懸命で、隅から隅まで、草の根を押しわけて探してみましたが、処々に遺（のこ）っているコカコラの空瓶、チュウインガムの食滓（たべかす）などのほかには、水滴をつづった青草が、どこまでも意地悪く、羅列しているばかりです。

　大体、前の日、歩いた記憶を辿り、さがしてみたのですが、一通り歩いても、どうしてもありません。リンキイ君が、五仙玉をひとつ拾っただけで、「チェッ。」と舌打ち諸共（もろとも）、銀貨を空に抛りあげ、意気なスタイルをみせてくれただけの事でした。

　歩きつかれ、探しつかれて、帰ってくると、みんな朝飯を食いに食堂に行った後のがらんとした寝室を、コックの小母さんが、掃除していましたが、ぼくをみるなり「坂本さん。これあんたんじゃろう。随分、あんたを探していたのよ。」と差出してくれたのは、失くしたとばかり、思っていた蟇口です。ぼくのベッドの下に落ちていたそうで、この様子をぼくについて来て、ぼんやりみていたMr. Lincolnいきなりぼくの手を握りしめ「ありがと。ありがと。」と打振ります。ぼくには、少年の親切が、身に染みて嬉しかった。

これは後の話ですが、ぼく達が帰国する日も迫った頃、ぼくは日本への土産に、自動車のナムバア・プレェトが欲しく、それをこのリンキイに頼みますと、その日、子供に借りた自転車で、附近を乗り廻していたぼくの瞳に、道路の真中で、五六人の少年少女が集り、リンキイが先に立って、なに事か、一心不乱に、働いているのがみえました。

近よってみると、まだ新しいナムバア・プレェトが、アスファルト路の欠けた処を塞ぐために釘づけにしてあるのを、子供達が、各自家から持出した、金槌、やっとこの類(たぐい)で、取りはずすのに、大童(おおわらわ)でした。勿論、警官にみつかれば、叱られるのでしょうが、このアワア・ギャング達は、おめず臆せず、堂々と取ってのけ、その場で、ぼくに呉れるのでした。

また、帰国が近づいた頃、うす汚い、真鍮のロケットをぼくに呉れた、カアペンタアという八つ位のお嬢さんも、ぼくと仲が善く、再々、彼女の宅にも引っ張って行かれました。その娘のお母さんは、すこし眼に険のある美人でしたが、恐しく早口で捲舌に喋るので、なにを云うやら、さっぱり判らず、いつもぼくは面喰いました。帰国のとき、ぼくは、この少女に、持って行った浴衣(カルナモク)を、一枚上げたところ、早速、その別嬪(べっぴん)のお母さんが着て、見送りに出ていたのには、苦笑させられたものです。

16

練習が終り、みんな、素ッ裸で、シャワルウームに飛びこみ、頭から、ザアザアお湯を浴びているうち、一人が、当時の流行歌（マドロスの恋）を《赤い夕陽の海に歌うは、恋のうウた》と歌いだし、皆で、賑(にぎ)やかに合唱していると、直ぐ隣りの部屋から、太いバスの仏蘭西(フランス)語が《セネ、カル、シャントプウ、アキタルポオ》と同じ歌を、突然、謡いだしたのには、驚きもしましたが、嬉しくもなって、皆、一緒に、両国語の合唱が始まったのでした。

それは、仏蘭西の選手達でしたが、他に独逸の選手達も、ずいぶん気持の好い連中で、ぼく達と顔を合せるたびに、直ぐ「オハヨオ。」と愛嬌たっぷりに、日本語で挨拶してくれます。それが、朝、昼、夕方おかまいなしなのも嬉しく、ぼく達も「グウテンモルゲン。」で一日中、間に合せます。

伊太利(イタリー)の選手達は、みんな、船乗り上りかなにからしく、腕や肩に刺青をみせていましたが、人柄は、たいへん、あっさりしていて気持よく、いつぞやぼくと東海さんと連れだって、彼等が女の子達(ヤンキイガアルス)と遊んでいる芝生を、通りかかると、「ヘエイ、ボオイズ。」とか、変なアクセントの英語で呼びとめ、ぼく達と肩を組み、写真を撮ってくれました。連中のうちで、コオルマン髭を生した、色男(ハンサムボウイ)が真中になり、アメリカ娘が、両脇で、カメラに入りましたが、あとで出来上ったのをみたら、ぼくの鼻がずいぶん低く、厭だった。

しかし、この人達も、短い練習の時間だけは、非常に真摯に、熱心で、漕法は、英国の剣橋(ケンブリッヂ)大学を除いては、皆、レカバリイが少ないのが、目につきました。日本流の漕法では、《ボオトは気で漕げ腹で漕げ》というのですが、彼等は腕と脚とだけで猛烈に漕ぎ、ピッチも五十前後まで、楽に上る様でした。

殊に、米国代表南加大学の（金色熊(ゴオルデンベア)）クルウが、ロングビイチに姿を現わしたのは、開会式(オオプニングセレモニイ)の二三日前でしたが、彼等の漕法は、殆ど、体を使わないで、ぼく等よりもオォルのスペイスがあり、一糸乱れず、脚のリズムで、スタアトからゴオル迄、一貫したスパアトで持って入り、しかも、毫(ごう)も、調子が変っていないのには、感心させられました。

どんな練習にも、全力をあげ、精も根も使い果し、ゴオルに入って「イジョオル(Easy-oar.)」がかかると、バタバタ倒れてしまう日本選手の猛練習振りは、彼等には、全然、非科学的にみえるようでした。（A crew of Coxswains）とぼく達は彼地(あちら)の新聞に、一言で、かたづけられていたものです。

総(あら)ゆる人種からなる、十三万人の観衆に包まれて、開会式(オオプニングセレモニイ)は、南カルホルニヤの晴れ渡った群青の空に、数百羽の白鳩をはなち、その白い影が点々と、碧玻璃のような空に消えて行く頃、炎々と燃えあがった塔上の聖火に、おなじく塔上に立った七人の喇叭手が、厳かに吹奏する嚠喨(りゅうりょう)たる喇叭の音、その余韻も未だ消えない中、荘重に聖歌を合唱し始めた、スタンドに立ち並ぶ三千人の白衣の合唱団、その歌声に始まって行ったのでした。

　ぼくは、その風景を、男子の本懐だと、感動して、眺めていた。殊に、あの日、塔上に仰いだ万国旗のなかの、日の丸の、きわだった美しさは、幼いマルキストではあったぼくですが、にじむような美しさで、瞳にのこりました。身体がふるえる程、それは強烈な印象でした。

　大きな声ではいえぬことです。その日、フウバア大統領の前を、颯爽と、分列行進をしていった女子選手達のうちに、あなたのりりしい晴れ姿をちらっと垣間見ました。はるかな美しさで、ぼくは、そッと、瞼のうちに、蔵っておいた。

オリムピックのなかでも、青リボン（ブリュウ）と呼ばれる、壮麗なレガッタのなかで、ぼくには、負けて仰いだ、南カルホルニアの無為にして青い空ほど、象徴的に思われたものはありません。

## 17

スタアトラインに並んで「ムッシュ。エティオプレ。」「パルテ。」という出発の号音を聞いたときは、ただ漕いだ。並んだ、剣橋（ケンブリッヂ）クルウのオォルの泡が、スタアト・ダッシュ、力漕三十本の終らないうちに、段々、小さくなり、はては消えてゆく。敵の身体がみえていたのは、本当に、スタアト、五六本の間で、忽ち、グイグイッとなにかに引張られているような、強烈な引きで彼等の身体は、ぼくの眼の前から、消えてゆき、あとには、山のように盛りあがった白い水泡（みなわ）がくるくる廻りながら、残っている。それも束の間、薄青い渦紋にかわり、消えてしまった。しかし、ぼく達は、相手のない、不敵さで、ただ、漕いだ。

あとで、みていた人達は、もう千米あったなら、日本クルウは、英国を抜いていたかも知れない、と云ったそうです。それほど、ゴオルでは、へたばっていながらも、気魄では、敵を追っていたらしい。四艇身半の開きも、僅かにみえるほど、日本人の気魄は、彼等を追い詰めていたのでしょうか。ゴオル直前で、ブラジル・クルウを三艇身、打っ棄って、伊太利に肉迫した、必死の力漕には、凄まじいものあり、すでに、英伊二艘とも、ゴオルに着いているだけ、外国人は、無駄な努力に必死な、ぼく達を呆れてみていたらしい。最後のスパアト五百米では、日本のクルウは、身体の動きこそ、ちぢまれ、オォルは少しも、他のクルウに比べて、遜色なかったという。しかし、ゴオルに入った途端、ぼく達の耳朶に響いたピストルは、過去二年間にわたる血と涙と汗の苦労が、この五分間で終った合図でもありました。

そのときのぼく等の様子を、当時の羅府新報が、こんなに報告しています。

（夕刻のロングビイチは鉛色のヘイズに覆われ、競艇コオスは夏に似ぬ冷気に襲われ、一種凄壮の気漲る時、海国日本の快男児九名は真紅のオォル持つ手に血のにじめるが如き汗を滴らしつつ必死の奮闘を続けて遂に敗れた。此の日、我が稲門健児は不幸にも、北側の第一レインを割り当てられ、逆風と逆浪の最も激しい難路を辿らねばならず、且つ、長身に伍して、短軀のクリウを連らね、天候さえ冷え勝ちで、天の利、地の利、人の利、すべて我々に幸いせず。頼むは、日本男児の気概のみ、強豪伊太利と英国を向うに廻し、スタアトからピッチを三十七に上げ、力漕、亦力漕、而も力及ばず、千メエトルでは英国に遅れること五艇身、伊太利に遅れること三艇身。千五百メエトルに至るや、懸隔益々甚だしく、英国と伊太利が二艇身半の差、日本は三艇身遅れて続き、更にブラジルが後を追う。

が、最後の五百メエトルに日本選手は渾身の勇を揮って、ピッチを四十に上げ、見る見る中に伊太利へ追い着くと見え伊太利の舵手ガゼッチも大喝一声、漕手を励まし、五万の群集は熱狂的な声援を送ったが、時既に遅く、一艇身半を隔てて伊太利は決勝線に逃げ込んだ。

決勝線突入後、他の三国選手が、余裕を示して、ボオトをランディングに附け、掛声勇ましく、頭上高く差し上げたに引き替え、日本選手は決勝線に入ると同時に、精力全く尽き、クリウ全員ぐッたりとオォルの上に突っ俯し、森整調以下、殆ど失神の状態となり、矢野清舵手は、両手に海水をすくって戦友の背中に浴せ、比較的元気な松山五番も之に手伝い、坂本四番の介抱に努めるなど、その光景は惨憺たるものがあった。選手は幸いにして、数分時には、気を取り直しボオトを引き上げ、更衣所に帰るや、一同その場に打ち倒れ、語るに言葉なく、此所にも綴るレギャッタ血涙史の一ペエジを閉じた。》

ボオトを漕ぐ苦しさについて、ぼくは、敢て書こうとは思いません。漕いだものには書かなくても判り、漕がないものには書いても判らぬだろうと思われるからです。ただ、それほど、言語を絶した苦しさがあるものと思って下さい。

あのとき、観覧席の一隅に、日本女子選手の娘達が、純白のスカアトに、紫紺のブレザァコオトを着て、日の丸をうち振り、声援していてくれた、と後できました。しかし、ぼくは、そのとき、あなたの姿なぞ求めようともしない、口惜しさで負けたレエスに興奮していた。

負けたという実感より、気持の上では、漕ぎたりない無念さで、更衣所にひき揚げてきたとき、いちばん若いＫＯの上原が、ユニホオムを脱ぎかけ、ふいと、堰を切ったように泣きだしました。

すると主将の八郎さんが、かってみない激しさで「泣くな。勝ってから、泣け。」と噛みつくように叱った。

その激しい言葉に、自己感傷に溺れかけていたぼくは、身体が慄えるほど、鞭うたれたのです。

第二回戦（セカンドヒイト）は、独逸、加奈陀（カナダ）、新西蘭（ニュウジイランド）とぶつかり、これも日本は、第三着で、到頭、準決勝戦に出る資格を失ったのでした。

## 18

レエスも済み、為すべきことも失ったようなぼくは、あなたのことを、やっと具体的に考える機会に恵まれた訳ですが、ぼくの心の卑しさからか、遠すぎるあなたの代りは、身近くのあてもない享楽を求めて、彷徨(さまよい)あるき、なにかの幸福を手摑みにしたい焦慮に、身悶えしながら、遂々帰国の日まで過してしまいました。

帰国する迄に、約二週間はありましたから、その間、羅府のブロオドウェイを、或いは、ロングビイチの下町を、又はマウントロオの養狐場を、ただ訳もなく遊び歩いたのも、ひたすら手近な享楽で、眼の前に蓋をしている気持でした。

夜、ロスアンゼルスからの帰りに、自動車を停めさせ、皆が一斉に降りたって、小便をしたとき、故国日本を想いだすような、蛙の鳴声をきいたことも、仄かに憶えています。或いは、海水浴場の近くで、六十歳前後の老人夫婦から、十五歳位の少年少女のカップルに至るまで、ダンスを愉しんでいるホオルを覗いたことも、ダウン・タアオンで五仙を払い、メリイゴオラウンドの木馬に跨がったことも、ボォルを黒ん坊(ニグロ)にぶつけて、亜米利加美人を落したことも——。

その黒ん坊が、意外にも日本人だったのです。虎さんが、ボオルを握って、モオションをつけると、いきなり、黒ん坊が鮮かな日本語で、「旦那はん、やんわり、頼みまっせ。」と云い、ぼく達が、驚き呆れていると、「顔は黒う塗ってますが、心は同じ日本人でさア。」その言葉の終らないうちに、虎さんの直球が、黒ん坊の額にはずみ、彼が引繰返ると、そのはずみに仕掛が破れ、右上の鳥籠に腰かけていた亜米利加美人がばちゃんと、下のプウルに落ちこみました。

　さては、射的場で、兎を撃ったことも、十仙出して本物のインディアンと腕角力をしたことも、マヂック・タアオンの鏡の部屋で――。

　そうだ、マヂック・タアオンで、起ったあなたについての幻想を書いてみましょう。金十五仙なりを払って、魔術の街の入口の真暗い部屋に入り、その部屋をぬけると、長い廊下がありました。やはり、手探りしながら、歩く暗さで、暫くゆくと、突然、足下の床が左右に揺れだし、しっかり踏みしめて歩かぬと、転げそうでした。廊下の行詰りになった壁をおすと、薄暗い寝室で、ランプがついていて、マントルピイスの上が白く光るので、近よってみると、人骨がばらばらにおいてあるのでした。子供だましみたいなので、微笑みながら、次の部屋へのドアを開けると、戸口に一人のギャングが立ちはだかり、ピストルをつきつけています。こちらは可笑しくなってきて、ニヤニヤすると、向うも、毛色の変った、ジャップの少年なので、気抜けしたのか、ニヤッと笑いかえして引込みました。

次から、次へ、仕組んであるマヂックも、ことさら故意とらしくみえ、「つまんないの。」と呟きながら、興味なく歩いている、ぼくの瞳に、ふと映ったのは、薄暗い片隅でなにもかも忘れ、ぴったり抱擁しあっている、うら若い男女でした。こればかりは実物で、見ていてもこちらがへんになるくらい熱烈なながい接吻をしています。これには、いちばん駭いて、部屋の端にあった階段を、むちゃくちゃに駆けあがりました。二三十段も駆けあがり、次の一足を踏みだそうとすると、足に触れるものがありません。階段だけで、二階の床がないのです。慌てていたこととて、思わず眼下の暗黒のなかに、くらくらっと陥ちかけたとき、足もとの階段が、独りでに、すうっと降りだしました。いっそ、地の底までもと思ったのに、着いたところは、又さっきの部屋で、男女二人は、まだ抱きあっていて、余計、堪らなく、飛びだそうとした刹那、ふいと、その若い二人が、夢の中のあなたとぼくのように、錯覚され、もう一度、振りかえり、見定めるため近づいてみようかとさえ思ったことでした。

日本の選手一同、車を連ねて、聖林見物に行ったのもその頃でした。

車は全部、在留邦人の方々の御好意で、提供して頂き、スマアトな中級車から、豪奢な高級車ばかり。ぼくの乗せて頂いたのも、華奢な白塗りのリンカン・ジェファで、車内に、ラヂオも、シガレット・ライタアも装備してある豪勢さでした。

途中、サンキスト・オレンジのたわわに実る陽光呟ゆい南カルホルニアの平野を疾駆、処々に働いている日本人農夫の襤褸(ぼろ)ながらも、平和に、尊い姿を拝見しました。有名なパサデナの邸宅街を通り、御殿のような建物に、貧富の懸隔につき、考えさせられることも多かった。

聖林に入ると、フォオド・シボレエを自動車(カア)ではなく機械(マシン)だと称する国だけあって、ぼく達の車も見劣りするような瀟洒(しょうしゃ)な自動車が一杯で、建物も白亜や銀色に塗られたのが多く、光り耀(かがや)くような街でした。ぼく達はフォックス撮影所(スチユデイオ)の前で降り、所内の見物からはじめました。セットに、山あり海あり、冬景色あり夏景色あり、汽船あり、汽車あり、支那街あり水の都ナポリありで、ぼくは歩いている中、なにか、サムボリストの詩みたいなものを感じ、ひどく興奮しました。

昼食を、所長さんの御招待で頂き、サアビスに踊ってくれたのが、当時のスタア、ロジタ・モレノ嬢でした。まるで、人形のような端正さと、牝鹿(めじか)のような溌剌さで、現実世界にこんな造り物のような、艶やかに綺麗な女のひとも住むものかと、ぼくは呆然、口をあけて見ていました。最後に、ステップ、ウインク、投げキッスと、三拍子、続けてやられたとき、その濡れたような漆黒の瞳が、瞬間、妖しくうるんで光った、ばかりに眩ゆく、ぼくは前後不覚の酔い心地でした。

そのとき、やはり、心持ち唇をあけてみていた、あなたの小さく黄色い顔が、ちらっとぼくの網膜を掠めました。

帰りには、チャイニイズ・グロオマン劇場で、オニイルの奇妙な幕間狂言（ストレンヂ・インタアルウド）という映画の封切に招待されました。その時はもう、接吻の長さだけ気になる、ぼくは、痴け（たわ）さでした。

## 19

また暫くして、日本選手一同が揃って、ベニスという下町へ遊びに行った日がありました。附近で、いちばん大きなダウン・タアオンで、途中の風光の美しさも類のないものでした。

碧い海に沿った、遠くに緑の半島が霞み、近くには赤い屋根のバンガロオが、処々に、点在する白楊の並木路を、曲りまわって行きました。まるで、泰西名画のみごとな版画をみているように、湿り気のない空気が、全てのものを明るく、浮立たせてみせてくれるのでした。

突然、ぼくの脇に坐っていた、坂本さんが、ぼくの横腹をこづきます。ひょいとみると、女子選手ばかりを乗せた、前のバスが、おくれて、こちらの車台とくっつきそうになって走っています、その背後の座席に、あなたが坐っていて、人形をかざし、こちらに見せびらかすようにして顔を硝子に押しつけていました。硝子窓に潰され、凹んだ鼻をしているその顔がまるで、泣きだしそうな羞恥に歪んでおり、それを堪えて、友達と笑い合っては、道化人形を踊らせ、あなたは、こちらの注意を惹こうとしていました。恐らくぼくを笑わそうとして、無理におどけてみせて呉れるのだと、ぼくは考えあなたの故意とらしさが悲しく、あなたに似合わない大胆さが苦々しくて、ぼくにはそのとき、あなたが大変、醜くみえた。

とうとう、前の車が故障でとまり、みんながぞろぞろ降りだしたのをみたとき、ぼくは顔をまともに合せたら、あなたが、どんな表情になるか、眼に見える心地がして、それればかりが気懸りになりました。

果して、あなたはピエロ人形を片手に、踊らせながら、矢張り、泣き笑いみたいな顔で、ぼくのほうをちらっと見たが、僕が笑いもせず、反って視線のやり場に困った鬱陶しい顔をしているのをみると、あなたは、面を伏せ、くるりとうしろを向き、ひとりで、バスに乗ってしまった。車が出て、背後の硝子窓に凭れかかった人形は、あなたの手と一緒に再び踊りだした。しかし、顔をみせない、あなたが、友達と笑いあっているのか、ひょっとしたら、泣いて慰められているのか、想像のつかないまま、あなたの肩は震えていました。

ぼくは一体、人目を憚かったのか、それともそうしたあなたが嫌いだったのか、それも判らぬ複雑奇怪な気持で、どうでもなれとバスに揺られていました。気の弱い、我儘なぼくも厭だったし、あなたも厭だった。

そうして、人形は踊りを止め、バスの後窓に凭れたまま、小さくなり、見えなくなって行くのでした。

ベニスに着いてから、龍の口が出入り道になっているサイクロレエインに乗りました。

トロッコ様の箱車の座席が三段にわけてあり、まえに豪傑の虎さんと色男の有沢さんが乗り、真中にぼくと清さん、うしろに柴山と村川が乗りました。前に横たえてある棒をしっかり握っているうち、車は滑りだし、深い穴のなかに陥ちてゆきます。再び、登りだしたときは、背も反るような急角度の勾配でした。あれよあれよという間に、いちばん頂辺にまで出ると、遥かサンピイドロの海が眼下にかすみ、沖にはキャバレエになっているという豪華船――当時は禁酒法でしたから――が豆のように、ちいさい。が次の瞬間に、車は急転直下、直角にちかい絶壁を、素晴らしい速力ですべり落ちてゆきます。背中を丸くして、横棒にかじりついていても、腰が浮くすさまじさです。と、すぐ前から、「ヒエーッ。」という金属的な悲鳴が、風に流れきこえてきました。色男の有沢さんの声です。実際、声でもたてねばやり切れぬ、気持でした。

車はあるいは急角度に横にまがり斜めにおち、ガッタンガッタンと、登ったかとおもえば、また陥ちる、頭の髪が、風にふかれて舞い上るのも、恐怖に追われ逆立つおもいでした。

もう後では、目をつむってこらえている内するすると龍の口から再び吐きだされて、おしまいでした。降りたった六人は、今更のように聳えたつサイクロレエンを眺めて、感にたえた顔をしていましたが、有沢さんの悲鳴を誰かが云いだすと、途端に、みんなゲラゲラと大笑いがとまりませんでした。

それまでに、サイクロレエンに乗っていた酔っぱらいの水兵が、滑走の途中、立ち上り、横木にはさまれて頸を折ったとか、赤ん坊を抱いた若妻が滑りおちる恐怖にたえかね、子供を手放したので、赤ん坊がおっこち頭を割って死んだとか、そんな話もきかされていたのですが、自分が実際乗ってみると、そんな嘘のような話も真実におもわれる物凄さでした。

ぼくはサイクロレエンから降りたった後、なにもかにもが飛び去ったあとのような心地よさで独り、岸にたち、潮風に、髪の毛をなぶらせながら、青黒くひかる海を、虚心に、眺めていました。

その後、羅府動物園へ、選手一同赴いた折にも、巨きな象の二三頭が、放し飼いになって自由に散歩しているあいだを、内田さんと手を繋ぎ歩いているあなたの姿をお見掛けしたことがあります。

その朝、ぼくはデレゲェション・バッヂをなくなし、皆にまた口汚くいわれる疑懼と、ひとつは日頃嘲弄される復讐の気持もあって、実に男らしくないことですが、手近にあった東海さんの上着からバッヂを盗み、東海さんの困却をまのあたりみせられ、些か後悔の念に駆られ、良心の苛責もひどかったときなので、兎もすれば見失いそうな自分の姿を摑まえる為、すっかり茫然としていて、近くにあった、あなたの姿にも、痛いものをみる想いで眼をそらした。

その癖、そのときでもあなたが見えなくなると、バッヂの件を考える苦しさよりも、あなたを想う甘さに惹かれるのでした。

そうしたときでも、いつもあなたには逢いたいような、逢いたくないような気持が、例えば、『逢わぬは逢うにいやまさる』といった都々逸の文句のように錯綜して、あなたを慕っていたのです。

マウントロオで、ケエブルカアから降りて村川と二人、養狐場のほうへ行きかけると、すれちがった若い亜米利加娘が二人、とつぜんぼく達を呼びとめ、ぼくの持っていたカメラで撮してくれというのです。たいへん朗らかな、可愛い娘さん達なので、喜んで、一緒に写真をとったり名刺を貰ったり、手振り身振りで会話をしたりしました。

そうしたとき、奇妙に強く、想われるのは矢張りあなたの面影でした。

ホワイトポイントへ魚釣りにも行きましたが、ぼくは釣なぞしたことがないので、無闇矢鱈にそこいら辺を歩きまわっただけでした。ひとりで、ホテルの裏にでると、ダンス場があって、恰度ヒリッピン人の会合があり、彼等が、勝手放題に、淫らな踊り方をしたり、または木蔭で抱擁し合っているのをみると、急に淋しく、あなたが欲しくてたまらなくなるのでした。

試合(ゲエム)が済んだあとでは、みんな、各自、県人会のひとに案内して貰ったり、または自分達同志でロスアンゼルスに遊びに行ったりしては、やれ今日は飛行機に乗ったとか、秘密のキャバレエで酒を飲まされたとか、レビュウ・ガアルのアパアトで三十弗(ドル)もとられたとか、そんな話の種を持って帰っては、面白そうに話しあうのでしたが、ぼくはまた、独りぼっちの仕様ことなしに、近所の子供達と遊んだり、子供達から自転車を借りて乗りまわしたり、ただあてもなく散歩したり、そんな無為な日々をすごすことが多かった。

いまでも憶いだす、なつかしい路は、合宿裏の花壇にかこまれた鋪道のことです。ジギタリス、アネモネ、グラヂオラス、サフラン、そんな花々につつまれて、一日中、陽があたっている明るさ暖かさでした。ぼくがその路を、胸に紅く日の丸のマアクの入ったスエタアを着て、トレエニングパンツのゴムをぱちんぱちんとお腹にはじきながら、ぶらぶら何遍も往復し一体どんな歌をうたっていたと思います。おけさ節に、インタアナショナル、北大校歌に、オリムピック応援歌、さては浪花節に近代詩といった取り交ぜで、興がわくままに大声はりあげ、しかも音痴はこの上なしというのですから、他人には見せも聞かせもしたくない、のんびりした阿呆らしい風景でした。

そんなとき、いちばん誰憚からず、あなたのことを想って、愉しいときを過しました。白昼、花々匂う小路をさまよい、勝手な空想にふけっていれば、あなたはいつもぼくの身近く、浄(きよ)らかな童女のような相貌で、ぼくにつき纏っていたのです。

## 20

宿舎の近くに、アイスクリイムスタンドがあって、そこに、十八歳になる、ナンシイという可愛い看板娘がおりました。

ぼくなぞは、夜間照明のベエスボオルなどを近所の子供達と見物した帰りに、スマックなぞ嚙りに立ち寄るくらいでしたが、KOの柴山や上原などは、よくかよっていて行けばいつも顔を合せるほどでした。ことに美少年の上原などは、ナンシイ嬢と仲が良く、いつもスタンドに肘つきあっては話を交していました。

ある日の事、一緒に近所の床屋まできた柴山と肩をくんで、その店に入って行くと、上原がもう来ていて、娘さんとなにか笑い話をしています。ぼく達は隅っこでチョコレエトクリイムを貰い、二人でぼそぼそ嘗めているとき、入口のドアを荒々しく押して一人のアメリカの大学生が入ってきて、なにも註文せず、スタンドの前に立ち、腕を組んだまま、じっと上原とナンシイ嬢の様子をみつめていました。

やがて上原の傍につかつかと立ち寄り、彼の肩を押えて、早口になにか云いだします。素破とおどろき柴山と立上ろうとしましたが、意外にも大学生は、和やかな表情で、上原にドライブをしないかと誘っています。上原はぼく達に一緒に来るかい、と聞き、ぼく達が承諾すると、それではと、大学生に、行く旨を返事していました。

そこで四人が、表においてあった大学生のセダンに乗りこむと、彼は、ロングビイチの海岸まで車を走らせて行きました。賑やかで面白そうな海水浴場のほうは素通りにして、荒涼とした砂っ原に降りると、大学生は上原の腕をとって、浪打際のほうへゆきます。さっきから大学生の上原をみる眼が少し変ってるなと思っていたら、大学生はやにわに、上半身、真裸になって、上原に角力をいどみかけるのです。上原は、はにかんだような微笑みを浮べながらも、シャツを脱ぎ裸になりました。ナルシサスもかくやと思われる美しい顔立ちに十九歳の若々しい肉体は、アポロのように見事に発育して引き締っています。大学生も毛深くて逞しいヘラクレスみたいな身体をしていましたが、上原のすべすべした小麦色の皮膚を愛情のこもった眼付で、撫でまわしていました。

二人の相撲は力を入れ、むきになっている癖に、時々いかにもこそばゆいという風に身悶えしてキャッキャッと笑い興じていました。汗ばんで転がるたびに砂塗（すなまみ）れになってゆく、上原の肉体も、額に髪が絡みついた顔も、だんだん紅潮してゆくに従って、筋肉の線に、膨らみもでて来て美しく、ぼく達でさえ些か色情的に悩ましさを覚えたほどです。しかし何時迄もみているのは、莫迦々々しくなって、ぼくと柴山はその場をはずし、なんとなくそこらを散歩してから歩いて帰りました。

遅く夕方になってから戻ってきた上原が、その大学生の着ていたレザアコオトを貰ったりしているので、ぼくは、人間の愛慾の複雑さがちらっと判った気がしました。

帰朝する前日でしたか、ロオタリイ倶楽部での、鐘（ベル）ばかり鳴らしては其の度に立ったり坐ったりする学者ばかりのしかつめらしい招待会から帰ってくると、在留邦人の歓送会が、夕方から都ホテルであるとのことで、出迎えの自動車も来ていて、直ぐとんで行ったのでした。

男はタキシイド、女は紋服かイブニング・ドレスといった豪奢な宴会で、カルホルニヤ一流の邦人名士の御接待でした。ぼくの坐った卓子は、沢村、松山、虎さんとぼくの四人で、接待して下さる邦人のほうは、立派な御主人夫妻と上品なお祖母様、それに二十一になる美しいお嬢さんの御一家でした。

話をしているうちに偶然、そのお嬢さんがぼくの育った鎌倉の稲村ケ崎につい昨年迄、おられたことが解り、二人の間に、七里ケ浜や極楽寺辺りの景色や土地の人の噂さなどがはずみ、ぼくは浮々と愉しかったのです。その内に始まった饗応の演芸が、いかにも亜米利加三界まで流れてきたという感じの浪花節で、虎髯を生した語り手が苦しそうに見えるまで面を歪めて水戸黄門様の声を絞りだすのに、御祖母様は顔を顰め、「妾はどうしても、浪花節は煩さいばかりで嫌いですよ。」といわれる。お嬢さんとの会話で気が浮立っていたぼくは、また尾鰭について出しゃばり、浪花節を下品だとけなしてから、子供の頃より好きだった歌舞伎を熱心に賞めると、しとやかに坐っていた奥さんが、さも感に堪えたと云わぬばかりに、「そのお若さでお芝居がお好きとはお珍らしい。御感心ですこと。」とお世辞を云ってくれるので、ぼくは一層、有頂天になるのでした。お嬢さんはN女子大の国文科を出たとかで、芝居の話も詳しく、知ったか振りをしたぼくが南北、五瓶、正三、治助などという昔の作者達の比較論をするのに、上手な合槌を打ってくれ、ぼくは今夜は正に自分の独擅場だなと得意な気がして、たまらなく嬉しかったのです。

沢村さん始め皆は、いつになくお喋りなぼくを呆れてみつめ（大坂が、エヘヽ）とさも軽蔑したような表情をするのでしたが、その夜は、明らかに教養でみんなを圧倒した態なのも嬉しく、なおも図にのって、お嬢さんに媚びるように、「吉右衛門や菊五郎はどうも歌舞伎のオオソドックスに忠実だとはおもえません。まア羽左衛門あたりの生世話の風格ぐらいが――。」など愚にもつかぬ気障っぽいことを云っていると、突然、大広間の奥からけたたましいジャズが鳴り響き、続いて、「どうぞ皆さんダンスにお立ち下さい。」というマイクロフォンの高声がきこえて来ました。すると奥さんはたいへん叮嚀にお嬢さんに向い、「佐保子や、お前坂本さんにダンスをお願いしなさい。」と云われたので、ぼくは一遍に冷汗三斗の思いがしました。改めてお嬢さんの金糸銀糸でぬいとりした衣裳や、指に輝く金剛石、金と教養にあかし磨きこんだミルク色の疵ひとつない上品な顔をみると、ぼくはダンスは下手だし、その手をとるのも恐くなり、「駄目です。ぼくは踊れないんですから。」と消え入りそうな声で、吃り吃りいいました。お嬢さんはかすかに片頰でほほえむと折からプロポオズして来た陸上のF氏の肩にかるく手をかけ、踊って行ってしまいました。

急に悄気てしまったぼくが片隅でひとりダンスを拝見していると、いつの間にかぼくの横に、油もつけていないバサバサの長髪を無造作に掻きあげた、血色の悪い小男の青年がやって来て立っていました。袴もつけず薄汚れた紺絣の着流しで、貧乏臭い懐ろ手をし、ぼんやりダンスをみているけれど、選手ではないし、招待側の邦人のひとりかとおもい、「今晩は、どうも――。」と挨拶をすると「いやいや。」と周章て、ぼくの顔をみて哀しい薄笑いをして、「ぼくは単なる見物人ですよ。」と云いました。畳みかけて、「米国はもうながいんですか。」ときけば、「いやまだ上陸して一週間位ですよ。」「なにか勉強に。」と続けると、「いえいえ遊んでいるんです。日本は煩さくって。」「こちらに御親類でも。」と尚煩さくいうと、「いやなにもありません。行き当り飛蝗とともに草枕」と最前の浪花節の文句をいってから笑いました。ではさっきから何処にもぐっていたのかと不審になり、それとなく尋ねようとした刹那、ぼくは彼の懐中にねじこまれている本が前田河廣一郎の《三等船客》なのを見て、ハッとして、「文戦はやはり盛んにやっていますか。」ときいてみると、「えッ。」と吃驚りしたように問い返してから、「いや、ぼくは左翼は嫌いだから――。」と歪んだ笑いかたをしました。

ぼくはなんだか、その青年にニヒリズムを感じて、寂しく、そして、それが米国最後のいちばん強い印象となりました。

## 21

行きは、よいよい帰りは恐い、と子供の頃うたう童謡があります。あの歌のように人生、行きと帰りとではずいぶん気持が違うものです。再び、サンピイドロの港、春洋丸の甲板で、見送りに来てくれた在留邦人の方々がうち振る日の丸の、小旗の波と五色のテエプの雨を眺めながら、ぼくはなんともいえぬ佗しさでした。

勝って還る人達はとにかく元気でした。陸上の東田良平が、大きな亀の子を二匹、記念に貰い頸に紐をつけ、朗らかに引っ張って歩いているのが目立っていました。アメリカ人に、「Mayachita, Mayachita」と呼ばれて人気のある水泳の宮下も、船橋（ブリッヂ）の上で手を打ちふりながら、いつ迄も熱狂的な歓送に応えていました。負けて還るほうは、拳闘の某氏のように責任を感じて丸坊主になったひともいましたし、やはり気恥かしさや僻みもあり張り詰めた気も一遍に折れた、がっかりさで、ぼくは雑沓するスモオキング・ルウームの片隅に、しょんぼり腰を降していたのです。

あなたとのことも往きの船では帰りの船でこそ、話もしよう遊びもできようと、あれやこれや空想を描いていたのですが、さて眼前、現実にその時が来てみると、最前、船のタラップを、服（ドレス）も萎れ面（おもて）も萎れて登ってきたあなたの可憐な姿が目のあたりにちらつきながら手も足も出ず心も痺れ、なるままになれと思うのが、やっと精一杯のかたちでした。

出帆前の華やかな混雑も煩さいままに、独りで、ガアデン・ルウームに入って行ってみると、すでに先客がひとり、ひっそりとした青い空気のなかで、硝子越し一杯の陽光を浴びながら、熱帯樹の葉っぱを弄んでいました。

その男は百米の満野でした。かつて吉岡が擡頭するまでの名スプリンタアではありましたが、今度のオリムピックには成績も悪く、いまは凋落の一途にあったようです。彼はぼくをみると磊落に笑い、退屈なまま色々な打明話をしてくれました。彼はKOの予科三年で続いて二度落第していると語り、「こんども駄目だから、まア退学は固いね。」と他人事のように笑っていました。小学校のときから駆けてばかりきて歳を老り、いま学校を追われる様になってもスポオツで食う見込はたたず、「まア国に帰って、兄貴の店でも手伝うか。」と云っていましたが、スポオツでなにも摑み得なかった悔恨が、彼の心身を蝕ばんでいるさまがありありと感ぜられ、外では歓呼の声や旗の波のどよめきが潮のように響いてくるままに、なにかスポオツマンの悲哀、身に染みるものがあって、ぼくも心がむなしかったのです。

浪に明け浪に暮れる日々。それから毎日、海をみて暮していました。誰やらの抒情詩ではありませんが、ただ青く遠きあたりは、たとえれば、古き想い出。舷側に、しろく泡だっては消えて行く水沫(うたかた)は、またきょうの日のわれの心か、と少年の日の甘ったるい感傷に溺れこんでもみるのでした。阿呆なぼくは時折り、あなたのことを想い出しては、痛く胸を嚙む苦さと快さを愉しんでいました。

アメリカを発ってから五日目。暖かい陽光をいっぱいに浴びた甲板のデッキ・チェアに腰を降して、蒼々と凪いだ太平洋をみるともなく眺めていますと、どやどやと下のケビンから十人ばかりの女子選手達があがって来ました。

内田さんや中村嬢のなかに交ってあなたの姿もみえたとき、ぼくは心が定らないまま逃げだしたい衝動にかられました。しかし女のひとが好きで且つおっちょこちょいのぼくは、あなた達から好意を持たれているのを意識しているだけ、なにか気の利いた文句を一言聞かせたく、その為だけでも浮々と皆を迎えるのでした。みんなはお喋りな小鳥のようにぺちゃくちゃ囀(さえず)りながら、附近のデッキ・チェアに群がりましたが、ぼくの顔をみるや、急に内田さんから始まって、ひそひそ話になり、一度にぱっと飛びたって、一瞬の間に全部いなくなってしまいました。あとにあなたともう一人、円盤の石見嬢が残っていましたが、石見さんもみんなの俄かに席から立去って了ったのに驚くと、きょろきょろ辺りを見廻して、初めてあなたとぼくに気づくと、こちらが照れてしまうほど真ッ赧になり、大きな身体をもじもじさせ、スカアトの襞を直したりして体裁を繕ってから、大急ぎで駆け去ってしまいました。

扨て、ぼくは、あなたの傍のデッキ・チェアに坐り直してはみましたが、やはり、烈しい羞恥にいじかんだような、堅いあなたの容子をみていると、ぼくも同様あがってしまい、その癖、意地悪いうちの連中がやってきて、なにか云うなら云え、とそのときの糞度胸はきめていたのですが、愈々話をする段になるとなにから話そうかと切りだす術をさがして、ぼくは外見落着きを装ってはいるものの、頭のなかは火のように燃えていました。

と、自分の靴先をみるともなく見詰めていたぼくの瞳に、あなたの脚が写ってきました。海風が、あなたのスカアトをそよと吹く、静かな一瞬です。短い靴下を穿いていたあなたの脚に生毛がいっぱいに生えているのがみえました。そのときほど、毛の生えた脚をしているあなたが厭らしく見えたことはありません。

男は女が自分に愛されようと身も心も投げだしてくると、隙だらけになった女のあらが丸見えになり堪らなく女が鼻につくそうです。女が反対に自分から逃げようとすればするほど、女が慕わしくなるとかきいています。そこに手練手管とかいうものが出来るのでしょう。

ぼくは羞恥に火照った顔をして、ちょこんと結んだひっつめの髪をみせ、項垂れているあなたが恍惚と、なにかしらぼくの囁きを待ち受けている風情にみえると、再び毛の生えたあなたの脚がクロオズアップされ、悪感に似た戦慄が身体中を走りました。

ぼくは夫迄(それまで)あなたへの愛情に、肉慾を感じたことがなかった。然しこの時、あなたの一杯に毛の生えた脚の、女らしい体臭に噎(む)せると、ぼくはぞっとしていたたまれず「熊本さんは肥りましたね。」とかなんとか、あなたの寠れを気づかっていたつい最前の自分も忘れ、お座なり文句もそこそこに、立ちあがると逃げだしてしまいました。海を眺めに行ったのです。あとに残ったあなたの淋しい表情が、形容のつかぬ残酷さで黙殺できると同時に、あなたの、やるせなさそうな表情は心に残った。ぼくは自分を勝手だとおもいました。膨れあがった海をみながら——。

## 22

とかく帰りの旅は気もゆるみ易く、且つ練習がないので、みんなは酒を飲んだり、麻雀をしたりした無為の日々を送っていましたが、どうも一種、頽廃(たいはい)の気風がなにか船中に漂いだした感じがしてなりませんでした。

布哇に入る前夜、園遊会が盛大に開かれ、会長のK博士夫妻もインディアンの羽根飾り帽を冠って出場する和やかさでした。

ぼくは借り物競争に出て、算盤(そろばん)と女の帽子と草の葉を一枚、集めてくる鬮(くじ)にあたり、はじめに近くに見物していた内田さんの頭から、ものもいわずに、紅いベレエ帽をひったくり、ポケットにねじこむと、ドタドタと階段をおっこちて、事務所に殺到、事務員のひとが、呆気にとられているか笑っているのか、見極めもできぬ素早さで、算盤をひったくり、次いで、階段を、大股に、三段位ずつ飛びあがって、ガアデン・ルウームに入ろうとすると、ぴったり足がとまりました。緑り滴る芭蕉の葉かげに、若い男女が二人、相擁しあって、愛を囁いているのです。それだけをみて、ぼくはくるりと引っ返し、競争を廃棄しました。算盤をかえして、次にベレエ帽をかえすとき、内田さんに、「ぼんち、どうして止めたの。」と訊かれ「草の葉がなかったんだ。」と答えると、「莫迦ね。ここにあるじゃないの。」と彼女の胸にさしていた、忘れな草の造花を差し出してくれました。

23

再び青きハワイ――。

ワイキキ・プウルを村川と二人、平泳の競泳をしながら、日本へ帰ったらうんと遊ぼうや、と詰らない約束をし、プウルから上り、脱衣場に戻って行ったら、まんまと五弗入りの財布を盗まれていました。

ホノルルの日本領事館で、官民合同の歓迎会が催されたのち、邦人の方の御好意で、選手一同布哇の名勝ダイヤモンド・ヘッドからハナウマイへかけて、見物させて貰いました。殊にハナウマイの涯しない白砂のなだらかさ、緑葉伸び張ったパルムの梢の鮮かさ、赤や青の海草が撩乱と潮に揺れてみえる岩礁の、幾十尋と透いてみえる海の碧さは、原始的な風景というより風景の純粋さといった感銘がふかく、ながく心に残っています。

亦、それ迄みも知らぬ赤の他人の邦人の方が、日本選手という名前だけで、自動車と昼食とアイスクリイムを提供してくれ、其の上、細々と御世話を焼いて下さった御好意は、真実、日本人同志ならばこそという気持を味って嬉しかった。あれ程、損得から離れた親切さには、その後めったに逢いません。

出帆前の船に、また布哇生れのお嬢さん達が集って、華やかな、幾分エロチックな空気をふりまいていました。

往きのときに会った、だぼはぜ嬢さんや、テエプを投げてやった可憐な娘も、みんな集っていて、会えばお互いに忘れず、なによりも微笑が先に立つ懐しさでした。

だぼはぜ嬢は相不変の心臓もので、ぼく達よりも一船前にホノルルを去った野球部のDさんやHさんに、生のパインアップルをやけに沢山託づけました。船室に置いておいたら、いつの間にか誰か食ってしまい、ぼくには、そんな空しい贈り物をする、だぼはぜ嬢さんが哀れだった。Dさんにファン・レタアも頼まれたのですが、それも結局、次から次へと託づけて行くうちに幾人もの男達に読まれて笑われ、どうにか当人に渡ったにしても、所詮、真面目には読んで貰えないものにと思われて気の毒だったのです。

　また例の可憐な娘に、テエプを拋る約束をしたら、その娘は下船するとき、彼女の写真と手紙を渡してくれました。船が出てから、便所に持ちこんで読んだらこんな風に書いてありました。

《二三日前、新聞でオリムピック選手達が、明日ホノルルに寄航するという記事を読み、坂本さんにも会えると思ったら、その晩、夢をみました。

　ずっと前、日本に帰って死んだお祖母さんが夢に出てきて、妾の手を曳いてくれ、「これから坂本さんのお宅に行くんだよ。」と云います。「嬉しいなア。」と妾は喜んで、冷たくてカサカサするお祖母さんの手に縋（すが）り、どんどん暗い狭い路を歩いて行きますと、まだ見たこともない日本の町は、灯火が少なくて、たいへん淋しくありました。

　少し前方に、大きな灯のついた家がひとつあってお祖母さんは指をさし、「あれが坂本さんのホオムだよ。」と申されました。

ところがお家の前に広い深い河がありまして、お祖母さんは妾の腕を抜けそうに引っ張り、ジャブジャブ渡って行きましたが、妾の着物はびしょぬれで皺くちゃになりました。すると、お祖母さんは、たいへん怖い顔になって「坂本さんのお宅は、お行儀が煩さいから、ちゃんとしたなりで、お前が行かないと、花嫁さんにはなれないよ。」と怒ったので、妾はいつ迄もいつ迄も泣いていました。》

それからなんと書いてあったか忘れましたが、要するに、お兄さんみたいな気がするとか、いつ迄も忘れずにお便りを下さいな、とかそんな手紙の文句でした。でも、その夢の話だけは非常にシムボリックな気がして、感銘ふかく覚えています。異境に培われた一輪の花の、やはり、実を結びがたい悩みと儚なさが露わにあらわれていて、ぼくには如何にも哀れに、悲しい夢だとおもわれたのです。

## 24

布哇をでると、あとはもう横浜まで海ばかりだという気持が、なにかぼくを気抜けさせるものがあって、船室に引籠って啄木歌集を読んだり、日向に出ては海を眺めたり、そんな時を過していました。例えば、往きの船が、しょっちゅう太陽を感じさせる雰囲気に包まれていたとすれば、帰りの船はまた絶えず月光が恋しいような、感傷の旅でした。ぼくは自己批判も糞もなく、甘くて下手な歌や詩を作り、酩酊している時が多かった。

　そうした或る日のこと、中村さんにプロムナアド・デッキで、ぱったり逢うといきなりサインブックをつきつけられ「なにか記念になるものを書いて。」と頼まれました。船室に持って帰って前の頁を繰ってみますと、――乙女の君の夢よ、安かれ。――とか、――高く強く速く（アルティアスフォルティアスモルティアス）頑張れ中村嬢――とか、様々な文句が書いてあるなかに、Y女子監督が――鯨吠ゆ太平洋に金波照り行方知れぬ月の旅かな――とかいう様な歌を書いているので、ぼくも、臆面なく――かにかくにオリムピックの想い出となりにし人と土地のことかな――と書きなぐり、中村嬢に渡しておきました。

　すると、二三日経って、甲板で逢った内田さんがぼくに、「坂本さん、お願いがあるんやけれど。」と珍らしく改まった調子です。「ハア。」とぼくが堅くなると、今度は笑いだして、うしろに居た百米のM嬢をふりかえり、「ねエ坂本さんの歌うまかったわねエ。」「否、駄目ですよ。」と照れるぼくを黙殺して、「ねエMさんがあなたに歌をかいて下さいって。幾つでも出来るだけ。」Mさんというひとはピチピチとした弾力のある子供っぽい愛くるしい顔をしている癖に、コケットの様な濃厚なお化粧をいつもしていました。

　そこでぼくは彼女達に婉然（えんぜん）と頼まれると、唯々諾々としてひき受け、その夜は首をひねって、彼女の桃色のノオトに書きも書いたり、――かにかくに太平洋に星多き夜はともすれば人の恋しき――から始まり――海の上のノオトは浪が消しゆきぬこのかなしみは誰が消すらむ――に終る、面皰だらけの歌を十首ばかり作りあげ、翌日M嬢に手渡そうとおもいました。

面皰といえば思いだす、面白い話があります。同船していたブラジル人で十五歳位の女の子がいて、それが大分早熟で、体操のKさんの跡ばかり追っていました。或るときブリッヂの蔭で、Kさんの名前を呼び喚いている女の子が、あまり一生懸命に呼び探しているので「ヘエィ、ぼくと遊ぼう。」と覚束ない英語でからかうと、女の子は急に貴婦人のように取り澄まし、しげしげ、ぼくの顔をみていましたが、いきなり唇をとがらせ「面皰！」と吐きつけると、バタバタ駆け去って行ってしまった。あとでぼくは、練習を止めてから、めっきり増えた面皰づらを撫で、苦く佗しい想いでした。

翌日、歌をかいたノオトを返したくM嬢をさがしていると、また甲板で中村さんに出会い、M嬢は船室に内田さんと二人でいるとのことなので、早く渡してあげたく、かつて一度も行ったことのない、女の船室のほうへ行き、名札のかかったドアを軽く叩くと、中から内田さんの声がものうげに「どうぞ。」という。開けたとたんに、ぼくは吃驚りしました。内田さんがたった一人で、それもシュミイズ一枚で、横坐りになり、髪を梳(す)いていたのです。白粉と香水の匂いにむっとみちた部屋でした。

内田さんは入って来たのがぼくなのをみると、一寸坐り直し「坂本さんだったの。」とみあげます。ぼくは内田さんの女(セックス)に圧倒されて居たたまれない気持で、早々にノオトを渡し、扉を開けて出るのと殆ど同時でした。会長のK博士が温顔をきびしく結ばれて、此方に、洋杖の音もコツコツとやって来られたのです。ぼくは、びっくり敗亡、飛ぶようにして自分の船室に逃げて帰りましたが、内田さんの小首を傾げた横坐りの姿は、可愛い猫のような魅力と媚態に溢れていて、ながく心に残りました。

しかし、それから間もなく、KOのボオトの連中が坊主になるような事件を惹き起したとき、ぼくは、なにか危なかったと胸をなでる気持がありました。

事件といっても、大したことではなく、村川から聞いた処によると、皆が酔っぱらってブリッヂにいると、中村さんを始め女のひとが二三人あがって来た。それをこちらが不良学生みたいに取囲んで、酔った勢いで、ワアワア云っていると、中村さんが、真っ先に泣きだし、それを折悪しく来かかったTコオチャアに見つけられ、みんなは其の場で叱責されたばかりでなく、Tさんは主将の八郎さんに告げたので、八郎さんが亦みんなを呼びつけて烈火のように怒り、自分から先に髪を刈って坊主になったので、皆もいさぎよく揃って丸坊主になり、謹慎の意を表したとのことでした。

## 25

横浜まで、あと一週間という日になった。

プロムナアド・デッキの手摺に凭りかかって海に唾を吐いていると、うしろから肩を叩かれ、振返ると丸坊主になりたての柴山でした。

彼はひどく真面目ぶった顔付きで「坂本君、熊本さんのことでなにか聞いたか。」と訊ねます。「いや別に。」と答えると声をひそめ、「大変なことがあるんだ。これが公けになったら熊本さんの一生は台なしだよ。君はあんなにして特に親しいから、君からいっぺん忠告してやれよ。」と親切にお節介を焼いてくれます。ぼくは息づまるほどのショックを受け柴山をみつめていました。

「昨夜なア、うちの河堀と金沢が、ボオト・デッキで涼んでいたら、暗い蔭になったほうでガサコソ物音がするんだそうだ。なんだとおもってみてたら、熊本秋子とネルチンスキイの奴が二人ッきりで腕を組んで出てきた。それで、此方で見ているとも知らず、ネルチンスキイが、熊本にながいこと接吻してけつかったそうだ。汚い。」

ネルチンスキイというのは一船遅れて日本に遠征に来る筈の芬蘭(フィンランド)の陸上選手監督で、

一足先に事務上の連絡旁々この船に乗った、中年の好紳士です。背が高く口髭を蓄え、膏ぎった赭顔をしていました。

ぼくは頭のなかが熱くなり、嘘だ嘘だとおもいながらも柴山の言葉を否定するなんの根拠もないままに、無性に腹が立ってきました。柴山は続けます。

「それで、金沢が帰ってきて陸上の連中に話したから、みんな怒っていたよ。二三人で呼びだして、熊本を撲ろうかとまで云っているんだぜ。」

ぼくはこれは大変だ、と思いました。とにかく河堀と金沢に会ってから真相を確かめ、その上であなたに逢ってお話をするのだ、と心に決め、柴山の親切に、厚く礼をいってから其の場を立去りました。

先づ、河堀を捜しに行くとスモオキング・ルウームで、これも丸坊主になりたての頭で、煙草を吹かしていました。「ちょっと。」と呼びだし、照れ臭いのを我慢して、あなたの一件を尋ねますと、KOボオイの標準型で立派な青年紳士の趣のある彼はかるく笑い、

「そりゃア柴山の話が大きいんだ。そこ迄ぼく達はみなかった。ただ暗い処を二人でごそごそしていたし、出てきたとき熊本が泣いていて、それをネルチンスキイが慰めていた様子が変だったから、金沢がみんなに話したんでしょう。しかし、ぼくには、なにも他人のことだし、誰にも云いふらしたりしませんよ。安心なさい。」

と、ニヤニヤ笑いながら、ぼくの肩を叩きます。マドロス・パイプを乙に銜え、落着いて煙をくゆらす彼の態度にはなにか信用できるものがあって、ぼくは呉々もその噂を打ち消すように頼むと、こんどは、階段を飛ぶように降りて、金沢の船室を叩いてみました。

折よく在室とみえ「お入り。」と重々しい声です。ドアを開けると、元来禁慾僧じみた風貌の彼にはよく似合う刈りたての頭をして、寝台にどっかと胡坐をかき、これも丸坊主の村川と、しきりに大声で笑いあって、なにか嬉しそうに話をしていました。入って行ったぼくをみると、彼は顔をあげて意外らしく、「オウ。」と挨拶します。ぼくが改まって、「金沢君、お願いがあるんだけれど。」と切り出すと「え、なんだい。」彼はおおげさに眉を顰めました。ぼくは下劣に流布されているぼく達の交友が、ここでもストイックの彼に、誤解されてはと「実は変にとられたら困るけれど。」と前置きすれば「いや別に変に思わないよ。」ともう冷たい声で突っぱなされました。

ぼくは懸命になればなる程、拙劣なのを知りながら「実はあなたが昨夜、熊本さんについて見たことを、あなたの胸だけに蔵っておいて貰いたいのです。」と云いかければ、彼は不愉快そうにかん高く、ぼくを遮り「なにも俺はそんなことを喋り歩いたりはしないよ。云ってみたって何の得にもならないし、第一、俺は熊本みたいな女に少しも興味がないもの。」と、そこで一寸と口を切ってから、また落着いた嗄れ声にかえり「然し、実際女の選手ってだらしがねエな。」と村川を顧みれば、村川も即座に「じッせえ、女流選手って云うのは、なっちゃいないね。」と合槌を打ちます、ぼくは無責任な批評をするな、と腹がたちましたが、金沢は続いて無造作に、「しかし誰かに云い触らすようなことはしないよ。それは約束します。」という。その云い方に、ぼくはふッと、彼の大人を感じると、なにか信用して好い気になり、安心すると同時に、一遍に気恥かしくなってきて、急いで彼の部屋を辞しました。

無茶苦茶に駆けあるきたいような衝動にかられて、階段をかけ上って行くと、森さん、松山さん、沢村さん達がいずれ麻雀でも果てたあとか、たくましく笑い合って降りて来かかり、血走ったぼくの様子をみると、顔見合せて、更にどっと笑いたてました。

てッきり、あなたの一件で笑われたと、ぼくは尚更、口惜しがって、あなたを捜しまわりましたが、其の晩は遂に見つからず、また不眠の夜を送りました。

翌日、海は晴れていた。ぼくはあなたを探して船の上から下まで馳せめぐった。逢ってなにか一言いわなければ、納まらない気持だったのです。その日も、むなしく海が暮れました。ぼくはスモオキング・ルウームの一隅に坐り、ひとり薄汚れた感傷を嚙んでいました。

その頃の流行歌の一節に、《花は咲くのになぜ私だけ、二度と春みぬ定めやら》というのがありました。ぼくは其処(そこ)のところが、奇妙に好きで、誰もいないのを幸い、何遍も何遍もかけ直しては、面をたれて、歌をきいていました。

逢魔ヶ時という海の夕暮でした。ぼくは電灯もつけず、仄暗い部屋のなかで、ばかばかしくもほろほろと泣いてみたい、そんな気持で、なんども、その甘い歌声をきいていました。その時ひょいと顔をあげると愕然としました。あなたの仄白い顔が、窓から覗いているのです。あんなに捜してもみつからなかったのに、一体どこにかくれていたんです、とも云いたく、お元気でなによりですと、喜んでもあげたかった。が、驚きのほうが強く、まじまじ目を見開いているぼくの顔にあなたは「ぼんち、今晩は。」と笑いかけ、寂しさに甘えようとしているぼくの表情が判ると、ふっと身体を乗りだし「そんなとこで、なにしてんの。ホホ……」と少しヒステリカルに笑い、顔見合せると急に笑い止んで、やるせない沈黙の瞬時が流れましたが、ふっと表情をかえたあなたは「ぼんち映画みに行かないの。」といい棄てたまま、くるりと身を飜えし、甲板の端の映画場のほうへ行ってしまいました。

機械的にそのあとから、ぼくも跳ねおき、活動を見に急いだのです。

映画は、むかし懐しい大河内傳次郎主演、辻吉朗監督『沓掛時次郎』でありました。ところは太平洋の真唯中、海のどよめきを伴奏にして、映写幕は潮風にあおられ、ふくれたり、ちぢんだりしています。見物人は船客一同に加えて、満天の星と、或いは、洋（うみ）の鱗族共（うろくず）ものぞいているかも知れません。

ぼくは、舷側の手摺に凭れて、みんなの頭越しに、この傷だらけのフィルムを、ぼんやり眺めていました。

義理人情に絡まれた、男、沓掛時次郎の物語はへんてこに悲しいものでした。それに、説明を買ってでたレスラアB氏の説明が出鱈目で、たとえば《助（すけ）ッ人（と）》と読むべきところを《助人（じょにん）》と読みあげるような誤りが、ぼくには奇妙な哀愁となって、引きこまれるのでした。飾りのない束ね髪に、白い上衣を着たあなたが項垂れたまま、映画をまるで見ていないようなのも悲しかった。

映画が済んで、みんな立ってしまったあと、ぼくは独り、舷縁に腰を掛け、柱に手をまいて暗い海をみていた。青白いスクリインは、バタバタと風に煽られ、そのまえに乱雑に転がったデッキ・チェア、みんな、虚しい風景でした。

もう、なんにも、あなたに云いたくなくなって、ぼんやり、一等船室の大広間に足を踏み入れると、悚然、頭から水を掛けられたようなショックを受け、絨毯（じゅうたん）のうえに足が釘付けになりました。あなたが、衆人環視のなかで泣いていたのです。

あとで聞くと、あなたは、その夜映画説明をしたB選手に、醜聞（スキャンダル）の件で面罵されたのだといいます。ぼくが傍に居合せたら恐らく、身体の震える憤りに気が狂いそうだったことでしょう。

そのとき、一足なかに踏み込み、その光景をみるなり、ぼくは居竦んでしまいました。紺のベレエ帽に、紺のブレザァコオトを着た内田さんが、看護婦のように、あなたに寄り添って慰めていました。室内にいた二十人ばかりの男女の視線が一斉に、立竦んでいるぼくに注がれた気がして居たたまれず、すぐに表に出てしまいました。あなたが災難にあっているのに、何にもしてやれない自分がはがゆく、ぐるぐるデッキを廻り歩きました。黒い海だった。走る波でした。

二三回、プロムナアド・デッキを歩いて、先程の広間の前まで来ると、そこの手摺に凭れてあなたが陸上の川北氏と話をしていました。

思いきったぼくは臆面もなく、あなた達の間に割りこみました。あなたは泣いたあとの汚い顔はしていたけれど、なにか頼りなげな可憐な風がありました。

ぼくは不作法にも突然あなたに向い、口を切りました。「どうしたんですか。一体、熊本さん。」あなたは顔をあげ、ひどく泣きじゃくりながら、話しだしました。このひとは未だ少女ではないか、それを汚れた眼鏡でみるなんて、と、ぼくは憤慨しながら、あなたの話を聞いていました。

「昨夜六時頃、Bデッキを散歩していますとネルチンスキイさんが、笑いながら傍によってきて、よくは判らないんですけれど、光るものと云うから多分夜光虫でしょう、をみせてあげるからボオト・デッキに行こうッて云うのでしょう。わたし一人で、嫌だったから断ると、無理に、そりゃしつこく誘うのでしょ。内田さんがいてくれたら、気が強いんですけれど。心細いのにね。相手が外国のひとで、よく言葉が解らないから、若し失礼になったら——と思って、ついて行ったんです。そしたら、ボオト・デッキに上って、暗いほうへ、ずんずん行って、隅に立っていたの。気味がわるかったけれど我慢して一緒に並んでいると、訳のわからない早口を云って、わたしの顔をみたり、なんにも見えない暗い海をみたりしていましたが、いきなり、私の手をこうして握ったのでしょ。ぞうっとして、急いで、振りきって、帰ってきたんです。それだけなの。」

それだけの事実が、こんなにも歪曲され拡大されて伝わって行くとはと、ぼくが訳もなく口惜しがっているあいだに、川北氏は考えを纏め、しずかに意見を述べだしました。

「だから、熊本君、さっきも云ったように、ネルチンスキイ氏に、なにもそれ程の邪意はなかったのじゃないかな。外国人は、女の手を握ったり、接吻したりするのは平気だから、若しかすると単なる親愛の意味からやったに過ぎないのじゃないかとも思う。しかしそういう処へ、男と二人ッきりでいたという、あなたも賢明じゃなかった。これからは気をつけるんですね。

けれど、ネルチンスキイ氏にも、一度会って話はしておきましょう。なんでも彼方の習慣通りにやられては堪らない。ぼくが会って、あなたのことも、明瞭に、あやまらせて置きます。」

ぼくはこんなにテキパキあなたに話ができる川北氏が羨しかった。ぼくには悔恨と憧憬しかない。而し、この人には理性と実行力があるのだと、尊敬する気持で、ぼくは、ネルチンスキイを捜す、川北氏のあとについて行きました。

折よくプウルの傍の手摺によりかかり、海に唾を吐きちらしているネルチンスキイをみつけると、川北氏は傍に近づき巧みな英語で話しかけます。ぼくは初めから川北氏に無視された形でしたが、ここでも語学の点で、尚更ひっこんでいなくてはならず、それでもなにかの役に立てばと独りで興奮して、二人の会話を傍観していました。

ぼくにはよく解らないながら、川北氏の一言一句はネルチンスキイの肺腑に染み渡るとみえ、彼はいかにも恐縮した様子で、「I'm sorry」を繰返しては頷いていました。タイなしのカッタア・シャツに灰色の上衣をひっかけた五尺そこそこ無髯の川北氏が、六尺有余、でっぷりした赭顔の鼻下にちょび髭を蓄えた堂々たる紳士のネルチンスキイを説得している有様は、まるで書生が大臣をへこましているような快感がありました。

その話も結着して、川北氏に別れ独りになって甲板を歩いていると、なんとも云えぬ淋しさがこみあげてきて、なに一つできぬ自分がほんとに厭になった。自分の意気地なさ、だらしなさ、情けなさが身にしみ、自分の影法師まで、いやになって、なんにも取縋るものがないのです。星影あわき太平洋、意地のわるい黒い海だった。《花は咲くのになぜ私だけ、二度と春みぬ定めやら。》と音痴の歌をくり返しては口ずさみ、薄暗い廊下を歩いてゆくと、向うの端から、仄白くあなたの姿が浮んできました。亡霊のような儚なさで、あなたはまた誰にか罵られたのか、両掌で顔をおおい、泣きじゃくりながら、近づいて来るのです。

ぼくと向きあっても、あなたは覆っていた掌を放さず肩をふるわせて泣いているのでした。次の瞬間、ぼくは夢中であなたの肩を叩き、出来る限りのやさしさを籠め、「秋ッぺさん泣くのはおよしよ。もう横浜が近いんだ。」すると、あなたは顔から手を放し、子供みたいに、こっくりして頷いた。その時の、あなたの瞳の柔軟な美しさは、今も目にあります。「笑って。」といったら、ほんとに、あなたはにっこり笑った。

ぼくには、それだけが精一杯だったのです。

あの夜、それだけで別れて横浜まで、お逢いしなかった。けれど、あのときの別れが、今日迄も続いている気がします。

26

その翌日——横浜に着く四日前——ぼくは酒を飲みました。前の夜、あなたに云い足りなかった口惜しさで、珍らしく朝から晩まで飲んでいました。そのうち酔っ払ってしまって、船の酒場に入ってくる誰彼なしを取っ摑まえては、管をまき盃を強いていました。

日が暮れるといつの間にかホッケエ部の船室に入りこみ、ウヰスキイの瓶を片手に、時々喇叭呑みをやりながら、「レエスに負けたって仕方がねエよ。だけど負けたのは恥かしいねエ。」とかなんとか同じ文句を繰返しているうち、監督のHさんから肩を叩かれ、「どうも君みたいな酒豪にはホッケエ部で、太刀打できるものがいないから、頼むから帰って寝てくれよ。」とにこやかに訓され、「はい、はい。」と素直に立上ると、自分の部屋の前まで来ましたが、恰度同室の沢村さん、松山さんとそこで一緒になりました。

「大坂(ダイハン)、いい機嫌だな。」とか、ひやかされてぼくは嬉しそうに、「ええ、ええ。」と首を振っていましたが、松山さんが部屋に入ったあと、沢村さんがぼくの首を抱き、覗きこむようにして、「ぼんち、熊本さんは。」と囁くのが、てっきり、あなたの醜聞の一件を指しているのだと思うと、ぼくには、これ迄の此の人達の悪意がいっぺんに想い出され、気のついたときには、もう沢村さんの身体を壁に押しつけ、ぎりぎり憎悪に歪んだ眼で、彼の瞳を睨みつけていました。

瞬間、ア、しまった、と思った時にはすでに遅く、その隙に立ち直った沢村さんが、「貴様やる気だな。」と叫びざま、ぼくを突きとばすと、直ぐのしかかって来て、ぼくの頸を絞めつけました。

そのとき松山さんが部屋から出て来て、この有様をみるなり、「おい、沢村よせよ、大坂（ダイハン）はだいぶ酔っているぜ。」と止めてくれましたが、沢村さんは一度手をはなしたかとおもうと、今度はなんともいえぬ意地悪い眼付で、まじまじぼくを見詰めているうち、不意に、平手で、力一杯、ぼくの横ッ面を張った。ぼくはことさら撲られるのも感じないほど酔っている風に装い、唇を開けてフラフラして見せているのに、沢村さんは、続けて、ぼくの右頬から左頬へと、びんたを喰わせ、松山さんを顧みてはニヤニヤ笑い、「こら、大坂（ダイハン）、これでもか。これでもか。」といくつも撲った。

## 27

そうして、横浜に着きました。

朝靄を、微風が吹いて、さざら波のたった海面、くすんだ緑色の島々、玩具のような白帆、伝馬船、久し振りにみる故国日本の姿は綺麗だった。鷗とびかう灯台のあたりを抜けて、船が岸壁に向おうとすると、すでに、満艦飾をほどこした歓迎船が、数隻出迎えに来てくれていました。

埠頭（バンド）を埋めた黒山の群衆のなかから、日の丸の旗がちらちら見えるのに、負けてきた、という感慨が、今更のように口惜しく、済まないなアと込みあげて来ました。最早どやどやと上りこんで来た連中で、甲板は一杯になり身動きもできません。新聞記者さんが一人、二人、ぼくのような者にまでインタアビュウに来てくれるのでした。

併し色んな事で上気してしまっているぼくには、話といっても別に出来ませんでした。が、その翌日の地方版をみると勇ましく片手を挙げたぼくの写真の下に、《坂本君は語る》として次の様な記事が出ていました。

《オォルの折れる迄、腕の折れる迄もと思い全力を挙げて戦って参りましたが武運拙なく敗れて故郷の皆様に御合わせする顔もありません。只、心配なのは今度の戦績で、今後日本人がボオトに於て、果してどれだけの活躍が出来るかと危ぶまれることです。この上は、四年後のベルリンに備えて、明日からでも不断の精神を続け、必ず今日の無念さを晴らしたいと存じます。》

ぼくは、ぼくの気持通りに書いてくれた、記者さんの御好意に感謝はしましたものの、今更のようにジャアナリズムの魔術に呆れたものです。ぼくの寸言も真実、喋ったものではありませんでした。

さて、横浜に着く迄に、あなたに訊いておきたかった一言は、矢張り、「あなたはぼくが好きですか。」でありました。その返事を聞けなかった事がぼくの心残りだと、この手記の始めに思わせ振りに書いて置きました。然し、聞いたからとて今思えばなんになろう。今になって残っているのは言葉でも肉体でもなく、ただ愛情の周囲を歩いた想い出だけです。今のあなたにはお逢いしたくない。

あのとき、帰りの船であなたがぼくの啄木歌集の余白に書いて下さった言葉を覚えていますか。

《往きの船ではずいぶん面白く御一緒に遊んで頂きましたわ。真珠の夢のように一生忘れられない想い出になりましょう。日本に帰りましたら是非お遊びにいらして下さい。寄宿舎の豚小屋に。》

そして、その頁のすぐ裏には、レスラア某氏の書いて呉れた此んな文句がありました。

《世界は酒と女と金。》

横浜沖で歓迎船が見えだしてから、ぼくは慌てて、あなたの写真を内田さんと一緒に撮らせて貰いました。あなたの衣裳も顔も皺くちゃにレンズのなかにぼけて写っていました。あなたの顔は往きの船の健康さにひきかえ、憂いの影で深く曇っていました。ぼくはそれをぼくへの愛情の為かと手前勝手に解釈していたのです。

帰朝して三日目、高知県主催の歓迎会が丸の内の中央会館でありました。あなたも同じ高知県なので、勿論お逢いできると思い、慌てて道を歩き交通巡査に叱られるほどの興奮の仕方で出席しました。しかし、面窶れしているあなたにお逢いしても、矢張りなんにも話せませんでした。

只、エレベエタアを一緒の箱で、身体が触れ合って降りたときと、挨拶に壇上に登る際、降りて来たあなたと擦れちがったときとが、限りなく苦しかった。

帰って床に入り目をつむっていると、あなたが船のなかでボクサアのIさんとピンポンをしているときの姿態が浮んできた。あなたはとてもピンポンが上手で、それだけ汗塗れになってやっていた。薄い肌着がぴったりくっつき、あなたの肉体の線が露わにみえていました。

そのうちどうした機勢(はずみ)か、Iさんの強打した直球が、あなたのスカアトから股の間に飛びこんだら、皆もどッと笑ったけれど、あなただけいつまでも体をつぼめて、ヒステルカルに癇高く笑い続けていました。

笑いが止まるとあなたは直ぐ、真紅な顔になって、部屋に帰ってしまいましたが、そのときぼくがあなたを撲りつけたい腹立たしさで、一隅から笑いもせずに睨みつけていたのを御存知ですか。

ぼくはあなたへの愛情に、肉体を考えたことがないと前にも書きました。帰朝してから随分色んな歓迎会も催して頂き、酔ったあとで友達同志、女遊びをする機会も多かったのですが、ぼくはどんな場合でも、芸者なり商売女に、「ぼくにはだいじな女がいるから、悪いけれど気にしないで。」とまともな顔で断って、指一本、彼女達に触れたことはありませんでした。

帰って暫くして、銀座のシャ・ノワールにクルウが揃って行ったことがあります。初めに書いた、嘗てぼくの童貞とやらに興味を持ったN子という女給もいれば、松山さんや沢村さんの女達もいるカフエでした。ぼく達が入って行くと、マスタアが挨拶に来るは、女給が総出で取り巻くは大変なものでした。

ぼくは其の頃むやみに酒を飲むようになっていましたから、一人でがぶがぶと煽り、手近に坐っていた京人形みたいな女給をちょっと好きになって、「君の名前は。」とか訊いているうち、いきなり背後から生温い腕がぺたっと頸のまわりに巻きつきました。振り返ると熟柿みたいな臭いをぷんぷんさせたN子です。「聞いたわよ、坂本さん、船のなかで女のひとと凄かったんですッてねエ。」「ああ。」とぼくは素直です。「こんなお婆ちゃんじゃ、嫌い。」とN子はぼくの頸にぶら下ったまま、ぼくの膝に坐り、白紛と紅の顔を、ぼくの胸におしつけます。

実をいうとぼくは肉体の快感もあって、こういう酩酊の為方（しかた）も好いなあ、と思いかけていましたが、便所に立った虎さんが帰って来て、「オイ表に出てみろよ。大変な貼出しが出ているぜ、ハッハッハ。」と豪傑笑いをするので、清さんと一緒に出てみますと、入口に立てかけた大看板に（只今オリムピックボオト選手一同御来店中）と墨痕鮮かに書いてあります。

しばらく啞然と突っ立っていたぼくは、折から身体を押して行く銀座の人混みに揉れ、段々、酔いが覚めて白々しい気持になるのでした。もう其の儘、帰りたくもなりましたが、皆で来ているのでそれもならず、再び店内に入ると、最早、ほろ苦くなった酒を煽るのも止めてしまった。間もなく、マスタアが出て来て、「お写真をとらせて下さい。」という。酔っ払った連中は、二つ返事で銘々美女を相擁し、威勢よくシャムパン・グラスを左手に棒げ立った処を、ポッカアンとマグネシュウムが弾けて一同、写真に撮られてしまいました。

所詮、だらしのないぼくが、そんなにも女色が嫌いだったというのは偏（ひと）えに、あなたから手紙の御返事を待っていたからです。

県人会でお逢いした翌日、ぼくは横浜へ着いた日に撮ったあなたの写真を、すぐあなたの寄宿舎のほうへ送っておきました。勿論、あなたの御迷惑を考え、あっさりした御手紙を添えておいたのですが、きっと返事が来るだろうと信じていました。返事が来れば、それからお附合いをして、或いは結婚が出来るかとも思っていました。

ぼくはその夏、鎌倉の家へ行っていました。

毎日、夕暮になるとあなたからのお手紙が廻送されているような気がして、姉の子をおぶい、散歩に出た浜辺から、祈るような気持で、姉の家に帰って行ったものです。

相模の海の夕焼け空も、太平洋の夕照とかわりありません。到頭あなたの手紙は来なかった。


それから間もなく、ぼくは兄の指導下に、学内のR・Sを手始めとして、段々本格的な左翼運動へと走って行きました。続いて学内サアクルの検挙、一人の母を棄てて地下へ、工場へ。ストライキから摑まって転向、というヤンガア・ジェネレェション一通りの経過をへたぼくが、狂熱的な文学青年になったのは、オリムピックの翌々年の春でした。

なにより先にあなたとの想い出が書きたく、すでに書き溜めの原稿紙も五六十枚になった頃、偶然新宿の一食堂で中村さんに逢いました。

暫く見ないうちにすっかり大人になった、来年はまた伯林(ベルリン)に行けると張切っていた中村さんから、先ず、あなたが中国辺の女学校で、体操の先生をしているとの話を聞きました。同時に、内田さんが有名なスポオツマンの某氏と、恋愛結婚をしたとの話を聞きました。

そのときの衝動は強く、帰ってから直ぐ書きかけの原稿紙を全部、破ってしまいました。こんな興奮するようでは、未だとても書けないと諦めたからです。

次の年、徴兵検査で、本籍のある高知県に帰ったとき、特殊飲食店を開いている伯父さんから商売柄の廃娼反対演説を聞いたあと、こっちも一杯機嫌で、あなたの話をほのめかすと、伯父さんは、「熊本秋子さんなら直ぐ、隣町の床屋の娘さんじゃきに、伯父さんもよう知っとるし、本当におまはんがその気なら、じき話を決めるがのうし。」と大乗気になられ、却って此方が辟易しました。

それよりも去年の暮、出征していた頃、北京郊外豊台駅前のカフエに入った処が、高知県出身の女給さんばかりが多くいて、あなたの噂が、偶然オリムピックの話から出たのには驚きました。あなたと同じ女学校で三年下だったという処のある女給さんは、なかなか色白細面の美人でしたが、あなたのことを「とてもすらりとした可愛いお方でしたわ。」とお世辞を云っていました。

そうして、ぼく達のグルウプの人々は——。

帰朝して間もなくインタアカレッヂで漕がされたエキジビションの風景を想い出します。

真紅のオォルに真紅のシャツ。みんな出立ちは甲斐々々しく、ラウドスピイカアも、「これよりオリムピック・クルウの独漕があります。」と華々しく放送してくれたのでしたが、橄欖(かんらん)の翠(みど)りしたたるオリムピアが、すでに昔に過ぎ去ってしまった証拠には、みんなの面に、身体に、帰ってからの遊蕩、不節制のあとが歴々と刻まれ、曇り空、どんより濁った隅田川を、艇は揺れるしオォルは揃わぬし、外から見た目には綺麗でも、ぼくには早や、落莫蕭条(らくばくしょうじょう)の秋となったものが感ぜられました。

そうして二三年経ってから。

『若き君の多幸を祈る』と啄木歌集の余白に書いてくれた美少年上原が、女に身を持ち崩し、下関の旅宿で自殺をしたときいた。銀座ボオイの綽名があった村川が、お妾上りのダンサアと心中して、一人だけ生残ったとの噂もきいた。
沢村さんは満洲へ、松山さんは爪哇(ジャワ)へ、森さんは北支(ほくし)、七番の坂本さんはアラスカへと皆どこかへ行ってしまった。

東海さんは昨年、戦地で逢いました。補欠(サブ)の佐藤は戦死したと聞きました。
戦地で、覚悟を決めた月光も明るい晩のこと、ふっと、あなたへ手紙を書きましたが、矢張り返事は来ませんでした。

あなたは、いったい、ぼくが好きだったのでしょうか。

# 風はいつも吹いている

# 一

私は終戦後、是迄(これまで)に、好きな酒を余り飲まなかった。その理由の一ッは、勿論(もちろん)、金の無い為だがもッと主な理由は、私が、終戦後、半年ばかり経ち、学生時代に多少、その運動をした、共産党に加入した為である。無論、清教徒の集りならぬ党に、酒を飲むなという規律はないが、実際に、地区委員会の責任者となり、政治運動をしていると、窮迫した民衆の生活をよく分り、また多忙の為にも、ついぞ、酒を飲む気持になれなかった。処が、入党半年ばかり後、一九四六年十月初めの或る日、私は出京した際、新宿の闇市の立飲屋で、自分を罪人のように恥しく思いながら、ふいと酒を飲んでしまった。それは当時、私の地区の、種々な問題に対する、自分の無力が、なんとも我慢できぬ気持だったからだし、また自分の稿料を、二、三の出版社に集金にいった帰りの為、そんな時、感じる自分の卑屈さに耐え切れぬ気持でもあったし、丁度、時間も夕闇迫る、ムヤミに悲しい時でもあったから、(俺は孤独だ。コップ酒一杯だけ。)なぞと思い、その立飲屋の、薄汚れた暖簾を、我知らず潜(くぐ)ってしまった。すると、焼酎一杯三十円で、私はその値段の高くなったのに驚いたが初めの一杯を引掛けると、久しく飲まなかった為に、気持の好い酔いが、全身をかッかッと駆廻(かけめぐ)りそれと同時に、其迄(それまで)、抑えぬいてきた、自分や他人への様々な忿懣(ふんまん)が、ビイルの栓を抜いた瞬間のように、後から続けざまに、吹上ってきて、この立飲屋でも三杯煽り、更に、東京駅に出て、汽車の時間があったので、八重洲口に降り、その辺の屋台店で、これは、コップ酒を五杯も煽ってしまった。それ故、私は、最終の熱海行にやッと間に合う始末となり、深夜の熱海に降り、ここでも夜明し商売の、焼鳥屋に入りこみ、夜明け迄、酒とウイスキイをちゃんぽんにガブ飲みし、朝の一番で、地区委員会のあるN駅に帰ると、降りるなり、また駅前の屋台店で、という風にして、孤独に追われるように、酒を飲みまくり、いツも前以て、一杯幾らと訊くような、吝(けち)な飲み方をしながらも、その一晩で、千円ばかりの金を飲んでしまった。

　当時、私は毎月、地区委員会の経費に、大抵、自分の金を千円から二千円ほど、注込んでいた。その金は、殆んど、前任者と私のルウズさから、初め滞納になっていた新聞や出版物の分割払いに当てられ、その残りが、私と、書記の生活費に廻されていた。それで私は、もッと組織や斗争の為の金が欲しいと常に思い、例え、自分の金でも、自分を快楽に使うのは、其迄、遠慮してきた積りだった。それで、その時も、始めに、四千円ほど集金できたのを、半分は疎開先の、六人の自分の家族に渡し、後は全部、委員会の経費に宛てる予定だった。少く共、その時迄、私はこんなに民衆が困窮している際、高い闇酒なんか飲む奴は、鉄面皮の大悪人だと思い、絶対禁酒を誓っていたのである。処が、その日の夕方、そんなにも心弱く、ダラシなく、徹宵十五、六時間、酒を飲み続けたのはその時、地区の同志たちへの忿懣が、私を、戦争当時のような、孤独な人間嫌いの心情におしやったからである。その忿懣の為には、次のようないきさツがある。元々、私の前任者が、或る事情から本部に転任となり、他に適任者のなかった為、地区委員たちが、私にキャップを引受けるように要請した際、私は左の理由から、それを一応、辞退した。私には家族が多く、それを養う為、経済的な余裕がない。それに私は作家だから、政治専門となるのは、適切でない。更に、第五回、党大会の文化政策の中にも、所謂、文化人を、狭い意味での政治分野には動員しない、と謳ってあるから、(まア、それは他に適任者を探して貰いたい。)と、私は云い張った。するとその時、五人いた委員たちが、夫々、口を揃え、「とに角、ここ二月か三月だけでも、引受けて貰いたい。その間には、後任者を必ず探すし、今は、財政も確立されているから、君への手当も月三百円は出せる。」というから、元来、

（文化人も、文化人である前に、社会人だ、という意味で、広い意味の政治家であるべきだ。）と素朴に信じていた私は、ただ二、三ケ月の間なら、自分の仕事も、家族の生活もどうにかなるだろう、そうして、自分にも好い経験になる事が、党にも役立てば、なによりだ、と思いこみ、（そんな少しの金よりも、とに角、皆さんの協力が欲しい）というと、皆はまた異口同音に、（それは勿論サ。）と心強い返事をしてくれたので、私は只管（ひたすら）、その委員たちを信頼し、地区のキャップという、重責を、あッさり引受けてしまッた。

処が、一月、二月経つ中（うち）に、それは私の遣方（やりかた）にも難はあったのだろうが、とあれ、財政の確立されているといッたのも、嘘であったし、委員たちが殆んど協力してくれぬのも分ってきた。彼らは最早、委員会の財政も、その運営も、全て、私に任せきりにしてしまい、或る者は、自分の会社の、組合運動の忙がしいのを理由にし、又、或る者は、自分の私生活の貧窮を理由にして、めッたに事務所にも顔をださなくなり、財政の補助をしてくれる者も、委員の中の、綿貫太助という、出版屋だけになったので、私は手当を貰う処か、反って私のほうから、毎月、金を出さねばならなくなったのだ。而（しか）し、こうして皆の協力がないのも、やはり自分の至らぬ故かと、口惜しく、自分を責め乍（なが）ら、それだけ私は意地にもなり、その当座は、地区を育て上げるのに夢中で、やがて、その効果もみえ、党員の数も殆んど倍加し、其迄、まるでなかった経営細胞も、ヤッと二ツ三ツでき上った。そこに、例の九・一五国鉄ゼネストが始まったが、この時ほど、私は、自分と地区の無力を痛感した事はない。それでその後は、党の方針に基き、只管、細胞を、全運動の根幹として育ててゆく為、私としては懸命だった。そこで私は、度々、流会になるのも構わず、定期的に集会を持とうとし、その出席を懇願する為、地区委員や細胞書記などの私宅を、足を棒にして、歩き廻った。而し、それも大体、徒労だった。皆が夫々、自分の仕事や生活に追われているのを理由にし、行って面と向えば、詫びもいうし、愛想もよかったが、夫々、同志を増やすのに、無関心でもあれば、集会も殆んどサボるのだった。

勿論、彼等も、直接、自分の生活に結びついた斗争には、かなり活潑に動くのだったが、それ以外の党活動は、どうにも、他人事という表情にみえた。だから、私は、そんな風に、彼等が、非協力な理由を、主として、彼等の政治意識の低い故と思い、それは辛抱強く、啓蒙する積りだったが時々、腹立たしくてならなかったのは、私なぞより政治意識の高い筈の、地区のオルグたちの非協力だった。例えば、太田和夫という委員のひとりは、自分の経管に、細胞を作る努力は、殆んどしないで、自分が花々しく活躍できる、組合関係の仕事にばかり、熱心に飛び歩いていた。そしてこれは、私の醜くさを曝けだす話だが、当時、私が三度々々、南瓜ばかり食べていた、或る夕方、ある用事で、太田の家を訪れると、丁度、その時は、東京から彼の兄がみえていて、食卓の上に、天麩羅や豚汁なぞの御馳走が、ホカホカ湯気を立てており、勿論、彼はその御馳走を、私にもお裾分けしてくれたが、又、それが彼の家にとり、何ヶ月振りかの御馳走だとも、私にはよく分っていたが、それでも、その瞬間の私は、餓鬼が食物に向った時の、気狂い染みた気持で、ょッぽど太田に向い、(君にこれ丈の余裕があるのなら、何故、もう少し、地区の財政をみてくれぬのか。)と皮肉をいってやりたかったのだ。そういう気持は又、地区委員会の事務所に、昼飯持参の同志たちで、稀に、米の飯か肉のお菜なぞ、弁当に入れてきたのが、私の南瓜ばかり食べているのも眼中になく自分だけが、うまそうに、その弁当を食べているのを眺めた時、私の胸を、強く突上げる、狂暴な怒りに共通したものでもあった。また其頃、地区の財政に追われ、喘いでいた私が、ある時、委員会に出席してくれた、委員の綿貫に、その月はまだ、いつもの彼の補助金を貰っていなかったから(今、都合よければ、幾らか置いていッて欲しい。)と頼むと、長い逆境の生活から、ひどくヒステリックな一面を持つ彼が、冷たい皮肉な声で、「ぼくも、銀行じゃないからネ、いつも、そんなに金を持っていないョ。」といいながら、突立った儘、皆の前で坐っていた私の頭の上に、百円札を二枚ヒラヒラ放ってから、立ち去った事もある。それでも、綿貫は、資金を出し続けてくれる事で、太田はとあれ、組合活動を活潑に続けている事で、(元来、党の作った資金で、小さい自分の鉄工所や塩屋を経営しながら、その利益を独占し、当初、約束の資金も、殆んど出さなければ、集会にも顔を出さない）ような他の一、二の委員たちに比べると、地区ではいちばん良心的な存在だったから、その他は、押して知るべし、といわれるであろう。

扨、こうした、（笛吹けども踊らず、誰もが自分の事だけしか考えない、俺は孤独だ。）といった気持が、その十月初め、私の胸中でモヤモヤしていたので、私は、幾ら自分だけが、金と力と時間を犠牲にしても詰らぬ、といった情けない気持になり、又、その地区のキャップという重責にも、耐え切れない気持で、そのようにして、徹宵飲み明し、翌朝もまだ酔った儘、事務所に帰る始末となった。処が、その朝は十時から、地区党会議が召集してあり、元々、私はそれを考えに入れ、その会議でクダを巻きたい気持もあり、N駅に降りてからの酒は、飲んだのだったが、而し、いつもと同様、全細胞の中で、三分の一程の、熱心な同志たちが、いツもの貧乏くさい恰好、営養不良の顔付で、事務所前の会場に集っているのをみると、私は眼が熱くなり、ただ自分を済まなく思うばかりで、その時、酔って、委員たちにいってやりたく思ったことが、まるで何一ツいえないのであった。その時の私には未だ、その会議に集った同志たちが、例え、党活動をサボるほど、意識が低いにせよ、とも角、眼前の欲に迷わず、自分の立場を、民衆の多数の側に置こうとしている、健気な人達と信ぜられた。又、多少強弱の違いはあっても、皆が夫々、先覚者としての苦しみを、その双肩に背負っていると、思われると、私は、酔った自分に、憎しみと厭悪を感じるほど、彼等を懐かしく思えたのである。

だから又、一ヶ月。私は、この時の浪費を取返す為、事務所で小説を書く時も多かったが、それでも大切な政治活動は、行動予定も樹て、真面目に積極的に、続けていた。而し、その間に、事務所には次の、困った事態が起っていた。それはまず、当時、着任したばかりの若い書記、関根房太郎が、食料を取りに故郷へ帰り、予定が過ぎても帰らないので、色々な事務が、殊にアカハタなぞの配布が停滞してしまった事だった。それで私は、他の重要な仕事を打ッ棄っても、時々、市中をテクテク歩き廻り、何百というハタを、配達したりしたが、それでも、街頭売りの分なぞがどうしても捌けず、事務所の押入に、かなりのハタが山積する事となった。又その頃、事務所に、或る事情から、鉱山の雑役夫上りの、分川文三という男がやってきて、私は彼を、一時、便宜的に使おうと思う、誤まった考えから、(それは又、彼の誠実さを信用しての事でもあったが、)少し強引に、彼を入党させ、事務所に置き、生活の面倒をみながら、事務を手伝って貰っていた処、彼は粗食も平気で、黙ってよく働く男ではあったが、事務的な能力は、ハタの上封の処書さえ書けぬばかりか、自分の生活費や党の資金を作るのに、ただあせッて、時折、独断的に、突飛な言動に出るので、私には反って彼が重荷となっていた。そうして彼さえも、独りで、ハタの街頭売りに出るのを厭がる為、ハタは日増に、押入に溜ってゆき、これが私には、関根の故郷に帰る前の、次のような事件を思い出させ、いちばんの気掛りになっていたのだ。それは、九・一五ゼネストの直後、私が、家族の下に帰った留守中の出来事だったが、関根が私に吩咐けられ、屑屋に売る事にしていた、前書記の頃の、古いハタを積重ね、既に、屑屋を呼込み、それをカンカンで計らせている最中に、突然、東京から、アカハタ編集局長の、牧山要が、事務所にやってきてそれを見つけ、当然、売るのを中止させられた上、関根が、牧山から、ギュウギュウに油を搾られたことなのである。

此等の事に、私が気持を、苛々させている中、再び十一月初めになると、私は、稿料の集金を兼ね、二つの文化関係の大会に出席する為、上京する事となった。処が、この時の私は、生れて始めて、ヒロポンという昂奮剤を、一晩に百五十も飲んだ直後なので、頭の調子が、ひどく可笑しかった。それは無論、私は、流行作家の真似をした訳ではなく、その頃、毎日のように地区の集会が続き、(欲張って引受けた、一、二の依頼原稿さえ、書く閑がない)と、私が、或る集会で零した処その折、出席していた、学生の一同志が、(それならヒロポンを飲むといい、ぼく受験勉強に利用したが、あれはよく効く。)と教えてくれたからだった。それで早速、十錠ばかり飲んでみると、成程、一晩中、頭は冴え返っていたが、今度は、それが覚めそうになる瞬間がとても不安で、更に、沢山、飲めば飲むほど、頭の冴えかえる錯覚もある、私はその前々夜から、十錠、二十錠、三十錠と、だんだん量を多くして、三、四時間毎に飲み続け、とうとう三箱、百五十錠を飲んで、二晩徹夜の上、なにか訳の分らぬ短篇を一ッ書いた、直後だったので、その上京の際、私は、身体がぐったり疲労しているのに、頭だけ、無暗にいきばり、鯱ばった苦しさだった。それで私はその朝、口惜し紛れに、カルモチンを五十錠ほど飲んでみたが、すると、頭の緊張のとけぬ代りに身体がかゆくなり、嘔気を催おして、食欲もなくなり、結局、私はそんな半病人のような身体で、上京する事になった。そして、その初めの日は、主に稿料を二、三軒、貰い歩いただけで、頭の調子もヘンテコだったから、私は、その文化関係の大会に出席せず、夕方になる前に、真直ぐ、S区の長兄の家に、泊りにいってしまった。元来少年時代、私に共産主義を教えたのは、この長兄である。けれども今は、或る資本家団体の聯盟の、庶務部長を、戦争中から勤めている為か、娘が三人いて、歳も私より十一上の四十五になっている為か、それとも彼の自分でいうように、その前半生を、党の犠牲になったものと思い、本当に、共産主義が嫌いになっている為か、私が入党した頃、彼に一度、真面目に入党を勧めた時にも、鼻先でせせら笑うようになっていた。処で、その夕方、兄の家にゆくと、（私達兄弟をまだ鼻垂小僧みたいに叱る時があるので、私達にとり、甚だ苦手な）七十の老母と、兄嫁、それに幼ない娘たちがいただけで、兄は、その頃、毎晩のように、聯盟のクラブで飲んでくるとかで、まだ家それだけ聞いても、気分の勝れない私は、すぐムカムカするものを感じた。世帯窶れした兄嫁が、当時五百円の封鎖生活の苦しさを零し、一月に一度、朝四時に起き、大蔵省に出かけてゆき、一日、行列した上、娘をひとり贋病人にし、やッと六百円の封鎖解除の認可を貰える苦労やなにか、細々と話すのをきいていると、これにも、そんな悪政治を支持する立場の兄に、不快を感じた。更に老母が、心配そうな小声で、「お前、兄さんは大丈夫かネ、こないだ会社のストライキとかで、みんなから排斥されたんだョ。」と話しだしたのをきいていると、これも肉親の気持として、イヤな切ないものが感ぜられた。それは何でも、兄の聯盟の事務員たちが、給料の値上げ、その他、四ヶ条の要求をだし、ストに入ったが、その要求の中に、「庶務部長の情実的人事を排し、その更迭を希望する。」というのが、一ヶ条、含まれていたというのだ。私はこれを聞き、嘗て、非合法運動の当時から、感情に走り易かった、兄の性格を思いだし、その欠点が、私にも共通しているのを思い、そんな立場に追込まれた兄を、一種、自虐じみた気持で、小気味よくさえ思ったのである。

やがて、老母は、私が半年振りでみえたからと云い、私の床を、兄の部屋に、兄と並べて敷いてくれた。その床の中で、私は暫く本を読みながら、兄の帰りを待っていたが、余り遅いので電灯を消し二時間ほど転々反側した揚句、漸く、不自然な頭の緊張の解れだしたのに、どうやらトロトロしたと思う間もなく、玄関に、兄の帰った様子だった。兄はドタドタ酔払い特有の騒がしい物音をたて、玄関から真直ぐ、まだ茶の間で、繕いものをしていた義姉の下にゆき、そこで私の来ているのを聞くと、やはり、半年振りに、弟に逢うのが嬉しかったのだろう、勢いよく、私の寝ていた部屋に入ってきて、パチリと電灯を捻り、「ほう、よく来たな。なんだ、真直ぐ、聯盟のほうに来れば好かったのに。クラブには、ビイルでもウイスキイでも、なんでもあるぞ。」と優しい声で、それを自慢するようにいった。

その自慢らしさが、病的になっていた私の神経を刺戟したし、やッと三日振りで眠りかかった矢先きに、いきなり、電灯を捻られた不快さもあった。それで私は、急いでスッポリ布団を被ると、その暗い中から、憎悪をこめた声で、こう罵ってやった。「なんでェ。そんなブルジョァのお剰り酒なんか、飲みたかねエや。」これに、兄は一寸、鼻白んだ様子だったが、それでも、まだ我慢した優しい声で、「まァそういうなヨ。ブルジョァのお剰りでもなんでも、ビイルはうまいぜ。」とこれも、少し得意そうにいった。だから、そんな兄の優しさを、私は踏みにじってやりたい欲望に駆られ、「ヘン、そんなビイルを飲むと、腸が腐らァ。まるで兄さんのいう事は、ブルジョァの犬だネ。」と口から出任せに呶鳴ってやると、流石に、兄もムッとした様子だから、それが私には奇妙に面白く、（そんな気持だから、皆に排斥され、人民の敵となるんだ。この保守反動の裏切者）と、散々、喚いてしまった。すると、兄は完全に激怒したらしく、「なんで、俺が保守反動だ。戦争中、俺の言動がどんなに反戦的で、特高憲兵の迫害を受けたか、お前もよく知っている癖に。」と、近所隣りに鳴響く、甲高い声で、喚きながら、私の被ッていた布団を、力任せに、剝ぎとッた。その瞬間、私は赤い舌をペロリとみせたいほど、可笑しな気持だったが、半年振りでみる肉身の兄が、生れつきの童顔とはいえ、四十を越し、眼に涙を浮べ、小鼻を膨らまし、弟の私に、本気で怒ッているのをみると、何とも、私達兄弟が、悲しくなり、兄に済まない気持にもなり、兄と顔を合せているのが苦しく、「なんでェ。笑談じゃねえか。」といいながら、再び、布団を被ろうとした。すると兄は、「なにが笑談だ。てめえも男なら表に出ろ。一騎打ちの勝負をしろい。」と金切声で叫びながら、もう一度、私の布団を、力一杯、毟りとった。嘗て兄は、東大の哲学科で、秀才といわれた学生だったし卒業後もずッと、学校の教師や、雑誌記者をやって来て、いわば、れッきとしたインテリに違いないのだが、昔からひどく、チャンバラ芝居や映画が好きで、こんなに激昂したときには、ひょいとチャンバラ役者みたいな口調や、見得になるのだった。而し兄が、そんなに目玉をむいてみせても子供の時から、私より弱い兄の非力を、よく知っている私は、流石に、彼を突倒す狂暴さがなく、ただ床の上で、亀の子みたいに手足を縮め、（御免々々。）と謝まっていると、直ぐに、離れの隠居部屋に寝ていた老母が、のこのこ、私達の処にやってきて、兄の金切声を、遥かに圧倒する、大きな金切声で、「なンだョ、お前たちは。夜の夜中に大声を立てて。」それから兄だけに向い、噛みつくように、「なんだいッ。お前は。こうして久し振りに、可愛い弟が尋ねてきたというのに、酒に酔って、それを虐めなくても好いじゃないかョ。」と詰寄る騒ぎに、忽ち、兄の閉口してしまッた様子が、気の毒だったから、私は、「お母さん、違う、違う。」と兄の為に詫び、その儘、この兄弟喧嘩はお流れとなった。

こんな事もあった為、私は、その夜もよく眠れず、その翌日S区公会堂の、S・N・B文学大会第二日目に出席した時には、やはり頭の調子がヘンだった。而し、その会で、私は前から云いたい事があったので、その頭の調子をハッキリさせる為、愚かにも、またヒロポンを、途中の薬屋で買い、会場に持参していった。すると、うそ寒い公会堂に、まだ集りは少なかッたが、玄関に出て、日向ぼッこしている人達の中に、有名な歌人、故渡辺晩翠の末娘で、その頃、離婚したての、諸子という若い女性が、坐っており、目ざとく私を見つけ、声をかけてくれた。その諸子は、私達の地方委員会で、文化部の、前責任者だッたし、前地方委員のひとりでもあった。そうして彼女がなぜ離婚したり、そうした政治的地位を退いてしまッたかというと、その主な理由は、彼女がその前年の春、若い同志達と一緒に、S座という、その地方の素人劇団に出たのを、彼女の夫の兄に当る、ハタの局長の、牧山要に、(仮りにも、党の要職にあるものがそうした芝居に出るなぞ、余りにもプチブル的だ）と手酷く、叱られた事に始まったものらしく、その当座、彼女は私に逢う度に、「政治は難かしいわ。妾は一党員として、どこかの工場に入って、自分を鍛え直したいの。ひとり女として、染々と、生きていきたいの。」なぞといっていたが、その思案の末に、夫と別れ、ポストを離れ、今は、K町のN軽金属の女事務員をしているのだが、元来、彼女は昔、一冊の作品集を出し、かなりの世評を呼んだ、作家志望のひとだし、そうして私と共に、このS・N・Bの所属員だからこの日も、わざわざK町から出てきた様子だった。その時、彼女は、連の二人の女友達を私に紹介してくれた上、昨日の第一の、「宮沢雪子さんのお話は、とても人間的、個性的でよかッたのョ。」なぞ、その演説の内容を細々と話してきかせてくれた。処で、彼女の女友達のひとりは、三十を越した未亡人で、党員だというのに、私に向い、「妾、今度、あなたの作品集を買うから、それにきッとサインして頂戴ネ。」なぞ、少女みたいに云い、私を苦笑させた。やがて、会が始まッたが、次のような事どもが、私を少し失望させた。それは全会員何百名かを算える、この文学会が、始めは、進歩的な全文学者の結合を目的として生れ、（その中には、当初、文学者戦犯の声に脅えて入会し今では、入会は間違いだったなぞいっている、ヘンな人達も、多少いるようだが）それでも立派な党員外の会員が多い筈なのに、この日、その全国大会への出席者が百名内外に過ぎず、又、その出席者が殆んど党関係のひとに限られているようにみえた事だ。だから私は引続いて、各支部の報告やら、それに対する質疑応答なぞを聞いていると、この会が、レエニンの「小児病」の中で批判している、ただの、「コミユニスト・グルウプ」になりそうな危険を感じた。それに、この日は、報告者のひとりの、窪野妻太郎が、（後では病気と分ったが、）始めは原因不明で、欠席したりしていたので、それを憤慨する会員たちもあり、私もそれに同感だった。ところでそのうち、仲井茂春の「政治的社会的事件に対する文学者の態度」という報告があり、傍にいた諸子も、「妾、このお話が聞きたくて、態々、出て来たのヨ。」とまでいい、両手を袖に入れ、寒そうに腰掛に坐っていたのが、ちゃんと腰をかけ直し、行儀よく手を膝にのせたし、私も、この高名な、一種、厳格なヒユウモラス、サイドを持った詩人が好きだし、又、このひとが、当時、一雑誌に書いた論文につき、私は云いたい事があったので、私は用意してきたヒロポンを十錠ばかり、口に投込み、諸子と同様、少し昂奮して、このひとの話に耳を傾むけていた。処で仲井の話は、次の二つの点が、私を、失望させたというより、寧ろ、反駁し易い、また反駁せねばならぬ問題を出してくれた、と思う気持にさせた。

仲井は、劈頭、この文学会の書記長で、有名な文芸批評家の、磐田重一が、その頃、所謂、一流と称される文芸雑誌、綜合雑誌の名前を五ッ六ッ並べ、それらの編集に一貫したものを、全て贋ヒユウマニズム、疑装民主主義と呼び、其等を十束一絡げに、向う側に押しやる、公式的な評論を発表したのは、間違いであると批判したが、私はそれならば何故、仲井自身が、同様な態度で、平松健とか、荒井正なぞいう、自我的文学派に、色々な雑誌で、感情的に、強いて向う側に追いやる攻撃を加えているのだろうかと思った。私は当時、平和革命は、質よりも量を中心とする、つまり労働者階級が先に立っても、すぐ、その背後に、広汎な農民、小市民の層を動員する事が、中心となる革命だと思い、又、その為、暴力革命に於ける憎悪よりも、広汎な民衆への愛情に、重点が置かれねばならぬと思っていたので、仲井が、平松や荒井の進歩的な一面を黙殺し、ただ、あっちへ行けと怒る事で、やはり、彼等のような考え方を好む、(例えば、地区の書記の関根なぞも、旋盤工出身だが、内心は彼等のファンであり、)そのような多くの小市民を向う側に押しやってしまうのは、正しくない気がした。(少く共、私の地区では、封建主義なぞに対する考え方が、彼らよりも低い小市民で、党のシンパサイザアなぞが沢山いた。)だから私は、階級的良心的に、民衆側に立ち得る其等の人々を、民衆側に揺り動かすような名論文を、仲井のようなひとには書いて貰いたかったのである。そして、それを私は、まず云いたかった。次に、仲井は結論として、文学者は、他のどんな職業人よりも、深くユマニテを愛するものだから、(まず、人間性の全的解放の立場にたち、彼の文学的創造を通じて、政治的社会的事件に対処すべきだ。)と説いたが、私にはこれが、どうも逆立した理論のように思われたのである。何故なら私には、(作家は、自我的存在としての文学者である前に、まず、社会的存在としての人間である。)と思われ、それ故、私たちは、(政治的社会的事件に正しく対処する事を通じて、私たちの文学的創造を為すべきだ。)と考えられたからである。それが私には、簡単にいえば、(良い生活からこそ、良い文学が生れる)という、分り切った、素朴な文学の原則と思われ、仲井の理論のほうは、(作家は、作品を通じてのみ、正しい社会生活ができる。)という、一種の芸術至上主義になると思われたのである。

それで、仲井の話が終ると直ぐ、私は又、急いでヒロポンを十錠ほど口に放りこみ、そのチカチカ苦いのを我慢して唾で飲込みながら、「議長。」と勢いよく手を上げて立上り、前述の如き自説を壇上に立った仲井に向い、些か支離滅裂に喋りだした。処で私には、既に権威の確立した有名人が相手だ、という卑屈な根性もあった。それは多年、天皇制に圧倒されてきた、日本人が、今でも大抵、持っている悩みだと思うのだが、日本人は、権威の確立した、その権威を冒すような批判にはひどく臆病だし、又、他の誰かが、その権威を冒す振舞があると、ひどく立腹する性質があるので其等が気になり、私は自分ながらしどろもどろなのをハッキリ感じたが、それでも右の論旨の二要点は、誤またず述べられた気がしたのに、仲井は、私の説には、「根本的に反対だナ。」と云い、「もッと具体的に話をして欲しい。」というから、私は、自分の地区での立場を例にとり、(私はいま、自分の文学を、政治の犠牲にしているようなものだが、こうした遣方は、仲井さんの説からゆくと正しくないように思われるが、どうか。)なぞ、自分の動揺を防ぐ為にも、仲井の正確な意見をききたいと思いながら喋っていった。すると仲井は、その眼鏡の大きくみえる、色の黒い細面に、始めて微笑を含み、「君の場合は、特殊の例だから。」といったので、私はドキリとした。これはただ、自分の自慢話とでもとられるのではないかと思うと、私は最初の自信をすッかりなくし、モタモタした話方になった。仲井はそれを、耳のうしろに手を当てて迄、親切にきこうとしてくれたが、やはり、私の意見には根本的に反対だという。私は段々、じれてきて、ただ切々の言葉を、仲井に云いかえしていると、他の人達が、「議長。」「議長。」と連呼し、手を上げ、「議事を整理しろ。」と叫ぶのが、私には、皆で、(私に引込め)といッているように思われ、私は照笑いを浮べたまま、そこに立往生の有様となった。するとその時、中国から帰りたての梶鷲男が、甲高い声で、「議長。」と呼び、すッくと立上り、(私の云ったように、梶自身も、仲井の、荒井や、平松に対するやッつけ方には反対だが、)という前置きで、なにか、私の意見を、代って述べてくれるような話を始めたから、少し逆上気味の私は、突然立ったまま、彼の話に合槌をうったり、反対したりしていると、当然、他の人達から議長に、(どちらか一方に話をさせろ。)との要求があったので、この有名な二先輩を前にし、余計に気の弱くなった私は、急いで、梶に話を譲り、坐りこんでしまった。とあれ、それからの梶の話は、良い意味で政治的で、私には其故、文学的にも正しい気がした。彼は、(現在のジャアナリズム文化とその周囲にあるものを、全て反動的として、向う側に追いやるよりも、寧ろ、その中の、反動的なものの根を見つけ、その根だけを孤立化させ、その周囲の大衆を、こちら側に動かす事こそ、大切である)と説明した。元々、彼の如く節操を守りぬいた文学者をその点で、実にダラしない私は、甚だ立派だと尊敬していたから、また彼の話は、(文化民主戦線とでもいうものを統一するのに)正しい意見だと思ったから、彼が主に私を見詰めながら、話おえた後に、私は立上り、「よく分りました。ありがとう。」と、まるで先生に対するようにお辞儀をし、続いて、皆と一緒に、熱心な拍手をも、浴せかけたのである。而し私は、そこで私の意見を、もう一度、徹底的に話させて貰いたいと思っていると、間髪を入れず、C支部の金田近という、私と同年輩の作家が立上り、「C支部は全面的に、仲井氏の報告を支持します。」と、私にアテつけたような前置きで、なにかC県支部の情勢を長々と報告し始めたから、私は自分にも、その金田にも、すッかりうんざりし、後はもう、黙っている事に決めたのだ。何故なら、その金田は、戦争中に、文報と産報とが協力し、工場文学会というのを作った時、私も彼と一緒にその会で、私も一度だけ「なにをしても、もう遅い。これから皆で、宮城前にいッて腹を切ろう。」なぞ、気狂いじみた事を喋った記憶があるが、金田のほうは、殊の他、その会に熱心で、組織的計画的に、種々、その会の仕事を提案し、いわば、その会を牛耳ッていたのを、私はよく覚えていたから、彼が又、私と一緒に、再転向で入党したらしく、この会にも出てきて、あの怪しげな工場文学者会で喋った時と同様な、尤(もっと)もらしい顔付で、同様に、恐ろしく長々しい報告をするのが、金田も恐らく、私の話をそう感じたであろうように、私には聞いていて耐(たま)らぬ程の、苦痛だったからだ。その時、私は、自分をハッキリ、便乗的で売名的な、三文文士だと感じ、それ故にこそ、こうした会で発言する資格もないし、又、皆から、「引込め。」「黙れ。」という風に冷遇されるのも当然、といッた寒々しい気持になった。

　それで私が、滅入ッた歪み根性のまま、坐りこんでいると、傍にいた諸子たちが、（仲井さんのお話は、あんまり人間的でなくて、失望したわ。）という意味の事を話合うので、それでは、もッと政治的だッた私の話なぞ、まるで人非人のように聞えたであろうと、私は余計暗い気持になった。元来、私には、政治の本質こそ、私たちの衣食住から、考え方まで左右する事により、いちばん人間的だと考えられていたのだ。それを、この若い女性達ばかりでなく、それからの皆の質疑応答なぞ聞いていると、（政治は非人間的で、文学と対立する。）という俗見を、その儘、信じている事で政治の人間性を全く無視しているように思われた。そこに又、誰かが仲井に向い、（私は党よりも真理を愛する）というジィドの言葉なぞ引用し、（仲井さんは、文学者の立場から、絶えず、党を批判するように）と云い、その忠告が、皆から多大の感銘を以て支持されたように見えるので、私はよッぽど、それを次のように反駁したかった。（あなた方は、政治家が、政治的立場から、あなた方の文学を批判する時には、耳を傾むける事ができるのか。床屋の小僧でも、政治批評をする時には、広い意味の政治家となっている。作家も、政治を批判する為には、まず、広い意味での政治家である事が必要だ。）と。其等のことが、私にはとても歯がゆかったし、それに先刻、発言を封ぜられたようになった口惜しさもあり、加えて、また飲みすぎたヒロポンの異常な昂奮から、私は、その場の空気に居たたまれないものを感じると、新宿の出版社に、まだ集金が残っていたのを思いだし、まだ時間は早かったが、一応、会の役員たちに断わり、女達にも挨拶して、会場を出ようとした。するとその時、やッと壇上から降りた仲井が、私の後を追掛けてきて、「アカハタに短篇小説を書いて下さい。」と、声をかけてくれた。仲井はアカハタの文化欄の責任者だッたのである。昔からアカハタを、一種、神聖視していた私には、これがなによりも嬉しく、その時の憂鬱な孤独感もそれで幾らか吹飛んだ気持になった。

その日、それから私は、新宿の出版社に廻り、印税の一部を前借すると、真直ぐ、兄の家に帰った。そしてその晩は、老母の床の傍に敷かれた、自分の床に腹ばい、私はまた、仲井への反駁文を執拗に、便箋十枚ほどに書きつらねた。私には、前記の、私の二ツの意見が、いかにも大切な原則と思われ、それが否定されるならば、私は、その頃の自分の政治行動も否定されるように思われたからである。その昂奮に、ヒロポンの緊張が残っていて、私はその夜も、暁の五時頃ようやく、少しまどろんだだけで、朝の八時頃に、老母から起された。そしてその朝は、前日に引続き、その文学会の、本部と地方支部との懇談会が、O町にあるのに出かけていったが、流石に、もうヒロポンの服用は慎しむ事にした。やがてO駅で降り、会場にゆく途中、私は坪田重郎をはじめ、二、三の会員達と一緒になったので、私は、有名な詩人の坪田に、昨日からの私の疑念を、率直に訴えてみた。私は彼からも、自分の政治的行動の支柱になる言葉がききたかったのだが、坪田は、私の質問に正面から答えてくれず、その代りに、ロシヤ革命、血の金曜日の際の、ゴオルキイの言動について話をしてくれた。私には、この頭の禿げた坪田が、実直な老農を思わせる程、無類の好々爺(こうこうや)とみえたのだが、その時の彼の教示は、幾らか見当外れで、私を失望させた。扨(さて)、会場に着き、二階に登ってゆくと、そこにはもう、仲井を取巻き、七、八人の地方の会員たちが話合っていた。暫く黙って聞いていた私に、其等の話は、そう重要に思えなかったが、それでも、その文学だけに憑かれている、今の彼等には、反って、私の話なぞ聞きたくないかも知れぬと思うと、私は気が弱くなり到頭、昼飯の時まで、その自分の意見を持出せなかった。そして皆が昼弁当を開け始めた時、私は磐田書記長や皆の承諾を得て、その前夜に書いた便箋の意見を、漸く読ませて貰った。だが、読んでいる間にも、皆のクチャクチャと口を動かす音が聞えて、私は、厭な気持だった。そして、私が読み終ると、仲井はその文章の最後の言葉、(そういう理由から、私は、文学者も文学者である前に、社会的人間として、広い意味の政治家として、正しく行動する事が大切だと思います。)というのを、もう一度、彼の口で繰返していッてみてから、その言葉を一寸、彼の口中で味うような表情をしたが、再び、「ぼくはこの意見には、根本的に反対だネ。」とだけいうと、急がしく立上り、(今日は、ある本屋と旅行する約束があるから、失礼する。行先は、その本屋にゆかないと分らないんだ。)と云い残し、そのまま帽子を無雑作にかむり、すッと出ていッてしまった。その後ろ姿を見送りながら、私は、なンて頑固なひとだろうと、思わず微苦笑が浮んだが、それでも、私が懸命になっていた、政治か、文学かの問題を、こうして二度まで、ハグらされたような悲しさは、いつ迄も残った。

それ程まで、こんな原則論に、私が拘泥するというのも、もし仲井のいう如く、(作家はまず、彼の文学的創造を通じて、政治的社会的事件に対処するのが正しい)とすると、(作家は社会がどうあろうと、まず創作が大切だ)という事になり、当時の私の如く、自分の創作を、犠牲にしても委員会で働くのは間違いのように思われてきたからだ。それに当時の私は、早く、文学だけの世界に帰りたくて堪らぬ苦しさがあった。私はその儘でゆくと、自分が作家としても、政治家としても共に、中途半端な存在に終るのを恐れた。それに不眠の苦しさも加わり、(新らしい民主主義文学のテエゼをどうとか、)云い合っている、その場の雰囲気に、また居たたまれぬ気持になったから、私は用事にかこつけ、その会場を出ると、頻りに酒が欲しかったが、それを我慢し、真直ぐ兄の家に帰る積りで、省線に乗った。そして、郊外電車に乗換えた処、その電車の中で、私は偶然に、早帰りの兄に出逢ッた。それで一緒に、Y駅で降りてから、私は、途中の屋台店に兄を誘い、兄弟、久し振りに、肩を並べて、酒を飲んだ。そうして兄と、和やかに話あっていると、私は、兄が党に対し、まだ幾らか同情的なのが分った。それでその頃、一千万円の株式を募集していた、A印刷の株を、少し持ってくれぬかと頼んでみた処、兄は、封鎖でよければ、何株か持ってもよいと、快諾してくれたのだった。

扨、その翌日、私は、二日酔の濁ッた眼で、Y駅裏の党本部に出かけていッた。その近くに、文化関係の会があったので、私は本部に寄り、一寸、地区の連絡を済ませたいと思ったからである。その頃、私には、既に、用事がない時でも、本部に寄り、なにか激励や教訓を受けようと思う、気持がなくなっていた。それは、地区のキャップになった直後、その県全体の、地方党会議があり、そこで私は地方委員のひとりに選ばれたが、その会議での言動が、よくなかったと、私はその直後本部に出頭し、中国帰りの岡文蔵という、統制委員から、こッぴどく叱り飛ばされて以来の、私の気持だった。その時、私は、狭い二階の応接室に連込まれ、初めは、彼が、その党会議にでる前夜一泊した私達の事務所の掃除が汚なかった、更に、出版物が山のように溜まッていた、なぞいう事から叱られたが、それに私が、(人手が足りない、出版物の編集も悪い)なぞ、一々、口返答してゆくと、俄然、彼は、本部中に反響するほどの、鋭い大声で怒りだし、段々に、その怒る本当の理由をはッきりさせていった。それによると、私の党会議での発言が、高慢チキだったから、岡は、私が本部にみえたら、一度、こッぴどくやッつけようと、その時から待ち構えていたというのだ。又、それを帰って、(親父さんに話したら、それは今の中に、その高慢の鼻をへし折って置いてくれ)とも頼まれたからだという。その会議で、私が高慢だッたという発言は、そこにN地方の代議員で、(現在、我々はただ選挙戦に主力を注げばよい。院外の大衆運動は、寧ろ、誤まりである。)と、社会党じみた事を、強硬に主張する同志がいたから、私は彼に対し、(それは弁証法を知らぬ故だ。弁証法的に考えれば、そのように、院内と院外を、切り離して考えられぬ筈だ。敵の政党に常に、三バン主義、――鞄、看板、地盤、において、我々より圧倒的に優位であり、単なる選挙戦だけでは、我々は絶対にかてない。だから、我々は院外の日常闘争により、誰が民衆の味方であるかを、民衆に知らしめ、それによってのみ、選挙戦にも勝ちぬけるのだ。）と、高飛車にやッつけたことを指していたのである。それに、私はその時、生れて初めて、そんな大きな会議で発言したので、些か逆上気味になり、相手が激越な口調になれば、私も喧嘩口調になり、拍手を浴びれば、好い気になり、よくも知らぬ弁証法を再三、持出したりして、実際、小生意気にみえたに違いないのだ。だから私は、それを岡に指摘されると、もッとその同志に謙譲で、親切でなければならなかったと、始めて思い当り、彼に済まなかったと、瞼の熱くなる恥かしさがあった。而し、その私の眼の前に、岡が大きな瞳を、不気味に見開いた儘、表情一ッ変えず、ガンガン呶鳴り捲ってくるのがどうにも、怖く、口惜しく、後では、岡を正しい、私を思っての忠言だったと信じようとしても、それでも、私は兵隊の時、キラいな下士官に感じていたような、彼への生理的な厭悪感が、ずッと残ったのを、如何にも仕方がなかった。だからそれ以来、私には、本部が、恐ろしい、冷たい場所という、印象が残り、用事でもないと、気易く、立ち寄れぬような場所となった。而し、その日は（半年ほど以前、地区の武田という、前委員が、中央オルグとして、A県に派遣され、そこで、ある問題を起し、最近、地区の家族の下に、逃げ帰っていたのを、ぜひ、本部に出頭させるよう依頼されており、私はそれを再三、武田に伝えはしたが、彼は最早、生活に負け、ブロオカアになり切っていたので、恐らく出頭させるのは困難だろうと、）連絡する必要があったので、私はまず、本部に寄り、受付から、地方係の大竹という、篤実な、年配の同志を呼んで貰い、この武田の件を連絡した処、大竹は、温厚な性質のひとなので、武田に対する、私の意見を、その儘、素直に受取ってくれた。扨、その後で、私はふッと、その時、醜く、動揺していた自分の心を固める為に、嘗て入党する際、いちばん先に、それを手紙で、哀願した、昔の文芸批評家で、いま中央委員の、宮沢堅次にあッて、激励でも受けたいと思い、宮沢がいま、本部に来ているか、どうかを尋ねてみた。

すると大竹は、無雑作に、「来ていますから。」と答え、私を、二階の幹部室に連れていってくれた。その折、私は当然、大竹が許可を得てくるまで、部屋の外で待たされたが、そんな事さえ、私は、寂しく、孤独を感ずる程、歪みきッた気持になっていた。そして私が、大竹と入違いに、部屋に入ってゆくと、丁度、宮沢がひとりきりの処で、彼は、その部屋にコの字形に並べられた、幾つかの机の、竪の棒の真中辺に、どッしり坐っていた。私は、初めて逢う彼が、さぞ喜んでくれるだろうという、独り合点の期待を抱き、入っていッたのだが、小肥りに肥った身体を、薄手の国民服に包んだ彼は、私をみても一向に感動のない、どちらかといえば、不審げな表情で、私を一瞥したので、私はひどく間の悪い、取付く島のない、惨めな気持で、それでも宮沢の勧めてくれた、彼の机の前の、椅子に腰をかけた。宮沢は、恐らく四十を越しているだろうが、純潔な生涯を送ってきた人に、ふさわしく、若々しい精悍な顔と、美しい眼をしていた。私はその時、自分の、頽廃と懐疑と、無節操で濁ってきた、二日酔の眼を、彼の眼と合わせるのが、何とも恥かしく、丁度、淫売女が、清潔な奥さんの前に出た時のような、悲しさと口惜しさを、同時に感じたのである。処で宮沢は、そんな私の不潔な顔を、じろじろ眺めながら、「この頃、やはり、N市に出ているの。」という様な質問を、興味なさそうに話かけるだけだった。私は突然、彼は私を、作家としては無論、同志とさえ、認めていないのじゃないかと感じた。そのひとに、私の、政治か文学かの、疑惑を相談しても無駄だ。而し、卑しい私は、少しでも彼に認めて貰いたくて、例のS・N・Bの文学大会でもの足りなく思った点を、幾らか誇大に話しながら、併せて、仲井の報告に対する自分の、疑念を彼に率直に尋ねてみた。すると宮沢は、（それは、基本的には、文学は政治に従属する、という、私の意見が正しいが、而し、仲井は、作家のグルウプを相手にして、幾らか、技術的に、文学的創造を先に押出したのだろう。）と事もなげに答え、私を失望させた。宮沢はまるで私に興味がないのだ。信用もしていない。それで、私の話に本気で相手になってくれない。とにかくこうした本質的な問題を技術的に処理したのだろうなぞと簡単に、逃げている。とに角、私はそんな歪んだ気持になり、この上、押し返せば、また高慢チキだと叱られるだろうと、気持を徒らにモタつかせていた。するとそこに、ひとりの背の高い、黒いベレエを冠った、詩人風の男が、大股で、部屋の中に入ってきた。私は直感的に、この男が、有名な党詩人の、野中久だろうと思ったが、彼は、無雑作に、而し喜こばしそうに、宮沢と、「ヤア。」「ヤア。」と握手しあうと、すぐ二人だけで、親しく愉しそうに話をはじめ、私なぞに眼もくれない塩梅に、私は自分を又、(便乗者、党内撹乱者、反動の芽として)孤立されている、イヤイヤ、そんな大袈裟な言葉を使わなくても、ただ、置き忘れられた一匹の南京虫みたいに惨めに感じた。けれども、私は自分をそのように惨めに思いたくない。もし、私を南京虫扱いするならば、私は恐らく、この陣営に居たたまれないだろうと、ハッキリ決意した。

その時、もう一度、ドアがあき、でッぷりと肥った、だが、コルク色の皮膚のひどく美しい、童女と老女の表情の混淆した、個性的な顔に、眼鏡を光らせた、中年の女性が、落着いた足取りで、部屋に入ってきた。この女性も、一眼で、ハッとする位、清潔な若々しさが、宮沢と共通していて私はやはり直感的に、このひとが、宮沢の妻で、名高い女流作家の、宮沢雪子に違いない、と思った。私は、これこそ似合いの夫婦、という気がして、愈々、自分の汚れた過去が恥しく、その愉快そうにハシャいで話合っている三人の様子を、しょんぼり眺めているだけだった。すると雪子は、(いま、T駅で、その日の文化会議の報告書を入れた風呂敷包を置き忘れてきた。妾の報告は今日かしら。あら困ったわ。)と、それでも呑気そうに、若々しい声でいうと、宮沢が、幾らか乱暴に、「どうして、そんな大切なものを忘れたりしたんだ。」と、だが、それだけに愛情のみえる尋ね方をした。これに雪子は、駘蕩とした表情に微笑を浮べ、「だって、きッと、そんな心理状態になっていたのョ。仕様がないわ。」と、少女のような声だッた。私はそれらの光景を眺めていて、泡鳴風にいえば、まるで、(我とわが胸をかき毟りたい)ような気持になった。それで私は、宮沢に逢う前より、もッと孤独な気持になッたまま、そのまま、そッと立上ると、その部屋を出て、別棟の、アカハタ編集室に出かけていッた。

私はそこで、局長の牧山に逢い、昨夜、兄と約束した、A印刷の株式申込書を一枚、貰う積りだったのだが、元来、N地区の出身者で、其迄にも二、三度、事務所に来て、親しく話をきいた事もある、牧山の、修道僧じみた、怖い顔をみると、私はふイと懐しさを感じ、其迄の孤独感を追いやりたい為にも、なにかと、地区の事情を訴え始めた。(まず、財政にひどく困っている事。書記の関根が、郷里に帰ったまま、もう一ケ月も帰ってこない事なぞ。)すると、二六時中、困窮した生活にたえ、英雄的な活動を続けている牧山が、この時も、疲労の故で、ひどく気嫌が悪く、又、私のお喋りから、前述の、アカハタを屑屋に売渡そうとした、私達の罪悪を思い出したらしく、膠もない口調で、「財政が困るのは、君達が積極的に活動しないからですョ。」とか、「君、関根なんてダメだ。あんなの、まるで、インテリ・ルンペンじゃないか。」なぞ云い放った揚句、「君こないだのハタの後始末はどうしました。屑屋に売る位なら、早くこちらに送り返して下さい。君のほうに、売る能力がなければ、部数を減らせば好いんだ。君が真逆、あんな事をするとは思わなかった。」と凄まじい見幕で怒りだした。私は幾ら叱られても、仕方がないと観念してはいたが、一方では、大酒でも飲みたいと自棄糞な気持に駆られている中、ふッと私よりまだダメな男がいるのを、牧山に思い出して貰い、私への攻勢を幾らかでも免かれようと、例のA県で問題を起した武田の近況を伝え、最早、本部に出頭しそうな見込もないと話すと、牧山は嶮しい顔色になり、「それなら何故、首ッ玉に縄をつけてでも、引張ってこないのですか。」と、尚更、私は武田の身代りとして、叱られる事になった。それから私は、例のA印刷の用材の件で、地区に、牧山の親友の村川が、自分で製材所を持っている関係から、私に、村川との連絡を取るよう依頼されていたのに、私が一度も自分でゆかず、事務所の分川文三ばかりを使い、而も、分川がいつ行っても、村川が留守で、連絡のつかない事も叱られ、更に、その用材の件で、本部から山本という同志を、三、四日前、私たちの事務所に派遣したが、彼から少しも連絡がないと、これも、私は、彼の身代りに、叱り飛ばされたのだった。こんなにして、呶鳴られてばかりいる中、私は心底から、牧山が憎らしくなった。それで私は、兄の株式申込書を貰う代りに、（その三月ばかり前、事務所に来た牧山に、塩三升渡し、本部の幹部たちにカンパした事があるのだが。）その塩を包んだ風呂敷は、私のもので代りがなく、困っているから、早く返してくれと、云ってやった。すると牧山は、（それは調べてみる。）と云い、「今日は文化会議に来たんだろう。遅れるといけないから、早くゆき給え。」と、怖い眼で私を睨みながら、せかし立てた。

私は牧山が、十何年間、獄に繫がれながらも、節を変えなかッた、立派な同志なのを知っていたが、それ丈に、彼に嫌われ軽蔑されているのが苦しく、私はとても暗い気持になりながら、その本部の近くにあった、文化関係の会に出ていった。そして、その会でも私は色々な失望を味わった。殊に、その日の報告の、中核となった、宮沢雪子の「文化反動に対する闘争」という報告をきき、のッけに、彼女も嘘をいうと、私が殊更、意地悪く感じたのも、その時の、私の歪み根性の故であろう。それは宮沢雪子が、口を開くと、すぐ、自分の柔らかそうな耳朶を弄りながら、「党に文化部のあるのは、例えば、人間の顔に耳殻の附いているようなもので、ただ伊達や飾りに附いているようなものではなく、丁度、耳殻が音響を集める作用をしているように、云々。」といった説明を、私は嘘と感じたのである。私は偶然、その数日前かに、アアサア・トムソンの「ザ、アウトライン、オブ、サイエンス」を読んだばかりであり、彼女の、外耳殻に対する説明をきくと、そんな考え方を、トムソンが、（一般人の科学者的迷信だ）と笑っていたのを、思い出したのだ。大体、人間の身体も、弁証法風にいえば、矛盾の統一体で、その中には、進化しつつある器官もあれば、退化しつつある器官もある。そして、現在の私たちの外耳殻に、トムソンによれば、（何百万年か昔、人間がまだ野獣と一緒に、森林生活をしていた頃、外耳殻を動かして、音を集めていた当時の、根跡器官で、現在の、動かない外耳殻は、音を集めるのには、最早、あまりに平べッたくなッていて、殆んど役に立たない。）というのだ。そして、私には宮沢雪子の、この誤りが、ただ、この知識を欠いていたというより、彼女の考え方自体の中に、目的論（テレオロジィ）を採用している事にあるのが、なお悪いと思われた。耳は聞く為にあり、口は食べる為にある、といッた古臭い考え方は、世界は人間の為にあり、人間は、神の為、生かされている、といッた、目的論になってしまい、それは誤った、好い気な考え方だと思われた。だから私には、（耳は聞く為にあるのではなく、聞くことから、耳ができてきて、その聞く事の、進化論的変化と共に、耳も変化する）と考えるのが本当だと思われ、一方では、自分の惨めさを感じている時であるだけ、そう思うのが、甚だ、内心、得意だった。だがその一方では、現在のコミユニストの中に、案外、こうした科学的迷信に憑かれている人達の多いような、絶望感がふイとした。

だが、そう思いながら聞いていていても、彼女のその後の話には、やはり、私をドキリと感動させるほど、立派なものがあった。簡単にいうと、彼女は、（これからの民主主義文化運動は、過去の文化の、傑れた遺産の上に立ち、人間性の美しい水脈に沿って、進めてゆかれねばならぬ）という事を述べたのだが、その中で、今までの党活動には、その水脈を無視した処があったと云い、例えば非合法時代によく使われた言葉で、「あいツは利用性がある。」という云い方をあげ、こうした人間を利用的に考える習慣は、非人間的だと指摘した事などが、私を、強く感動させた。けれども、その後の話の中でも、私には間違っていると思えた処が、二、三ヶ所あった。例えばその一ツは、彼女が、現在、老大家として知られた、所謂、一流芸術家の名前を四、五人挙げ、それらを、やはり十束一絡げに酷評した事なぞであった。彼女は、嘗て、人道主義文学の作家として知られた、六車小路実厚の名前をあげ、こんな風にいッた。「それは、あのひとも、昔は坊ちゃん正直で、一寸、気の利いた処もありましたが。」私にはその云い方が、いかにも、彼女の、お嬢さん正直みたいな軽薄さを丸出しにしているようで、不快だった。それは、六車小路も、戦争中、しきりに、軍国主義的な作品を書き、その中には、アメリカを狼、ソ同盟を熊に喩えた、おッちょこちょいな寓話まである、戦犯作家だが、それかといッて、昔の彼の進歩的な作品まで、そんな風に、軽薄に否定してしまうのは、よくないと思った。昔の彼の作品の中には、確かに人間の美しさに対する愛情があッた。彼が、今でも多くの読者を、その影響下に持っているのは、彼の軍国主義からではなく、彼のその真物の、人間愛の為なのだ。だから、彼の全てを否定する事は、共産主義を知らない、彼の読者級の大衆から、党自体を、そうした人間愛の欠けた、非人間的な存在と、誤解される恐れがあると思った。やがて、場内の薄暗くなる頃、彼女の話は終り、続いて、種々の質問討議が為されたが、誰も、私の抱いた疑念にふれる者はなかッた。そこで、私は立上りたくて、ウズウズしていたが、前々からの暗い気持が、（権威を批判するのはムダだ。）（どうせ、又、生意気に思われるだけだ。）（どうせ、終りまで、話させてくれやしない。）なぞ、そうした私の気持を抑制するので、私はまた、そこに、お終いまで坐っているのが、ひどく苦痛になってきた。それで傍に坐っていた、私達の地方の或る同志に、後事を依頼すると、私はその会場を抜けだし、小雨のそぼ降る、真暗な参道をびしょ濡れになりながら、ひとり、Y駅まで歩いていッた。そうして、又、真直ぐ、兄の家に泊りに帰ったが、その時の私には、惨めな劣等感につき纏われた、絶望的な孤独があった。私はその苦しさから抜け出す為、ふイと親孝行をしてみたくなり、その翌朝、前々から、孫をみに、私の家に来たがッていた、七十の老母を連れると、会議がまだ一日残っていたのを放ッたらかしにし、平気で、家族の疎開先、I半島のM村に帰ってしまッた。

而し、その翌日は、市に地区委員会があったから、私は老母を妻に任せ、ひとり、N市に出ていッた。だがその時、私は地区の問題を、自分で大体、次のように整理してみていたのだ。(まず、是迄のように、私が毎月、地区に、千円か二千円の金を注込みながら、地区の責任者として働く事は、印税稿料の、前からの引続きが、もう残り少ないから、困難である。だから地区委員会で相談の上、私が、財政方面だけを、これから書く稿料で補うことにするか、それとも、地区で財政はカンパし、私は是迄通り、事務所に残るか、このどちらかを決めて貰いたい。)だが正直にいうと、この私の整理した意見の裏には、次のように混乱した私情が、潜んでいた。(東京の、党関係の作家達は、誰も、俺のように、狭い政治分野に強制されていない。俺も作家だから、矢張り、作品を書くことで、平和革命に献身したい。政治はどうも苦手だし、キライだ。その中、大失敗でもするといけないから、早く書斎に引込みたい。)又、(俺は、党からただ利用されるのは御免だ。俺は、誰にも同志愛を感じないで、この儘、犠牲的に働くことはできない。)なぞ。もッと、こんな理論や、感情が、一杯に、私の心中に溢れ返っているのを、私は何度となく抑えつけながら、やがて、委員会の事務所に戻っていった。するとそこに、委員たちは例により、半分程しか集っていなかったが常任書記の関根が帰っていてくれたし、地方委員からは、岩井という、年は若いが、優秀な地方委員と、東京からは、例の用材の件で来ている、山本というオルグと、それに局長の牧山がみえていたので、私は牧山の顔をみただけで、最早、自分の弱い卑しい心を見ぬかれたように、ドキリとした。

けれども牧山は、その時、用材の仕事が忙がしかったので、事務所に落着く閑はなく、前後で二度、それも五分宛ほど、顔を出していただけで、東京に帰ってしまった。而し、それ丈の間でも、彼はまた、私をひどくがッかりさせる事を、二、三、云い残していった。まず、私が牧山に向い、嬉しそうに、幾らか自慢げに、（東京で、仲井茂春から、ハタに短篇を頼まれてきた）と話すと、昔、「改造」に入選した作品も持っている、牧山は、イヤな表情で私を睨み、「あまり、小説ばかり書いていてはいけないネ。」とだけいった。だが私には、（それ迄、自分の稿料の幾らかで、地区の財政を支えてきた。是からも、自分は小説を一生の仕事としたい。）という頭があったので、この牧山の言葉には、ひどくムッとした顔付になった。そして、何か、牧山に云い返してやりたい気持になっていると、丁度、その席上には、用材の件で、牧山の親友、製材所の主人の、村川がみえていた。村川は、東京で入党しているのだそうだが、こちらに来て、転籍の手続きをしていない。それは当然、党の規律にも背くことなので、私はその時、それを云い、村川に、その手続きをとるように、幾らか感情的に云った。すると傍にいた牧山が、語気荒々しく私に向い、「村川君は、こちらに来て、すぐ転籍したかったのだが、地区の責任者の遺方に不満があッたから、渋っていたんですョ。」と、云い返した。私はそれに、（責任者に不満があるのなら、なぜ転籍し、その地区の細胞員として、批判してくれぬのか。それでは愛党心も、党内デモクラシイもない。）と抗議したかったがとに角、牧山のような、中央委員候補兼、統制委員、編集局長という、権威を相手にしているという、例の私の奴隷根性が、その時、私にそれを云わせなかった。

扨、牧山の帰った後、私は、皆の前に、途々、考えてきた、自分の整理した意見を持出してみた。皆は矢張り、私に事務所に止まっていてくれ、という意見だったが、書記の関根が帰ってきても、他に行き場所がなく、事務所にいる分川だけは、なんと思ってか、頻りに、（私に家に帰って、創作を専門にやり、地区に金を出してくれ。）と、私の意見を支持するのだった。而し、他の同志が、どんなに私に居残れといっても、ではその代り、皆で地区の財政を確立してくれるか、と私が相談すると、どんなに皆が考えても、他には、月五、六百円の金が出来るのが、精一杯だった。それで私は、一面、そうなるのを予期していたから、岩井なぞが最後まで首を捻っているのを無視し、少し強引に、私が書斎に引込むことを皆に承認させた。そして、なにか大闘争でもあれば、必ず、出てくる、又、二、三ヶ月で、財政が確立されれば、また事務所に戻ってくる事を、皆に約束した。更に、私の引込んだ後は、関根に組織を担当させ、分川に事務を任せ、そこに、若い同志の寺田も無報酬の泊りこみで、手伝って貰う事にし、最後に、東京の山本も、用材の件で、当分、事務所にいる間は、全ての指導をやって貰う事にした。それで、これだけ、手が揃えば充分という、軽い気持で、私は到頭、書斎に引込んでしまったのである。

二

処で、そうして家に引込むと、私はまた種々の厄介な問題に取囲まれねばならなかった。大体、私は其迄、家族に毎月、二千円宛、渡し、それの過不足は、一切、知らん顔をしていたのだったが引込んでみると家族が六人の上に、M村はもともと、海に面した避暑地なので物価も高く、それが政府の無為悪策の為、日増しに暴騰するので、半年前には、私を入れ、七人が、二千円で、楽にやってゆけたのが、その頃は六人が、慎ましく暮して、二千五百円ほど払っている月があり、その為借金ができていたり、妻の一帳羅も、質物になったりしていたので、私は其等を取返す為、持込原稿をしても、荒稼ぎしなければならなかった。それに私の家には、前から風呂とラジオがなく、それが子供達の為にも、ぜひ欲しかったので、私はこれらも、その引込んでいる間に、稼ぎ出そうと焦っていた。処で、当時、私の持込原稿は、左翼小説が多い為もあり、殆んどが返却されたり、返事もなかった。それに依頼原稿が、稀にあっても、小出版社が多かったので、原稿を渡して、すぐ金にならず、その中、（廃業に決めました）なぞ云い、原稿を返してくる、気の毒な本屋も時々あったので、そんな点からも、私は時の政府のインフレ政策を呪い、ひとり、悪戦苦闘を続けねばならなかった。

それから、私の家には、他の身寄のない妻の母が同居していて、長い孀暮(やもめぐら)しの、孤独な気持から時々、ふッと歪み根性を起し、私を悩ますことがあった。その義母には、私の家の厄介者という劣等感があり、その気持が時々、猛烈に威張ってみたい心境になるらしく、その時の、彼女のトゲトゲしい言動に私はよく閉口させられた。その前、私が東京で、ふッと親孝行をしたい気持になり、七十の老母を、私の家に連れてきた時にも、老母と、その義母の間に、一悶着あり、老母は、二日ばかりで帰ってしまッたが、その後、暫くは、義母の気嫌が悪くて、私は困却した。その悶着の原因は、私が、久しぶりに連れてきた老母に、思い切って御馳走した事にあるのだから、バカバカしい。その御馳走が、老母には、いつも私の家で、そんな贅沢をしているようにとられたらしく、その事で、妻は、老母から、散々、皮肉をいわれたらしいが、又、老母は、誰もいない時、義母に向い、次のような厭味(いやみ)をいったそうだ。「あんたも、妾も、まア達者で、お互いに孫の守りでもできるから、こうして息子達が、養っていてくれるのだが、一度、病気にでもなッてごらん。どんなに厄介者扱いにされることか。」これは私には寧ろ、愚痴ととれる言葉だが、義母はそれを、厄介者という自分への当こすりととり、一寸した喧嘩になった。そして、老母の帰った後では、妻と私が、暫く八ツ当りをされる事になった。またその間にも、村では、私が入党してから、暮しがよくなったとの噂がたち、時には、妻に向い、「一体、ロシヤから、どの位、貰えるのずら。」なぞ訊ねる、無智な村人もいるそうで、妻は一通り納得してはいても、こんな事をいわれた後、(バカバカしいからお止めなさい)なぞと、愚痴を滯す事があった。

処で、こうした家庭的、経済的なトラブルは平気で我慢できるにしても、その後、引続いて、色んな方面から聞えてくる、地区の一部の同志の、私に対する蔭口が、私を我慢できぬほど、苦しい気持にさせた。初め、私が引込んだ後、地区委員会の呼出しがあっても、仕事の都合で出なかったりしたので、地方委員会は、すぐ弘谷という、専任オルグを、他の地区から、N地区に廻したのが、一面、私に有難い事であっても、他面、私は引込む際、二、三ヶ月でまた出てゆきたいと、言明もしていたので、それが私に無通告で為された事に、私はなにか不快を感じた。その蔭口の中でひどいものは、その年の一部の同志の、大体、その頃から、私に聞えてきた。そして、その私の蔭口というのも、大体、その頃から、私に聞えてきた。

末になり、突然、アカハタから、四千円の請求書が、事務所に舞込んできたのだが、その金は、詰り、未払いのハタの紙代や出版物代は、全部、私が使いこんだという噂であった。処で、それを、他の蔭口と一緒に、言触らしているのが、主として、事務所の分川と、寺田らしいのを聞き、私はひどく腹を立てた。そして、その四千円というのは、私の在任中の、未回収出版物代、千六百円を別にすると、私はそれまでに、一度も請求書を貰わなかった、見当のつかぬ金なのだった。処で、私はこの金につき、直ぐに、地区委員の、綿貫太助から、詰問状じみた手紙を貰ったから、私は綿貫が、潔癖なだけ、肝癪持で面倒臭がりなのを知っていたので、直接、綿貫には返事を書かず、書記の関根に、その詰問状を同封した手紙を書き、私の残して置いた出納簿其他を存分、調査の上、その結果を、関根から、綿貫に伝えて欲しいと依頼しておいた。処で、関根が調べると、こちらでは、出版物代千六百円を除き、他に一銭の未納もない事になっているので、或いは、ハタの方の帳簿の誤りかと思い、彼は、出張中の、山本から、本部に連絡にゆく時、序手に調べてきて貰った。するとその借金の内訳は、前の千六百円を除き、私の前任者時代のもハタの未納金が千六百円、それに、私の在任中のものが八百円になっていたという。それで、私の使いこみの嫌疑は、もしあッたとしても八百円になったのだが、私は、殆んど、請求書がくる度に金を送っていたので、その八百円の未納がどうして出来たかよく分らなかった。それに、前任者時代の未納金が、その一年の間に、一度も請求されなかったのも不思議であった。それで、私は心ひそかに、それは忙がしい余りの、ハタの内部の手落ちだろうと思ったが、こちらにも、昔からの領収証のとってない手落ちがあり、結局、こちらで、云われるまに、支払うこととなった。

処で、私はその頃、別に次のような蔭口も言触らされていた。それは、用材の件が片付いても、どういう料簡からか、暫く事務所に残っていた、山本の、皆に宣伝したものである。山本の言によれば、(自分がN市にきたのは、単に用材の件ではない。自分は牧山要から、次のような秘密指令を貰ってきたのだ。その指令は、いまの責任者——詰り私が、キャップとして適当でないから、私を追出し、その代りに、立派な責任者を見つける迄、帰るナ。というものだ。)という。なお、山本は、その言につけ加え、(大体、小説家の政治指導なんて、まるで、なっちょらん。)と、私の地区での遣方を、糞味噌にけなすのが、常だという。無論、その彼の批判の中には、私にとって有益なものも、多く含まれていたのだろうが、それが、蔭で云われていた事や、又、前の秘密指令が、尤もらしく宣伝されていた事が、私に、その批判を、素直に受入れる気持にならせず、私は山本に対しても、激しい怒りを感じるようになった。元来、山本は、私の前任者で、問題のあった肥田や、牧山要なぞと同様、N地区の古い同志で、今はまた、中央オルグ団のひとりだったから、私は以前山本が、近くの自分の生家に戻る時なぞ、事務所に泊ったりすると、彼には特に、敬愛の情を示し又、そのようにも優待した積りで、彼の方も、いつでも私に面と向うと、その可愛らしい愛嬌笑窪をニコニコさせ、親しく話をしてくれたものなのだ。

更に、私が家に引込んだ後も、彼は一度、私の家を尋ねてくれ、一緒に飯を食いながら、彼は、地区の事務所に、自転車を二台、獲得したとか、炭の配給を三俵、貰ッたとか、居留細胞を新しく確立したとか、それが癖の色々、自慢をするのに、私は喜んで礼を述べ、彼も上気嫌で、飯をたらふく食べ、やがて、私の妻が、渡した、関根の為の、私の古靴とか、家の畑にできた幾つかの南瓜を、その新らしく獲得した自転車の背後に結びつけ、喜んで帰っていったのに、その後ろ姿がまだ眼に残っている間に、その山本が、蔭では私のことを、ボロクソに罵っていると、関根を始め、二三の同志から聞かされたから、私はまるで、ふいに背後から棍棒でぶちのめされたような、恐怖と驚愕を感じた。又、関根の留守中、事務所に転がりこんできたので、約一月ばかり、自分の食物を半分別けにして暮してきた分川が、蔭では、私が彼を何度も、事務所から追出すようにしたと、私をひどく憎んでおり、山本の尻につき、私の人格まで、こき降していると聞かされた時には、これ又、私はなにもせずに坐っていると、突然、背中から、冷水を浴せられたような、堪らぬ不快さがあり、始めて、分川だけが、前の委員会で、私の引退を支持した理由に思い当った。詰り、彼の単純な考え方では、私が事務所にいると、食べる口が多いから、或いは追出される、という不安があったのだろう。最後に、もう一人、私の蔭口を云いふらすのが、若い同志の寺田だった。だが彼の場合は、元来、彼はやッと活動できる程の、ひどい肺病で、それ丈に、口ばかり達者な一面があるので、私は時々、その病身を忘れ、面と向って彼に、少し、その舌先を慎しめ、と呶鳴った事もあり、病身の彼がそれを根にもち、私が引込むとすぐ、糞味噌に私を罵りだしたのだろうと、すぐピンと来た。而し、その悪口をいう心理は、諒解できても、その他の点では、若く純真だと思っていた、この寺田が、山本や分川と一緒になり、そんなに憎み否定している私から、その後、私と逢う度に、私を煽て上げ、できるだけ、金をとろうとする気持は、私になんとも奇怪に感ぜられた。それと尚、奇異に思われたのは、地区に、例えば、太田和夫のように、私が、直接間接に、組合主義者でダメだと、寺田よりもっと手ひどく批判した連中もいたのに、そうした人達からは、反って私を庇う意見が出ているらしく、主に私の蔭口をいうのが、一部分は私の金で、事務所の飯を食っている、この寺田、山本、分川の三人に限られている事だった。それで私は、自分の欠点を、真面目に自己批判する余裕がなく、とあれ、この三人の、ひとに金を出させて、飯を食い、その金を出す奴の、悪口をいっては、更に、沢山、金を出させようとする、奇怪な心理にムキで腹を立てていた。無論、私は、牧山要が、正式に党として、私を追出せなぞいう指令をだす筈がなく、もし、私が追出される程、悪いとすれば、それは、正式に、党機関を通じての指令がある筈だと思い、又、感情の強い牧山が、ひどく私を嫌っているとは察していたが、（そして、その主な理由は、彼が嘗て作家志望であり、それ故に、今では所謂、文化人を激しく軽蔑憎悪している処にあると、思ってはいたが、）それでも、仮にも、党の最上級機関の役員に、選ばれる程の彼が、そんな怪しげな秘密指令を出すとは思えず、それは恐らく、自慢好きの山本が、なにかのハズミに、自分の滞在に重みをつけたく思い、ふッと考えついた嘘だろうとは思っていた。

それに、分川のほうは、当時、地区の財政に困っていた私が、余り役に立たず、いつも独断で、突飛な行動をする彼に、なるべくなら、出ていッて、自分で生活を立て欲しいといったのを根に持ち、又、寺田は、前述のような気持で、夫々、私の蔭口を云いはじめたのだろうが、ここで、私が一寸、考えたのは、この三人とも、夫々が、N地区の出身で、私の前任者の肥田と、ひどく仲の良い事だった。肥田は、嘗て、余りにボス的に動いた為、問題を起し、今でも、その禍根が残っていて、地区で財政活動ができにくい程、悪影響の認められる男だ。更に、彼が周囲に集めた党員達は、与太者や闇屋が多く、彼が地区を去った後で、大抵、除名や、脱党処分になっている。それで当時でも度々、肥田の残した禍根の芽を吹く事があッたので、私は太田や綿貫なぞいう、地区委員達と、いつでも、肥田を公式、非公式に、批判する急先鋒だッたので、彼等の肥田に対する友情から、彼の復讐といッた気持で、私が引込むと同時に、私を無茶苦茶にやっつけだしたのかとも思われた。私も其迄にかなり、他の委員や細胞員を、手ひどく批判した事もあるが、それは大抵、公けの席上であり、そこに相手のいない場合は、必ず後で、その相手に直接、云い直すことにしていたのだ。処が、この三人は、とあれ面と向うと、私に金を出させる為、煽てあげ、蔭でコッそり、私を裏切者扱いにして、快哉を叫んでいたのだから、私は遣切れなかった。此等の事を、私は後で全て、関根の口から確かめたのだが、その頃は、突然、綿貫からの詰問状が舞込んできたり、N市に出る度に、他の細胞員や、党外の労働組合の幹部などから、時々、是等を仄めかされたので、そのデマの実体の摑めぬだけ、私は、もッと遣切れぬ気持だった。

けれども、私は嘗て二十一の時、資金局にいて、プロボカアトルの声に脅え、上級指導者たちが感情的に嫌いでもあり、（主義は信じられるが、人間が信じられない）と、自分の弱さから、ヘンな自己弁解をし、戦線を去った後にも、共産主義の正しさを否定するだけの他の理論を発見する事ができず、マルクス、レエニン以来の、正しい党の姿というものを、いつも脳裏に描いてきたのだった。だから、敗戦後、半年近く考え、戦争中の、自分の醜悪さの自己批判を済ませた積りで、宮沢堅次に、哀願じみた手紙を出したり、N地区に入党させて貰ッたりしたのだから、勿論、こんな個人的感情問題だけで、党自体を疑がったり、地区に金を出すのを、中止するような気持にはなれなかった。そしてその時、差当っての利益は、党を脱退する方にあると思われ、また仮に、近く、党の政府ができた処で、党員になッていると、大変、得だとも考えられなかったから、私は損得や見栄の気持で、党に踏止まろうと思った訳はなく、ただ常に、最大多数の人民の側にあるのが、正しいと思っていたから、是だけの事で、少くとも、人民の党と思っていた、党を裏切る気持にはなれなかった。だが、元々、歪み根性の私は、この時、その三人にひどく腹を立て、もう二度と、N地区にはゆくまいという気持に時々なり、その時まで、辛抱してきた、清教徒じみた生活や、熱心に読んでいた、マルクシズム関係の書物が、その頃は、なんとも鼻につき、厭で堪らず、無暗に、大酒を飲みたかッたのは事実である。

それは、一九四六年の暮の事だが、その頃、家に訪れてきた、或る編集者から、私は、親しい先輩の作家、伊達収が、疎開先を引上げ、東京に帰ってきたという話をきいた。私は、彼是、十二、三年ばかり昔、同人雑誌に書いた一作が、彼に認められ、彼と文通を始めるようになってから是迄、文壇に出して貰った事から、原稿の世話なぞして貰う事まで、随分、彼に迷惑をかけている。そしてこれは彼にとり、尚、迷惑な事だろうが、その同人雑誌時代から、私は失望し、遣切れぬ気持になると、無暗に、彼に手紙を出したく、又、逢いたくもなるのだった。私には、彼が、日本の作家の中で、いちばん、真の絶望を知っており、それだけ、立派な自分（エゴ）を持っているように思えた。その上、彼は、辛辣な人間諷刺家（ヒュウモリスト）でもあるので、私は、落胆しきっている時でも、彼から手紙を貰ったり、彼の話をきかされると、大抵、腹の底からのバカ笑いがとまらず、心の凝り（しこり）が自然に溶けるのを感じるのだった。それで、その時、伊達収の東京に出て来た話をきくと、私は、自分の心の奥から、突然、もう、ひとりの私が、ひょいと顔を出したのを、感じたのである。その私は、もうひとりの私と一緒に、私の心の中に棲んでいて、戦争中には、反って、他の私よりは、のさばり、頻りに、伊達収の口真似なぞしていたのが、入党後は、小さくなり、其迄、影の存在になっていたのだが、こうして伊達の顔を、懐かしく思い浮べた瞬間、ひょっこりと、私の気持の表面に顔を出してきた。これから、その私を、ボクと呼ぶ事で、前の私と区別する事にする。大体、私のほうは、社会的な存在としての私だけを気にかけ、正義だとか、他人の幸福だとか、合理性なぞというものを、真面目に、神経質に、気にするのだが、このボクのほうは、主義的な存在としての自分だけを気にかけ、自分の幸福や、好悪、欲望、自分に正直でありたい気持なぞを、いちばん、大切にしているのである。その時、ボクが無暗に、伊達収に逢いたくなり、丁度また、年末の集金旅行の序手もあったので、その際、彼に、（久々でお逢いしたい）という手紙を出しておいた。

やがて、歳末の一日。私は出京して、二、三の出版社を廻ったが、その折、私は、大抵の編集者達から、先年死んだ、作家小田作之介の、当時、上京中の噂をきかされたものである。小田は、私と同年の作家で、彼の処女作、「夫婦万才」は、私の処女作と、殆んど同時に、デビュウした為もあり、（ボクはひどく競争意識を感じていたし、）また敗戦後、彼が、私なぞ空恐ろしい気がする程の、流行作家になった点なぞで、（ボクは、彼を撲ってやりたい程、羨ましかッたが、）この時、聞かされた彼の噂というのは、当時、清教徒じみた生活をしていた私を、凡そ愕然とさせる、種類のものが多かった。例えば彼は、三十分間置きにヒロポンの注射をし、心臓を強くする薬を飲み、一晩何十枚とかを書きまくり、講演会に出ると、ひとりで人気を独占し、何時間でも、喋りまくるという話だった。（ボクは講演会は愚か、所謂、一流雑誌から、まだ一度の依頼原稿も貰えぬ、自分が、この話をきくと、なんとも惨めで、無念至極に思われるのだった。）又、彼は三人目かの、美しい奥さんを連れ、毎晩の如く、木挽町辺の待合で豪遊し、なんでも編集者の取巻が、常に十人前後、彼を中心にして、一晩に何万とかの金が集散されるという話で、（ボクには、そうした彼の生活が、ただ憧れと嫉妬の的に思えた。）それでも私は、そのデマゴオグ全てを信じる事はできず、寧ろ、私に、その噂を伝えた記者達が、蔭では小田の私生活に、顔を顰める表情で、「まるで気狂いだ。」とか、「流行作家にはなりたくないもんだ。」なぞ、舌を出すみたいに云いながらも、その作品については、「あれだけ、巧い作家は、一寸いないからねェ。」とか、「今度は、先生のものを、社でも一ッ貰いましたョ。」なぞと、随喜渇仰している塩梅なのが、（ボクにはなんとも口惜しく、）私には、なんとも奇怪に思え、その未見の作家、小田作之介が、（ボクにはひどくバカ野郎に思われ、）私には、ひどく可哀想な気がした。

この時、私は、未だ、他の有名な作家達の蔭口もきかされた。例えば、エロ作家として悪名高い鮒箸整一という中堅作家は、面の皮が千枚張りで、今戸焼の狸に似た顔の癖に、何とかいう凝った着物に、角帯、白足袋という意気なスタイルで、美貌の秘書を傍に侍らし、軽々しく、編集者と応待せず、最近はまた、百万に近い金を出し、自家用の高級車を買い、同時に柳橋の狎妓を落籍したという。こんな話や、それに似た話を、方々で聞かされ、私は、現在のジャアナリズムが、底の底まで堕落しているのを、身に染みて実感した。（けれどもボクは鮒箸整一を、日本一の大人物ではあるまいかと思い、できれば、ボクも彼のようになりたいと、身に沁みて感じたのである。）その時、私は、編集者が、そうした流行作家を、内心軽蔑し、憎悪したりしながら、特に、そうした堕落作家の原稿を、売れる為に欲しがっているのを、奇妙だと思った。（けれども、ボクはそう思わぬ。私が歪んでいるので、そんな風に、流行作家や、編集者が憎らしくみえるのだ。流行作家ほど、現在、自分の戦いに必死な作家はいない。そして、その戦いに、大抵の編集者が敏感なだけだ。）次に私は、自分が党の世界で、散々、他人の蔭口に悩まされてきた、直後だッたので、その文壇にも、蔭口が流行しているのを、腹立たしく思い、これは、現在、過渡期の、嵐の世界に、全て共通した現象かとも思った。（尤もボクは、蔭口をそんなに気にする私が、可笑しくて仕方がない。蔭口を気にするのは、昔から、ダメな人物だ。という諺があったと思う。）そうして、その出京の日の夕方私は（ボクがいやにノサバルので、）ひどく生理的に動揺し、苦しい気持のまま、ひとり、とぼとぼ伊達収の家を訪れていった。

一体、私のように、六尺二十貫もある大男が、とぼとぼ、なぞいうのもヘンだが、その時は、本当にボンヤリ歩いていたので、私は、M駅で降りてから、昔、行きなれた彼の家への道を間違え、約半里ばかりも、大廻りをしてしまった。そうして日の暮れかかる頃、私が、伊達収の家に着くと、当時、他に仕事部屋を持っていた伊達が、丁度、そこから戻ってきた処で、家に私を待っていてくれた。伊達は、私より四ツ年上に過ぎぬが、文壇に出たのも、文章の上に、自分の世界ができたのも、まだ未知数の作家の、私なぞより、ずッと早く、又、それだけの、自信や実力もあるので、私は彼に迷惑ばかりかけてきた気持からも、私は彼を友達扱いに呼べず、丁寧な口調で、さん付けにするのに、彼は、私を君づけ、或は酔うと、呼び棄てにするのだった。この事は、前々から、少し気になっていたが、この日は、歪みッぽい気持になっていた私に、特に、これが気になった。元来彼と私の間は、師弟関係でなく、初め、彼が私の作品を認めてくれてからの付合だったが、その中私は彼を、文壇に出る、便宜的な手蔓(てづる)にしようとの卑しい考えを持ち、手紙に、彼を先生と呼んだ事が三度だけあるので、そうした、私の不純さが、彼を、ただ好きに思う、私の純粋さの中に潜んでいて、ふたりが、対等に付合えぬ事に対し、私に、妙なこだわりを持たせるのだった。(だから私はダメだョ。ボクは彼から呼びすてにされたほうが嬉しいのだ。そして、ボクも彼を呼びすてに呼べるのだ。）

　だが、その他の点で、伊達は、自分に敏感なだけ、私にも思遣りがあり、その鋭く、而も、暖かい諧謔は、いつものように、私の憂鬱を吹飛ばしてくれるのだった。伊達は嘗て、学生時代に、党の運動をやった事があるのだが、今では、（大物はみんな、偉くて立派だったが、小物たちには悩まされた。ぼくには、アノ出世主義が厭なんだ。）なぞ云い、最早、政治は、まるで信用していない表情だった。彼は、私の顔を見て、間もなく、「君の入党したというのは、本当か。」とおどけたように訊ね、私が、本当だ、と答えると、「今日は、俺をカクトクに来たのではなかろうネ。」と微笑するので、私も仕方なしに、笑うばかりだった。大体、彼の如く、特殊な境遇に生き、社会や人間から、虐めぬかれてきた作家は、自分の小説の世界を築きあげる為、悪魔に、魂を一部分、売渡したというか、良識の一部を犠牲にしたというか、ともあれ、社会人として、不具な一面のある気がするので、私は彼に向い、熱心に、共産主義を説く気にはならなかった。（ボクがいう。嘘だ。私はただ、ハンカ臭い共産主義の理論を説き、彼に笑われるのが怖かッたのだ。）それから、彼に連れられ、K駅前の或る飲み屋に出かけた。そこで、彼と暫く話をしている中、大体、次のような彼の言葉を記憶に残した。

　その頃、彼は、或る雑誌に、「雀」という短篇を出していたが、その作品を、私の属している、文学会の書記長、盤田重一が、反戦的な、ヒュウマニズムの漲った、好短篇と、賞めた事につき、彼は、（俺にヒュウマニズムなんかあるもんか。あるのは、感覚だけサ。あの射的場で、女の子の膝を、ぷすんと空気銃で撃つ感覚。実は、俺も撃ってみたいと思った事があるんだ。それで書いたのサ。）という風にいッたが、それを彼の、照れたポオズのようにとった私は、「嘘、嘘。あれはやはり、伊達さんのヒュウマニズムに載っかった作品ですョ。」と嬉しそうに笑った。伊達は又、その頃、一雑誌に発表した自分の作品が、半年前に書いたものだ。と云い、（これだから、この頃の雑誌に、ものを書く気がしないんだ。半年前と今では、まるで政治感覚が違っているもの。）と苦笑したが、これは、（敗戦後、俺は天皇ファンになった。今は、陛下がお可哀想だ。俺は陛下に味方する。）という、彼の政治意見の入った自作を指したもので、それは後に、彼が酔ってから、（いま、両陛下の愛用されている宮中服というのはひどいネ。俺は、あの服を着ておられる、皇后陛下をみて、実に幻滅を感じたョ。とに角、あの服装は、野坂参三の演説より、もッと、天皇制打倒に効果があった。あの服を考えだした男には、共産党で、金一封だせョ。）と云った言葉と結びつけ、私には、彼の天皇主義の内容の、大体、推察できる言葉であった。更に彼は又、（俺はこの頃、昔のファッショというのが、愈々、嫌いになった。彼奴らは全く無気味だぜ。森久雄や尾沢師郎なぞは、まだ好いとして、安田世十郎や、陰山正春なぞ。）と彼は、昔、自分も入っていたN・R・H関係の文士達の名前を挙げ、（奴等はまだ、羽織袴に白足袋といった恰好で、私塾を開き、神様を拝み、門下生を集めて、何事か企らんでいるらしいぜ。亀尾克一郎なんか。）と伊達は、お互いに知っている、或る右翼批評家の名前を挙げ、（一緒に二度ばかり飲んでみたが、いやに陰気でねエ。二六時中、下を俯向いて、考えこんでばかりいるんだ。それでいて、あの連中とも秘かに連絡があるらしいのだから、なんだか、薄気味悪いねエ。これも一ッ、君等のほうで何とかする訳にゆかんのか。）と、伊達は無論、私へのジエスチュア、揶揄を含めて、こんな風にいった。

（ボクがいう。嘘々。伊達はこんな事は、なにもいわない。彼はただ、世の中は色と欲サ。この真理の前には、唯物弁証法も、少女の如く照れ羞んで、逃げるだけだ。階級闘争の本質は、正義でも、人道でもなく、ただ、自分たちの幸福の為、相手を殺すだけだ、などと、私を嘲弄する如く、云っただけだ。而し、私はその時、何でも彼でも、伊達を、進歩主義者と考えたく、ボクの聞いた言葉はなにも聞かずに、ただ自分の脳裏に、前記のような、幻聴があったのであろう。）

処でこの時、私はふッと、久し振りで、亀尾に逢いたくなった。彼はその近くに住んでいるのだ。そこで伊達にそういうと、彼はすぐ、その店の女を、彼の家まで、使いに走らせてくれた。私は、自分の処女作を、この伊達、亀尾と、それから、昔、一流の批評家といわれた、川上鉄太郎との、三人の世話で、文壇に出して貰い、その後、他の文壇人との、付合は殆んどないので、敗戦迄は、彼等と、いちばん親しくさせて貰っていた。処が、その中で、亀尾がいちばん自分を持たないひとで、まるで完全な、戦争便乗者になってしまい、終戦直前は、ひどく引張凧で、又、それを得意にし、「今の大家や先輩達は、みんな勉強していないからネ。」と私に洩らした事もある。そして、東京が焼けた後では、（石灯籠がみえ、風雅でよい。この風雅さだけは、B―二十九も破壊できぬ。）なぞと書いた事もあり、伊達にいわせると、（亀尾は、防空壕の中で、観音経を誦し、お茶を立てだしてから、頭が妙になった。）というのだが、それ程、神懸りになっていたのに、敗戦と同時に、彼はそうした、所謂、戦犯作家の中では、最も早く筆をとり、彼らしくムキになった、「内村鑑三論」などを書き、S・N・B系の批評家たちからは、頻りにその資格なしとやッつけられていた。それに亀尾は、その後、余り彼に近づかぬ私を、不快に思っているらしく、敗戦後、私も知っている、或る編集者に向い、「奴にはエロ小説を書かせろ。」なぞと、蔭で云った事があるらしい。（ボクがいう。それは悪口ではない。よく、私を知っての親切な忠告だ。戦争中、秘かに、亀尾を、羨やましくさえ、思っていた私には、一言だって、彼を責める資格はない。）それに私は、彼に昔、世話になったという気持がぬけず、それに逢って話をすれば、（一点、誠実さのみえぬ物足りなさはあるが。）気持の優しい、頭のよいひとという感じで、私は寧ろ、彼が好きな位だった。それ故、私は、彼がひどく元気ないという話をきくと、急に、彼に逢ってみたくなったのだ。やがて、一入、鬢髪の白くなり、眼の下に、黒い隈のできる程、憔悴した亀尾が、二重廻しを着て、その飲み屋に入ってきた。愚かな私は、自分もユダだと思う恥かしさから、先に手を差伸べて彼の手を握った。亀尾は今でも、私なぞより、方々の一流雑誌社から、沢山の註文のある様子だったが、それでも、流石に、もッと先々を考えているのか、なにかと落着かぬ様子で、時に、下を向いて、水涕を啜り上げるのが、私には妙に陰惨な感じだった。その中、転向作家の亀尾は、私に向い、(来月号から或る雑誌に、「現代人の告白」というエッセエを発表するから、それを読んでくれ。そうすれば、現在の亀尾の、共産主義に対する考え方が分るだろうから。)といッた。するとこれを傍で聞いていた伊達が突然、腕白小僧のような表情で、「君、そりゃア、『現代人の白状』という題にしろョ。」と云ッたので、私は思わず、バカ笑いしてしまった。処で、その論文を、後でみると、今度は、「罪悪の意識」という題に変っていたので、私は可笑しくてならなかった。

扨、こうして又、二月振りに酒を飲みだすと、私はまた、頭の痺れるほど、猛烈に、酒を飲みたかった。それで、その夜は、すッかり、伊達に御馳走になった上、私は酔潰れて、彼の家に泊めて貰った。朝、眼が覚めると、伊達は、猫背の背中を丸め、ぐッすり熟睡しているようだった。そして、私たちの枕元には、昨夜、私が、最後に飲んだ店から、コッそり持ってきた記憶のある徳利にまだ冷たい酒が、半分ほど残っていた。それで、それを、私が喇叭飲みに、飲みほした処に、ある編集者が訪ねてきた。私は伊達を起し、ふたりで、布団の上に起直り、その編集者を迎えた。その雑誌社は、或る戦犯的な雑誌社が、終戦後、急いで、民主主義的な看板に塗りかえ、その雑誌の名前も、「皇国」というのが、「平等」という進歩的らしい名前になっていた。そして、その編集者の名刺にも、一緒に持参した雑誌にも、共に、フランス語で、「ラ・エガルテ」と大きく入っており、伊達は、それを読むと、急に、畳を叩いて吹出したが、私もそれを横から覗き、思わず、バカ笑いがとまらなかった。処で、その編集者は、伊達に書いて貰いたく、再三、足を運んだらしいのに、私までそんなに笑っては悪い気がしたが、また迎え酒の廻ってきた私は、全く狂的なバカ笑いになり、自分ながら、閉口だった。扨、その雑誌社の依頼は、私なら、金も欲しいし、書きたくもあるので、直ぐ引受けた処だが、伊達は、その時、他の一流雑誌の註文が殺到している様子で、自分の分はハッキリと断わり、その代りに、私に書かせたらどうか、勧めてくれた。すると、その編集者は、名も知らぬ私なぞに、笑われたのが、口惜しかッたのだろう。冷たい表情に、薄笑いを浮べ、「また、その中に。」と私を小馬鹿にした事を云い残し、帰っていった。その後で、私は、朝御飯を御馳走になり、その儘、帰れば好かッたのだが、来た時と同様、また独りでトボトボ帰ってゆくのが、寂しくて堪らず。私は、伊達に無理をいい、彼を、東京の真中まで引張りだしてしまッた。その時、伊達に逢う迄、私は、彼が敗戦後、死んだ小田なぞと一緒に、大した流行作家になっているので、定めし、金廻りが好いに違いないなぞ、卑しく考えていたのだが、さて逢ってみると、彼は小田の如く、ジャアナリズムに対して、お人好でも、気が弱くもないので、収入も其程ではないらしく、更に、その収入も、親しい編集者とか、私のような悪い後輩と飲む機会が多いらしく、又其頃の彼の小説は、時々、酒がないと、書けぬらしい処もあり、独りでも、始終、飲むらしいのでまるで身についたものにならぬらしく、家庭は、慎ましく暮しており、伊達も、長兄のお古の、背広やオオバアに、軍隊靴を穿いており、私は、現在の、日本の作家の、惨めさを思った程だ。

それで私は、御馳走になる積りで、彼を引張りだしても、まず、金を作る為、ある大きな出版社に寄り彼に前借をして貰う始末だった。処で、その出版社では、たまたま、私の本も出る事になっていたので、私も彼に便乗し、千円の前借を頼んだが、彼の分の五千円はすぐ出来ても、私のほうは、長い間、待たされた。更に、そこに、その社の、所謂、一流雑誌の編集長が出てきて、伊達には恭々しく名刺を献じ、どんな条件でも好いから書いてくれ、なぞいう寄稿依頼をしていたが、私のほうは、時々、白瞳で、眺めるだけだッたので、私は、随分、イヤな思いだった。そして、現在の、日本のジャアナリズムは、徹頭徹尾、封建的な事大主義だと、心中、大いに憤慨していた。(而し、それは、現在の読者たちが、やはり事大主義だからで、これが、民主的に、覚醒してきたならば、こんな編集長の事大主義では、すぐにも、こんな雑誌、ぶッ潰れるだろう。)と、私は傍でしょんぼりしながら、口惜紛れに、こんな風に考えこんでいた。(処で、ボクがいう。私は随分、お目出度い男だ。文学はただ実力の世界である。社会が、文壇が、ジャアナリズムが、例え、何主義であろうとも、好い作品は残り、悪い作品は忘れられてゆくのである。ただ自分に正直な、自分に精一杯の作品を書けばよい。それで認められなければ、自分が悪いので、文壇やジャアナリズムが悪いのではない。)

扨、この出版社には、私の本につき、尽力してくれた、薩張(さっぱ)りした気質の、岩本という若い編集者がいたので、私は、彼を伊達に紹介し、それから三人で、飲みに出かけようとしていた。するとそこに、昔から、伊達のファンだったという少女が、勤め先の出版社の用事で、この出版社にきて伊達と顔を合せ、ひどく喜んでいるように見えた。伊達は、その佐倉という少女が、十六、七の頃からみると、とても、醜くなったなぞ、こッそり私に洩らしていたが、それでも、彼は彼女を誘いまだ日の高い中から、その四人で、近くの小料理屋に、酒を飲みに出かけた。その店の奥まッた部屋で、酒を汲みかわしながら、私は、伊達や、岩本から、色々、当時の文壇の内幕のようなものを聞かされた。まず、敗戦後、それまで不遇だった二、三の四十代の作家で、一躍、流行作家になった連中が、俄かに、それでは自分は天才だッたかと思い、ネクタイの結び方にまで、ひどく苦心しているという話。例えば、その中の、坂田金吾という作家は、その頃、伊達や、死んだ小田と三人で、K社の座談会に呼ばれた帰り、編集者を連れ、バアを飲み歩き、遅くなッたので、築地辺の待合にいったが、そこも全部、閉まっていたという。そこで、坂田は、その辺の待合の玄関を、連れの男と、ドンドン叩きながら、（俺は坂田金吾だ、泊めてくれ。）と呶鳴っていると、ある一軒の、待合の女中の返事が奮っていた。「天皇陛下だろうと、坂田金吾だろうと、こんな遅くにゃ、泊めて上げられないヨ。」

（ボクがいう。民主主義作家だった積りの私は、デカダン作家だといわれそうなボクよりも、なんて卑しい歪み根性だろう。自分がムリに清教徒じみた生活をしていたものだから、他人の幸福や快楽に、全て焼餅がヤケてたまらなかったのだ。それ故、誰かが、寧ろ、好意的に語った、このゴシップを、こんな風に、意地悪くしか、聞けなかったのだろう。）それで私が、またバカ笑いをしながら、そんなに坂田金吾は、待合の女中にまで、有名なのかと尋ねると、伊達が首を振り、「いいや、誰も知っていやしない。」（けれども、伊達は、いまの作家の中で、一緒に、酒を飲んで愉しいのは、坂田金吾だと賞めていた。私は、わざと、それを聞き落したのだろう。）

それから、私が伊達に聞いた話。（今の流行作家たちは、皆、泡（あぶく）サ。詰り、ボオドビルの幕繋ぎに、前幕で踊っている、踊り子みたいなものサ。幕の後ろで、大物が支度している間の、前芸なのだが、誰もそれに気がつきやしない。）これに私はドキリとした。幕の背後にいる大物は、案外、私かも知れぬ。けれども直ぐ、それは民衆の中から生れてくるのに、決まっていると思った。而し、私もせめて、それを引出すぐらいの役はしてみたいものだ。（ボクがいう。これも話がヘンだ。伊達は、観念的な手垢で汚れた、民衆という言葉さえ好まぬ筈だ。ボクも、普遍的な、民衆なんてどこにいるか見当がつかぬ。ボクは少くとも、民衆という言葉に関しては、実念論（レアリズム）よりも、唯名論（ノミナリズム）のほうが信じられる。）

又、その時、岩本から聞いた、現在の、所謂、一流文化人を網羅したという、「森の会」の話もかなり私を驚ろかした。それは老大家で、立派な自由主義者として知られた、東義雄なぞが中心となっているというから、きッと他に高尚な目的があるらしく、それを岩本も、説明してくれたと思うのだが、その目的は如何あろうと、後の騒ぎをきいた私は、ただ無茶苦茶に、乱痴気騒ぎをやる会のような、印象を受けた。（ボクがいう。これも私の嫉妬。）岩本の話によると、その前の会を、ある学院の二階を借りてやったそうで、そこには飲切れぬ程の酒類と、食切れぬ程の御馳走があった。そして皆、忽ちへべれけになると、その中に、ある新聞社の、週間雑誌の編集長で、柔道何段とかの猛者がおり、初めは、酒癖の悪い流行作家の、石山順が、酒の入った燗徳利の、机上に林立されたのを、片端から、撫ぜ倒して歩くのを怒り、いきなり背負投げで投飛ばして気絶させたが、次には、その勢い余って、傍にいた、何の罪もない、頽唐派の或る老詩人を、腰車でしたたか投げつけ、気絶させてしまった。それ丈でなく、幾らでも酒があるものだから、各処に乱闘が勃発し、最後には二階から転げ落ちる者、反吐をはく者と、岩本が、顔を顰めながら話をするのに、（ボクはただ羨ましかったが、）私は、一方では、コンクリイトの上に凍死する、浮浪児や失業者もあるのにと、その時、私がやはり、高い酒を飲んでいるのも忘れ、まるでグロッスあたりの描いた、或る諷刺画を、眼前に思い浮べる気持になった。

岩本は他に用事があり、間もなく帰ってしまったが、その後では、それ迄、しとやかな少女にみえた佐倉が、真赤に酔払い、伊達を下手糞に口説きはじめた。初め彼女は、お給金だけでは、とても暮してゆけないので、家庭教師をして、やッと暮していると、羞かんで話をしていたが、そのうち酔ってくると、ハンドバックの中から、（今日、ボオナスで貰ったという、）百円札六枚を、摘みだし、「これをお勘定の足しにしてよネ。」とか、「これで、お汁粉を食べましょう。」とか、「これで、もう一軒、飲直しましょう。」とか、それを無理に振廻し始めたので、私はとても可哀想な気がした。（ボクもそう思った。彼女もボクと同様に孤独なのだ。それでもボクには、その少女の不器量の処が、少し興覚めだった。）処で、伊達が、親切に、その金を、ハンドバックの中に蔵い直してやると、佐倉は恍惚とした顔付になり、「あたし、十六の時、絶望して、慰めを得ようと思い、伊達さんのお宅をひとりで、尋ねていったの。そしたら伊達さんは、お風呂から帰った処で、廊下で爪を切っていらしたわ。小説で読んで、きッと醜くい男のひとだろうと思い、安心していったのにとッても美男なので悲観しちゃッた。それに、しとやかそうな奥様に、可愛いお嬢さんなぞいらッしゃるんですもの。」なぞ云いだしたので、私は、自分が、伊達を訪ねてゆく気持も、この少女と同じだと思い、なにか遣切れぬ気持になった。（ボクがいう。いちばん遣切れないのは、伊達ではないかしら。）

処で、その店の勘定は二千円ばかりで、私も千円だし、伊達が残りを出し、表にでたが、佐倉はそれから伊達とふたりで、お汁粉でも食べにいきたいらしいのに、私はただ、もっと酒が飲みたくて仕方がなく、また飲み直そうと、伊達を誘った。伊達は、私達の中では、いちばん確りした大人なので、もう好い加減に帰りたい様子だッたが、それでも、彼是、二年半振りの、私への思遣りからか、私のいうままに、銀座から新宿まで歩いてくれた。その時、少女は、伊達の腕にぶら下り、もう我を忘れる程、酔ったらしく、歩きながら、伊達に向い、「ねエ、男のひとの匂いッて、栗の花の匂いがするんですッてネ。あたし、知りたいわ。」なぞ、あられもない事を、口走るようになっていた。といって、この、（共産党はだいッ嫌い。）という佐倉も、素面の時は、ごく平凡な地味な女事務員にしか見えないのだから、不良少女や、看護婦でもない、ただ、現在の頽廃した世相が、そんな商業雑誌社の空気を吸っているこの少女に、こんな汚ない事を、平気でいわせる気がした。処でこの少女の酔態は、それから一緒に、伊達のファンの愛人が、経営している或る酒場にいってから、益々、ひどいものになった。

その伊達のファンというのは、私も知っている、某雑誌社の社長らしく、それで、その店のマダムも、作家では、女流作家の逢谷不二子と、左翼詩人の仲井茂春が好き、「仲井さんは時々、この店にくるのョ。」といって、私をドキリとさせたのだが、その美しいマダムが、眼に角を立て、この醜くい少女の酔態を、「あんた、お止めなさいョ。ネ、あんたはパンパンじゃないんだろう。」なぞと怒っていた。だが少女は、マダムになにをいわれても、馬耳東風で、ひたすら、閉口している伊達に凭れ掛りながら、「ねエ、伊達さんはもう、あたし以外に決して、他の女のひとを愛さないでネ。もし愛したら、あたし、伊達さんを、殺すわよッ。」と、分厚い唇をパクパクさせていうのが、身体の固い、色気のない、子供ッぽい、下手糞な口説き方なので、私には、なにか見ておられぬ気がしてきた。それで私は伊達に向い、彼女を駅まで送り帰すようにと勧めた。すると、伊達は、その少女を連れて立上り、一応、その店の勘定を払ったが、その時、私は、なにか、ケストネルの、「フェビアン」みたいな突飛な行動がしたく、マダムが持ってきた、そのお剰りの四百円を、ムズと手を伸ばすと、自分で取ッてしまッた。（ボクはその時、その金で、女を買うことに決めていたのだ。）伊達は、それに驚きもし、不快でもあったらしいが、とに角、お互いに酔っていたので、彼はなにもいわず、少女を連れ、駅まで送り返しにいった。それでも私は、彼が、駅から帰ってくるのを、三十分ほど待っていたが、中々、帰ってこないので、卑しい想像までし、（伊達が帰ってきたら宜敷）とマダムに断わりをいってから、ひとりトボトボと、夜の町に出ていッた。

（私は、その時、それ迄の色々の気持のもやもやが、そこに来て、一度に爆発したのを感じた。）ボクは、最早、私が党員であるのを忘れていた。ボクはその前日、ある出版社であッた後輩作家が「今年の新年号には、小説を十一、頼まれましたョ。」とか、「この頃、女の子がたかってきて閉口です。」なぞ、ボクに自慢していたのが思い出された。ボクには、そんな彼が小憎らしく、ボクも有名になりたかった。恋人が欲しかッた。党を止め、女を買いたかッた。それでボクは初め、バカで孤独で純情なパンパンガアルなぞに逢ってみたいと思い、近くの町のガアド下に、暫く、ぼんやりつッ立っていると、やがて闇の中から、白いショオルを掛けた若い女が、「アラ加藤さん。」と叫びざま、ボクの胸に生温かく飛付いてきたが、人違いだと分ると、乱暴にボクを突飛ばして、再び闇の中に逃げこんだ。

それでボクは余計、女にカッえた気持になり、その次には、ある怪しげな小料理屋を見つけるとここには、そんな女達がいるかと思い、入っていッた。すると客は少なかったが、厚化粧をした女達が一杯いた。ボクは、テエブルに坐るなり、彼女等に向い、「ボク淋しいんだ。誰か今晩、ボクと付合ってくれないか。」と、喉の辺に生唾を飲込む、へんな音を立てながら頼んでみた。すると女たちは、ボクの顔をみて吹出したが、それでも客と思ったのだろう。「好いわョ。お好きなひとを選んで頂戴。」などと口々にいッた。バカなボクは、それを真にうけ、彼女等の中で、いちばん厚顔無恥で、好色そうな、肥った女の手を握り、「ボクは君にきめた。」と余裕のない態度でいった。するとその女は、「アラ本当、妾、嬉しいわ。」などといい、一度、ボクの傍に来て、ベッたり坐ったがそれから始終、ソワソワ奥に立って、その度に、ビイルやら料理を持ってくる。ボクはチョッキの内懐に、その前日に集金した五千円がある事はあッたが、とに角、伊達から盗んだ四百円だけで、遊びを済ませようと決めていたので、そんな女に、頼むように、「もう何にも持ってこないで。」といってから、ただ、女の身体を引つけるようにした。すると、女はひどく義務的に、ボクの膝にのったから、ボクがもう一度、「ボク淋しいんだ。」と女の手を握ると、女は、「アラそう。」と好い加減にいい、いやに湿っぽいゴワゴワの手で、ボクの手を軽く握り返したがなにも風情がなかった。

やがて、看板の時間になったから、ボクは又、異様に真剣な表情で、女に向い、「じゃア、表で待っているから。」と断わり、女が甲高く「アラ駄目ョ。」と叫んだのも、ただ他人目を憚(はば)かる為だろうと、楽天的に解釈し、ボクはその店を出てから、寒いのを我慢し、暫く、その近くの物蔭で、女を待っていた。すると間もなく、その女が、店の板前らしい男や、朋輩(ほうばい)の女たちと一緒に、店からぞろぞろ出てきたが、物蔭のボクを、ちらりと眺めただけで、行き過ぎてしまう。ボクは慌てて、その後を追かけてゆき、「一寸、一寸。」なぞと呼んでみたりしたが、少しも振返る様子がないので愚かしいボクも、始めて騙されたのかと、悲しさで、胸の一杯になる思いだった。ボクは敗戦後、一度も、そうした女達を相手にしなかったので、飲み屋でやッと二百円ばかりの勘定を払い、而もお剰りまで取った男が、そうした女達に本気で相手にされる筈がないという事に気づかなかった。それでボクは、戦争中、遊んだ経験のある、その辺の待合街に廻ってみたが、ここは「公休」とかで、ただ森閑としていた。後で思えば、その辺は、東京でもパンパンガアルの多い、地帯なのだがボクはあまりに焦っていた故か、彼女等にまるで気づかなかった。

ボクはその時、ケストネルの「フェビアン」という小説のことばかり、思い出していた。それは第一次世界大戦後の、頽廃困乱した伯林(ベルリン)に、その頽廃に巻きこまれながらも、ひどく純情卒直に行動する、フェビアンという青年の物語である。例えば、淫売を買いながらも、無邪気な少年の心を失わない青年であり、その為、ひどく悲しく生きて、惨めに自殺してしまう。だが、彼の失恋にも自殺にも、なにか明るい人間信頼のようなものがあり、ボクは昔から、その小説が好きだった。ボクはそれで、その夜、フェビアンの如く、行動してみたく思った。それ故、ボクはそれから、その辺をうろつき、おでんを食べたり、焼酎を飲んだりしたが、少しも面白くない。フェビアンならば猥映画の上映される妙なクラブにいッたり、キャバレェにいッたり、博奕場にいッたりするのだが昔から、貧弱な東方君子国の、首都には、そういうものが少しもない。仮りにあっても、貧乏作家のボクなぞには及びもつかぬ、高い処にある。ボクは、これでは、日本に、ノーベル賞に値いするような、豊かな文学なぞ生れる筈がない。心中、大いに憤慨しながら、暗い夜道を行ッたり来たりしていると、そこで、バッタリ、酒場から家に帰る処らしい、ふたりの若い女に出あッた。そこでボクはもう自棄糞の、手当り次第という気持で、そのふたりに向い、「オイ、ボクは寂しいんだ。今晩、一緒に遊んでくれないか。」と頼むと、ふたりの女は、笑いもせずに、顔を見合せ、「えェ好いわ。」といい、ボクと一緒に、元来た方に引返した。そして、年を老ったほうの女が、ボクの手を握りながら、「ねェ、妾たちのアパアトにゆきましょう。妾は独り者。妾と寝ましょう。決して騙しません。約束ョ。げんまん。」なぞいうので、ボクは本当に、その女と、彼女たちのアパアトに行ッてみる積りになッた。ボクは子供の時、便所に隠れて泣きたい事があるように、その時は、春婦の腹の上で、オイオイと泣いてみたい、白痴的な幻想にとり憑かれていたのだ。処が、彼女等は、その途中で、一軒の酒場を起すと、「ね、寒いから、ここで一寸、飲んでゆきましょうョ。」といッたのが、実は、彼女等の店なので、ボクはそれから騙され通し、而もそれが、ただ便所で、財布を落したみたいな、ひどく汚ない詰らない騙され方であッた。といって、ボクはその女と一緒に寝るのに成功した訳ではなく、とに角、所謂、エロサァビスというのか、いま思い出しても、毛髪の逆立つような、不潔で淫猥なサァビスを受け、ビィルを何本も飲まされる丈の結果となった。（それは無論、ボクが不潔で淫猥だったから、向うもそう出た訳で、私は反って、ボクが悪いと思う。）処でその中、ふッと気がつくと、ボクは、その店のカウンタアに凭れてうたた寝しており、外は白々とした朝だった。ボクは自分が洋服の釦をすッかり外しているのに気がつき、昨夜の醜態を思い出し、顔が赤くなった。女たちの姿はもう見えずに、やがて、ひとりの眼つきの鋭い男が、奥から出てきた。「昨夜はどうも大分、御酩酊でしたな。どうです。朝酒に熱い処を一本。」ボクはそれが主人だなと思うと、やッと勘定が気になり、あの四百円の残りは、この店に入るなり、女たちにチップだと、やッてしまッたのを覚えていたから、丸々、家に持って帰る積りだった内ポケットの五千円に、手をつける積りで、チョッキの内側に手をやり、ボクはアッと顔色が変った。その金の入った紙袋が、そッくり紛失している。ボクは咄嗟に、自殺したい程の、自己の嫌悪に駆られ、なんとも絶望した蒼い顔になると、主人が、「どうしました。真逆、あの女達に財布ごと渡しはしないでしょうネ。」ボクが苦笑いして、「イヤそれがどうも渡したようだ。」

「それでは、全部やられたかネ。」と主人の言葉遣いが、急に乱暴になる。そこに表から、ひとりの浮浪児が飛込んできて、「小父さん、おくれヨ。」と手を出すのを、主人は凄まじい権幕で、ポカポカッと頭を撲って、追払ったから、ボクはやはり同様な運命に見舞われた上、警察にでも突出されるのかと、ビクビクしていると、意外にも、その主人がニヤニヤして、「なに、昨夜の勘定は済んでいるんですヨ。而し、あんたも飛んだ節季の災難だネ。あの女たちは時々、店にみえるから、今度、きたら、よく聞いて上げまさァ。而し、十中の十まで、もう出ないネ。あんな女達はそれが専門だから。処で幾ら入っていたのかネ。一万かネ、もッとかネ、もッとかネ。なに五千だッて、それなら、まァ、自動車に刎ねられたとでも思って諦らめねェ。こちらも、今、熱い処を一本サァビスしまさァ。」こんな云い方を聞いていると、愚かしいボクにも、「ハハア、多分ぐるかも知れない。」という気がしたが、とに角、自己嫌悪が先に立ち、その金を取返そうと思う勇気はなく、そこで主人がつけてくれた熱燗をコップに移し、ガブ飲みしながら、死にたいほどの絶望感に見舞われていた。（するとそこに表から、「今日は。烏賊ンベ、いらねェかよう。」私たちの地区の言葉で、一パイ五円の烏賊を売りにきたのは、I半島のI町から来たという漁師のお内儀さんらしい女だった。それでこの時、私は、僅か一パイ二円か三円、全部、売っても、一日、百円ぐらいの利益で、朝早くから、遥々、こんな遠方まで、危険を冒し、烏賊を売りにくる、こうした人達の切迫詰った生活を、眼の覚めるような気持で思い起し、而も、この人達の生活でさえ、今では、勤労大衆の生活の中で、上位にあること、他の勤労大衆の殆んどが、その家族たちと共に、もっと窮迫した生活をしていることなぞを、金槌で、頭をごんごん撲られるような、手痛い思いで思い出していた。）

処で、この失敗のお蔭で、私は四六年の暮から、四七年の正月三日頃まで、金にも困り、ただ布団を被り、半病人みたいに唸っていた。それでも五日の朝、私の家にやッてきた書記の関根から、色々と地区の情勢をきき、山本が帰京した後、関根、寺田、分川が、三ツ巴になり睨み合いを始め事務が少しもうまく行かぬ、ぜひ、帰って欲しいといわれると、私は、例え、作品が書けなくなるとしても、私は、自分の社会的な生活が、詰り、民衆の生活のほうが大切だから、もう一度、地区に出てゆこうと決心した。私は例え、流行作家になれる素質があるとしても、小田作之介の通った道は、やはり汚ない泡のようなものだから、真平御免だと思った。又、今の所謂、作家生活は、とに角、それに似た道を歩かせられるだけだから、幾ら、金と名誉があっても、それは一時だけのものだから、厭だと思い、例え、どんなに貧しい辛い生活でも、民衆と一緒の道を選ぼう、それが、私が作家としても、死なない道だと確信した。(処が、その時、ボクはまるで反対の事を考え、私がそんなヤセ我慢や、クソ意地を張るのを嘲笑していた。ボクはただ、作家として生きぬきたかった。民衆の幸福と、二言目にいッても、ボクには、具体的な民衆が、どこにいるのか、まるで見当らなかッた。ボクはその時、批評家荒井正のように大声で、民衆とは自分だ、と叫びたかッた。いや、民衆はどこにいるのだ、と吸鳴りたかッた。ボクには、民衆の一人々々の姿はみえたが、普遍的な、民衆というものが、まるで見えない。而も、ボクは、その民衆の一人々々が、大抵、嫌いなのだ。またボクの蔭口をいい、ボクを軽蔑しただ利用だけしようとした、党の同志たちも、大抵、嫌いになっていた。ボクは例え、どんな淫婦でも悪党でも、ボクを敬愛してくれる人間なら、彼らの為に、喜んで犠牲になるだろう。だが、ボクは自分を軽蔑している人達とは、その人達が仮にどんなに清純であっても、一緒に死ぬ気になれなかッた。ボクには、共産主義を否定するだけの、合理的な理論の持合せがない。だから、何といッても、共産主義が正しいとしかいえない。だが、正しいとは何か。それは、生きているボクと、まるで別な存在としての正しさという気がする。ボクはもう、何事によらず、共産主義の上に胡座をかき、いわば科学的迷信を狂信し、そして、上の人達の頤使に甘んじ、鉄の枠の中に閉じこめられるのがイヤになった。ボクは正しい党員となるよりも、正しくボク自身として成長しきってみたいのだ。大体、共産主義では、個人が個人の実在を発見できるのは、現在の世の中では困難であり共産主義社会にならねば、個人が、真の自我を発見できぬ、と教える。だが、ボクは、ボクの生きている中に、ボクを発見し、ボク自身に徹した生き方をしたいのだ。）

而し、私のほうは、その新年の細胞代表者会議に出ていった時、集っていた二十人ばかりの同志達に、私がもう一度、事務所に出る事の可否を尋ね、分川や寺田は、又、後に不満を述べたそうだがその際はとに角、満場一致で、その私の復帰は皆から承諾された。そうしてやがて再び、事務所に帰った後、私は次のような発見をした。それは何か大斗争をしている間は、寺田や分川を始め、どんなに個人的に、憎いと思った同志も、少しも憎らしくない事だったし、また、そんな斗争の間は激しい戦いの風が、私たちの間を吹流れ、前記のような感情の淀みが、きれいに吹払われる事だった。それは私たちの生活は清教徒じみた苦しいものなので、皆が、自分の荷を、他人より特に重いと思いだした時には、斗争のない際なぞ、また感情問題が、再燃する事もあるだろうが、徳球の表現を借りると、（感情問題は、お互いが怠けている夫婦に、始終、喧嘩が絶間ないように、活動の沈滞している地区に限って、起る。）というのだ。だから私達がもし、共通の目的に向い、傍目も振らず、進んでいるならば、そんな感情問題なぞ、起る余裕はない。

（処でボクがいう。ボクは臆病だから、その斗争がイヤなのだ。喧嘩の時だけ、団結できて、喧嘩がなくなると、内輪揉めするような党の空気がイヤなのだ。それはボクでも、世界が一日も早く平和で自由な、一個の世界聯邦となり、戦争は無論、凡ゆる人種的偏見がなくなり、共産主義の説くようなユウトピアが来ればよいと思っている。だがその為に、再び暴力が必要という事になると臆病なボクは堪らないのだ。）

　元来、私には、よく意地と見栄から、一寸した大見得をきり、すぐその後で、大失敗をする弱さと醜くさがあるので、大きな事はなにも断言できぬが、それでも、これから死ぬ迄、人民の立場の道を、歩いてゆくという事だけはいえる。何故なら、他の全ての道は、私に頽廃と死を与える丈なのを、私は、四六年暮の、身の毛のよだつ醜悪な経験から教わった。だから、私が仮に、もし他の道を選ぶとしたら、私は忽ち、ダメな男になり、五年と生きていられないだろう。私はこんな事を例の二・一スト直前の、官公署ゼネスト宣言大会の際に痛感した。

（ボクもやはり、出来るだけ、最大多数の側に立ちたい。而し、孤独な文学の道とは、民衆の道とまるで別なものであろうか。それならば、孤独な作家ほど天才に近かったという、昔からの事実はなにを意味するのだろう。ボクという男はどこにいっても孤独な筈だ。孤独に死ぬ男に、あと何年しか生きられぬという事は無意味である。ボクはどうせ、ひとりなのだから、ひとりで自分の生きたい路を歩いてみたい。）

処で私は、この大会の際、日一日と、組織労働者の力の盛上る様子を、この眼で眺め、とても嬉しかった。この時、私は、最後に少し喋らせて貰えたので、演台の代りになったトラックの縁に、勢いこんで片足をかけ、皆にちょっと笑われたりしたが、私は、その日、集った約二千の大衆は愚か、世界に聞えよと思う程の大声で、次のように叫んだ。「今の世の中は、何から何までアベコベだ。昔、ひとりの天皇の為に、八千万の国民が死ぬ事が、正しいと、強制されたようなアベコベが今でも、その儘、生きている。第一、働く者、正直な者が、五百円生活とか、篦棒な税金なぞで苦しめられ、遊んでいて、資材の値上りを待ったり、大闇の品物を動かす、資本家や大闇屋だけが得をしている。これがアベコベ、大闇は放任されるが、小闇は煩さく取締られる。これもアベコベ。汽車にしろ、電灯にしろ、政府が先に停めていて、人民には停めるナ、ストはいかんという。これもアベコベ。暴力団や、武装警官を使い、人民に散々テロを加えながら、暴力はキライ、暴力に屈せずという文相や、平和を欲している人民を、不逞呼ばわりする首相。これもアベコベ。」なぞと、私は、現在の世の逆立ちした風景を、一々、算えてゆきながら、ふッと、その前年末の、自分の醜態を、心に思い浮べ、流石に、心が暗くなった。

やがて、その後にデモがあった。四五年、春のメェデェには、まだメェデェ歌さえ、碌に歌えず中には酔払った仮装行列で、市民に眉を顰めさせた組合もある。この地区の労働者たちが、その日はリイダァなしで、立派にインタァや、アカハタを歌えるようになっていた。その歌声を聞き、そのデモに、前後のみえぬほど、民衆の流れの続くのを眺めながら、また、真冬の青空の下で、酷寒の烈風に吹かれて、アカハタが飜がえり、プラカアドが陽に輝くのを眺めながら、私はもう一度、この民衆と一緒の道を歩かなければ、私はデカダンの沼に落ち、早死するだけだと思った。

（その時、そう私の感じた気持に嘘はない。だが、ボクが、その日、その後で、私の代りに、ずッと地区の指導をやッていた弘谷から、私のトラック台上の昂奮した演説を、片足を縁にかけたのがいけないナゾ、ひどくケナされ、又、私が真面目に書き、その頃、発表された、二篇の左翼小説を、党内事情の悪意の曝露だなぞと、ただ政治的に、攻撃された時には、すぐ脱党したくなる程、腹が立ったのも本当だ。ボクにはその頃から、主義と人間とは、まるで別の生物のように思えてきた。ボクは又、昔のように、主義は信じられるが、人間が信じられないと、叫びたくなった。）

「あなたは誰？」ランドンは言った。「何かご用？」

「おれは無実の女性を刑務所から釈放させようと活動している人間なんだ」ボッシュは言った。「そうすれば彼女は自分の子どもを育てることができる」

「なんの話なのかわからないわ。放っといてちょうだい」ランドンは階段に向き直った。

「なんの話であり、おれがだれの話をしているのか、きみは知っている」ボッシュは言った。「そしておれがきみを放っておけない理由も」

ランドンは立ち止まった。脱出路を求めて彼女の目がきょろきょろする様をボッシュは見つめた。

「ロベルト・サンズ」ボッシュは言った。「きみは改名して、引っ越した。その理由を知りたい」

「あなたと話をしたくないわ」ランドンは冷ややかに言った。

「それはわかる。だけど、おれと話をしないと、召喚状になり、判事に命じられてきみはおれと話をすることになる。そしてそれは公表されうる。いまおれと話をしてくれれば、きみのことを表に出さないようにできる。きみの名前、住んでいる場所――なにも表に出す必要がない」

ランドンは空いているほうの手を持ち上げて、目を覆った。

「あたしを危険な目にさらすのよ」ランドンは言った。「それがわからないの?」

「だれからの危険だ?」ボッシュは訊いた。

「あいつらからの」

ボッシュは闇雲に飛行していた。これまでの発言はたんに勘に従っておこなっていた。だが、いまのランドンの反応は、自分が正しい航路を進んでいることをはっきりさせた。

「クーコスか?」ボッシュは訊いた。「きみが言っているのは連中のことだろ? われわれは連中からきみを守ることができる」

保安官補一味の名前を出しただけで、ランドンの全身に震えが走ったように見えた。

ボッシュは慎重に距離を取るようにしていた。だが、いま、彼はさりげなく歩を進めた。

「これから起ころうとしていることにきみがいっさい関わらないようにできる」ボッシュは言った。「だれもきみの新しい名前や住んでいるところを知ることにはならない。だけど、おれに協力してもらわねばならない」

# 野狐

ひとのいう（たいへんな女）と同棲して一年あまり、その間に、何度、逃げようと思ったか知れない。また事実、伊豆のＭ海岸に疎開のままになっている妻子のもとに、度々戻ったこともある。

而し、それはいつも完全に逃げられなかった。（たいへんな女）が恋しく、女房の鈍感さに堪えられなかったのである。たいへんな女、桂子の過去を私はよく知らない。私は桂子と街で逢った。けれども普通の夜の天使と違った純情さと一徹さがあると信ぜられた。

私との商取引ができた後、私は四五人の逞ましい異国人たちに取囲まれ、喧嘩になった時、彼女は最後まで私の味方だった。また一緒にホテルにいった後、彼女は包まず、自分の恥かしい過去を語り、流涕し、而も歓喜して私の身体を抱いた。私は生れて始めて、肉欲の喜びを知ったと思った。彼女が一切、包まず、自分の過去を語ったと思ったのは私の錯覚である。而し少しでも、自分の醜悪な過去を私にみせてくれたのは、私にとって救いであった。

いわば憐憫の情から結婚してしまった私の妻は処女でなかった。而も、それは自転車に乗った為だと嘘を吐き、自分の過去を神聖そのもののようにみせようと、いつ迄も私に対して冷たかった。私も童貞で、妻と一緒になった訳ではない。けれども私は自分の過去を包みかくさず、彼女に語った。そして彼女にもそのようにして貰いたかった。だが、妻は（汚された処女の復讐）を私に対して、行ったのである。私はそれに対して、放蕩をもって対抗していた。

その頃から、第二次世界大戦が激しくなってゆき、私は度々、出征した。殺人と放火の無慈悲な戦場にいると、そんな甲羅をかぶったような妻でも、天使のように恋しく、私は帰還する度に、妻に子供を産ませた。

戦争が済むと、私は会社を馘になり、子供は四人もあった。インフレは忽ち激しくなり、六千円ほどの退職金は三日ももたなかった。私は昔から文学志望だったけれど、その時は、資本主義社会の邪悪さを身にしみて感じていただけに、新しい正しい世の中を作りたい希望をもって共産党に入っていった。

けれども一年ばかりで、私は現在の共産党に幻滅を感じた。それはボス中心の私利私欲を追求する連中だけに利用されているように思われたからである。それでも私は内部に踏みとどまって、戦うのが正しかったのだろう。だが私は一時の感情にかられて、党に脱党届を叩きつけた。そして党を憎むよりも自分を憎んだ。自分が裏切者、不義士の張本のように思われ、醜悪にみえて仕方なかったのである。

そして家に帰って、文学三昧(ざんまい)に戻ってみたが、すでに終戦後の作家飢饉で、多くの流行作家が世に出た後では私は、所謂(いわゆる)、バスにのりおくれた形で、持込の原稿もなかなか売れなかった。その私の悪戦苦闘に対しても、妻は一向、同情しなかった。ヤケになった私は将来、私に余裕ができたら、別に愛人を作ってもよいかと、妻に尋ねると、妻は冷然と、（ええ、お金さえ下されば、お父さんなんか家にいなくても好いわ）といった。

処が、その幾らか余裕のできるようになった頃、私は前のような事情で桂子と知合いになった。桂子は、前に同棲していた異国人のおかげで、バラックながら一軒の家を持っていた。私はそこに転がりこんだ形になったのである。

桂子も私に幾つかの嘘を吐いていた。歳も五ツばかり若く云い、学校も女学校を出ているなぞ云ったが、例えば十二の八倍が幾つになるかの暗算さえできなかった。彼女は貧農の娘、しかも不義の子として生れたのである。幼時、煙草畑の草取りがいかに苦しかったか、一晩中、叱責され、土間に立たされていて、蚊に責められた思い出なぞを私に語ったこともある。男や金のことでも、時々、嘘をついていた。しかし彼女の嘘は、例えば幼女の嘘のようにすぐバレ易く、それだけ、妻の頑固な嘘よりは、私にとって可憐に思われた。妻は、肉体の喜びさえかくし勝ちなのだが、桂子は全てが開けッぴろげのようで、私には可愛い女だった。

そこで私は桂子と、夜昼なしの愛欲生活を送りながら、カストリ雑誌などにしきりに書きはじめた。そうした雑誌の編集者たちと飲みあかす晩も少なくなかった。生活の乱れに筆の荒れるのを感じるようになる。また金だけ送って疎開先におき放しになっている妻子、特に子供たちに良心的苛責も感じるようになる。更に共産党、人民の党と考えていたものを裏切ったと思う、苦痛もある。

私は眠れないまま、しきりに催眠剤を用いるようになった。はじめはカルモチンなら十錠、アドルムなら二錠で眠られたのが、しまいには、カルモチン五十錠から百錠の間、アドルム、十錠ほど一気にのまなければ眠られなくなった。それも飲むと眠たくなる代りに気持よい昂奮状態が訪れる。そして桂子との交合。その疲労を忘れる為、昼間もアドルムを飲んでは、原稿を書く。

私は前から酒好きで、その酒も強いほうだったが、催眠剤を連用しはじめると、酒だけではまるで酔えなくなった。私は昔のボオト選手で六尺二十貫。それでも一升飲めば好い気持になったのだが、その中、焼酎一升飲んでもケロリとしているので、酒と一緒に催眠剤を飲むようになる。又、そのほうが安上りというサモシイ気持もあったのだ。そのおかげで私は、桂子の肉体と催眠剤の中毒患者になった。そのどちらもようになる。

が一日でもないと、禁断症状がおこり、私は口を利く気力さえない半死半生の病人のようになる。

そのままでは、私の健康も才能も、また疎開先の妻子もダメになると思って、私はやり切れない気持だった。そこで私は酔うと酒乱になる桂子と喧嘩する度に、それを好い機会と、妻子の田舎に逃げ帰るのだ、そこで、妻の表情のかたい、甲羅をかぶった無言の軽蔑に出あうと、死ぬほど桂子が恋しくなり、また彼女のもとに逃げ帰ってしまう。

また、桂子が酔って見境いがなくなり、遊びに来ていた他の男たちと夜の町にとびだしてゆくと、私も嫉妬を起して、他の男たちと夜の町にとびだし、よからぬ場所に泊り、娼婦と共に寝たこともあるが、そんな場合、私は桂子の肉体を思って、どうしても、その他の女に触れる気になれない。皮肉なことに少く共、結婚後は私の為に貞操を守ってきたらしい妻に対し、私は少しも貞操を守りたくなかったのが、私と一緒になる前、夜の天使同様だった桂子に、私は期せずして貞操を守るようになった。

桂子は前に同棲していた異国人から、縞馬(しまうま)と呼ばれていたという。色の浅黒い、手足の小さい、小柄の女で、顔は平べったく、低い鼻の穴が大きく天井を向いている。化粧すれば、そう見っともない女でもなかったが、素顔の時は呆れるほど平凡な泥臭い百姓の娘さんだった。けれども、その疲労を知らぬ、太股(ふともも)に薄い縞模様のある肉体が、私を圧倒した。私は彼女によって始めて、肉体の恋を知らされたといってよい。処で私は、俗物たちが妾をもって平然としているように、一夫多妻主義で納まっていることはできない。道徳的には妻子のもとに帰るのが正しいと思われたし、新らしい私の道徳からいえば、例え前身がなんであろうと、前の妻と別れ、より愛している女、桂子と一緒になることが正しいように感じられた。而し、そこに四人の子供の問題がある。十八の六倍が容易にできないような桂子に、子供たちの育てられないのは、私にも分っていた。

そこで最後に昨年の暮、バカな私にも、桂子が異国製の菓子と煙草をかくして持っていたり、おまけに、当時、ジフリイズで、ペニシリンの注射をさせてやっていた頃、彼女の浮気というより、その淫奔さに薄々、気づいていたので、また催眠剤を飲んで彼女と喧嘩の末、伊豆の妻子のもとに逃げ帰った。だが、催眠剤は勿論、沼津から酒も飲みはじめ、夜中の十二時になっても、わが家に帰る気がしない。妻のぷッと膨れた冷たい顔をみるのが辛いのである。十二時頃、千二百円でハイヤアを雇い、M海岸まで帰ったが、そこでわが家を指呼の間に望みながらも帰る気になれない。家の下に、淫売宿をかねた飲み屋のあったを幸い、そこの框に腰かけたままで、酒を飲みはじめ、夜中の三時頃になって、やっと、わが家に帰った。

帰る途中、畑に顛落して、つき指をしたり、苦心惨憺、やッとの思いで妻子のもとに帰ったのだが、妻は尋常の夫の放蕩とのんきに思いこんでいるらしく、チクチク皮肉をいうばかりか、子供たちにも私を悪者と教えこんでいた。そこで私の気持は急転直下、妻子を棄てて、桂子と一緒になろうと思い、そのことを妻子に宣言して、再び、東京の桂子のもとに帰った。

すると妻は子供たちを連れ、すぐ東京の実家に泣きこみにいった。そこで親戚会議のようなものが始まる。その席上に、桂子は催眠剤をのんでいった。彼女は私よりも小量でもっとベロベロになる。だから私の姉たちが、子供たちの将来を思い、私のすぐ上の姉の離れの十畳間に、私の妻子を引取ろうというのも承知しないし、五十万円の離縁金で、すぐに妻を離籍しろと強硬にいいはる。そこに、私は自分の子供たちの無心にオドオドしている姿をみた。それで私の決心は再び変ったのである。私は子供たちの犠牲になろうと思い、再度、桂子と別れた。

そして妻子はすぐ上の姉の離れに住わせ、私自身は近くに仕事部屋を借りて貰った。けれども、そうしていても始終、妻のふくれた顔が私のまぢかにある。また私と別れてヤケになっているという桂子が、社交喫茶に勤めだしたというのも気にかかる。といって、もう一度、桂子に顔を合せるのも苦しい。私は集金できる出版社を当にして、黙って仕事部屋をとびだした。

催眠剤と酒の数日間が続く。眠ったのは、浅草のいまは廃業しているお好み焼屋とか、親しい編集者や作家の家。実に多くの人たちに云いようのない迷惑をかけた。淫猥で目茶苦茶に勘定が高く、白痴のヤミ屋がゆくものと決めていた社交喫茶というものにも、桂子が勤めているとき、二、三度、場所をかえ、顔を出してみた。浅草のある社交喫茶に桂子に似ている女給がいたので、彼女を連れ、一度だけホテルにいった。けれども、私は、桂子の肉体と違う女と交合する欲望はない。丁度、桂子との同棲中、よくしていたように、彼女のスベスベした両足を、私の両足の上にのせて貰っただけ、催眠剤を多量に煽って、死んだように眠った。滑稽なことに、私は桂子に対してまだ貞操を守っていたのである。

そして桂子も私に対して同様な気持でいると信じていた。二十貫もあった私の肉体はやせおとろえて、二貫目もやせ、アバラ骨さえ出る始末。そうした夜昼なしの放浪の間、私は浅草でも、新橋でも、横須賀でも、鎌倉でも処かまわず、酒と催眠剤を飲み歩いていたが、絶えず夢うつつのように桂子の幻が浮んでいた。きっと桂子も私と同じように不幸なのであろう。

それで、ある日、思いあまって、私は新宿の所謂愛の古巣に戻っていった。午後三時頃、台所から、コッそり声をかけ、上っても好いか、桂坊がいままだ不幸な気持かと尋ねた。クスクスいう含み笑いと、

「わたし、うれしいわ。」という甘ッたるい桂子の色ッぽい声。「わたし、勿論、不幸

よ。帰ってきて下さって嬉しいわ。」

こんな言葉に有頂天になって、懐かしい六畳間に台所から入っていった。彼女はしきなれた蒲団の上に、なまめかしい寝巻姿で寝ており、その枕元に、私たちのいた頃から使っていた、近所の人の好い老婆が、優しく笑っていた。私はどこよりも、桂子の家で、家庭的なあたたかさをもって迎えられたのだ。私はとッさに情欲よりも、もっと高い愛情にうちのめされた気になった。私の帰るべき処は結局、ここより他にないともう一度、信ぜられた。

私はオバさんを返してから、桂子を膝の上に抱いて、雨アラレと色々なことをきいた。

「ぼくがいないんで、本当に淋しかった。」

「誰も好きなひとができなかった。」

「一度ぐらい浮気をしてみた。」

私には桂子が別れる時より、ずッとポッチャリ肥ってしまったのが、一寸、気になった。私がこんなに痩せるほど、桂子を思っていたのに、桂子は、その半分も私を思ってくれなかったのであろうか。しかし桂子の次のような甘い言葉の数々が、充分、私のそうした疑念を打ち消したのだった。

桂子はハリキッタ肉体を身もだえさせ、こんなに云った。

「さびしかったわ。時々、夜中に靴の音が聞えると、ひょッとあなたが帰ってきて下さったかと思って眼が覚めるのよ。」

「勿論、誰も好きなひとなんかできる筈がないじゃないの。」

「浮気。」彼女は柳眉(りゅうび)を逆立てていう。「笑談(じょうだん)じゃないわ。あんな処に、お勤めしていても、わたしだけは真面目で通したのよ。だから、日に四百円ぐらいしか、平均の収入なかったのよ。」

　その前、彼女が私に逢いたく、姉の許(もと)に来た時には、日に二百円の収入しかないとこぼしていたと私は聞いていた。けれど、それも彼女のみえっぱりの罪のない嘘だろうと、私はなにもいわなかった。金がなくなって前に関係していた異国人から貰った時計のエルジンを千五百円で売ったとも、いま七、八百円の金しかないともいった。私は、彼女と別れる時、置いてあった金から推量して、まだ一月ほどしか経たぬのに、それも嘘に違いないと思った。

　けれど私はなにもいわずに、その夜は自分の本を売って金を作り、ふたりで酒をのみ、肉鍋をつついて、楽しく遊んだ。一月もむなしかった私の欲情も、その夜から執拗なものになった。流石の桂子も痛がって、それを厭がるほどだった。いつになく、局部を痛がる桂子にお人好しの私はなんの疑念も持たなかった。ただ依然として、彼女は無知で純情で、可憐そのもののように、私には感じられた。

はじめの約束では、私は、月に時々そうして桂子に逢う積りだった。その度に、金を持ってこようと思っていた。すると桂子は、「そんなに来るたんびにお金なんかいらないわよう。」といった。彼女も、勤めを継続しながら、私に時々、逢う積りでいたのだ。

翌日、私は集金の予定のある出版社に出かけていった。そこで都合が悪く、先づけ小切手を渡されると、私はそれを近くの、いつも迷惑ばかりかけている、ある出版社の社長に現金にかえて貰いにいった。そして酒を御馳走になってしまうと、桂子と約束の時間に帰れなくなった。その夜、彼女は勤めを休むとはいっていたが、私の帰りが遅いのに腹を立て、きっと勤め先に出かけたに違いない。

それで私は、ひとり多分、社長から貰ったに違いない一升瓶を抱え、本郷から自動車をとばし銀座に出た。彼女の勤め先は、西銀座の「うらら」という店である。運転手に探して貰うとすぐ分った。これもやはり第三国人の経営だという、ビルの二階の大きな酒場だった。下にボオイが二、三人、白い制服で頑張っていて、怪しげな客は通さないようにしている。私は、本名で出ているという桂子の名前をいうと「ケイコさん」と呼ぶ、けたたましい指名で二階に通される。これが桂子のいう上品な酒場か。

青い照明の下で、鳴りひびくバンド。踊っている客と女給たち、ここに上ったら最後、最低三千円は取られるのを覚悟しなければならない。処が桂子の話だと、どんな客でも鞄の中には五万から十万の金を持っており、少くても一万円の金は使ってゆくという。お客の種類は土建か貿易関係の連中の接待が多いという。酔っ払って女給の腰に抱きつきながら、尻ふりダンスをしている老人客、ジッと抱き合ったまま動かない、怪しげなシミダンス。私はそれで、「上品な酒場」の正体が分った気がする。

私が所謂、桂子の旦那だと分ると、私は店の奥の、外人客が通されるという、特別な囲いに案内され、四、五人の女給たちが私をとり囲んだ。桂子にはとに角、まじめになりたいという気持が感じられるがその四、五人の女たちは、全く典型的娼婦のように私には思われた。ただ金と男と、うまいものと、酒が欲しいという顔であり、話である。私は桂子がこんな女たちのひとりと、客の取り合いをして泣いたという話を思いだし、忽ち、彼女にこうした勤めをさせたくなくなった。

全てか、然らずんば無か、私のこうした極端な気持が、一度、共産党と喧嘩すると、今度は淫売婦のふところに飛びこませた。私は再び、そのような極端な気持になったのである。私はもう一度、妻子を棄て、桂子を自分の妻にしようと思った。それは勿論、彼女に勤めを止めさせてである。

桂子と同棲中、私は彼女から逃げようと思い、彼女の為、池袋にマアケットを買ってやったことがある。そのマアケットを月三千円で桂子は友達のリリイに貸してやっていた。リリイは芸者上りの、桂子よりは所謂、美貌だが同じようにヒステリックらしい女である。今の世には、異常な男女が刻々と増えつつあるのだ。そのリリイが、桂子のいない為、最後まで私につきそっていてくれた。

私は持ってきた一升瓶を飲み、女給たちは店のビイルを飲む。そして結局、看板まで私は居残ることになった。酔いと遅くなって面倒なのとで、私はリリイと、ハイヤアで新宿まで帰ることにした。

店を出ると、その角に中華料理屋がある。リリイが何か食べたいというので、入って、私の為にはチキンカレエ、リリイの為には、焼そばと卵のスウプを取った。私は充分に酔っているので、最早食欲がない。ぼんやり、リリイの食べ且つ飲むのを眺めていると、彼女は瞬く間に、自分の分を平げてしまい、

「私は面倒なのはキライよ。」と絶叫しながら、私のカレエまで飲みほすように食べてしまった。まるで餓鬼である。地獄の女たちのひとりだ。私は桂子が、逢いはじめにやはりこのように怖るべき食欲を発揮したのを思いだす。彼女たちは愛情にも金銭にも、食欲にも、あらゆるものに飢えているのだ。

銀座から新宿までの車代が一千円。車は外国団体の所有のものらしい高級車で、運転手のサイドワアクらしい。

「早く、乗って下さい。」とせかし立てる。車の内でリリイも酔ったらしく眼を据え、

私のチップの払い方が少ないなぞ文句を云いだす。そして新宿の家についても、桂子に対して、

「あなたの旦那を送ってきてやった。」と恩を着せ、またチップのことをゴタゴタ云い出し、おまけに池袋のマアケットの家賃が高いなぞと云い始める。酔っている時の桂子は、決してリリイなぞに負けるような弱気ではないが、素面(しらふ)なので温和しく、云われる通りに、リリイにチップを出してやったようだ。

私は遠慮して、女たちふたりを炬燵(こたつ)のある大きな蒲団に寝せ、ひとりで隅の小さいボロ蒲団にねたが、淋しくて寒くて仕方がない、大声で桂子を呼びたて、彼女のピチピチした身体をしっかと抱いたまま眠る。桂子の話だと、世の中には、そうして他人が横に寝ていることに刺激を感じ、交合を好む男女がいるそうだが、私はふたりだけの時は、思い切って開放的で恥知らずの交合を好む癖、誰かに見られていると思うと、それだけで、まるで勇気を失ってしまう男なのだ。

私は帰ってきた蕩児(とうじ)として、前以上に桂子が好きだった。彼女の為なら、自分の文学も、自分の一生も、不憫な子供たちも、一切、失ってもよいとまで思いつめていた。而し、前回と違い、桂子の物欲の強くなっているのにはかなり悩まされた。彼女は再び私と一緒になることを喜んで承知したが、その代り、

「わたし、お店に出て、いろんなことを覚えたわ、愛情は物質と平行するものよ、わ

たし、着物も欲しいし、うんと贅沢させてくれなくてはイヤ、ネ、女の虚栄というものを理解して頂戴。」

あア、これが私との逢いはじめに、私が、ボロボロのジャンパアに軍靴をはき、

「ぼくは身なりをあまりかまわない男ですよ。それに貧乏作家で、あなたに贅沢をさせられないかも知れない。」

と云ったのに対し、やさしく、「ええ、あなたの愛情さえあれば、わたし、なんにもいらない。」と答えた女なのだろうか。

一ヵ月の社交喫茶勤めという悪習が、桂子を急速に堕落させたのだろうか。イヤ、元来彼女はそうした虚栄心の芽のあった女ではある。それが私に対しては慎ましく、「なにを買ってくれ。」というのも遠慮していたのが、私には余計、可憐に思われたのである。

けれども、今は店の同僚の女たちの衣裳がみんな数十万円のものを身につけてると羨ましがり、自分にも、そうした装身具を買ってくれとねだるのだ。私は死にたいほど悲しい気持で、彼女を抱いて眠っていたのに。

その翌日、私は彼女と共に、近くの先輩作家のもとにいった。先輩といっても、五十を過ぎ、平和な落着いた家庭を持っているひとなのだ。そのひとを仮にYさんと呼んでおこう。Yさんは、久し振りの私を歓迎して下さって、お酒の御馳走をしてくれ

た。

Yさんの小さい子供たちの無心に遊んでいるさまをみるのが、私には、自分の子供たちが思い出されて、身を切られるように辛い。それで殊更、元気をだし、その子供さんたちに校歌を教え、優しい奥様に、よく知りもしない禅の講釈などをしていた。私は彼女と別れて放浪中、偶然、古本屋で買った、「無門関」を愛誦していた。その中でも、「百丈野狐」という公案が好きだった。それは、あのボオドレェルの（あきらめよ、わが心、けだもの、眠りを眠れ）といった嘆声に共通したものがあるように思われた。いま、ここにその公案の全文を写してみよう。

百丈和尚、凡そ参ずるついで一老人あり、常に衆にしたがって法をきく。衆人しりぞけば老人もまたしりぞく。忽ち、一日しりぞかず、師ついに問う。面前に立つ者はまたこれ何人ぞ。老人いう。それがしは非人なり、過去、迦葉仏の時に於て、かつてこの山に住す。因に学人問う。大修行底のひと、因果に落ちるや、またなきや。それがし答えていう。因果に落ちずと。五百生、野狐の身に堕す。今請う。和尚、一転語をかえて、ねがわくは野狐を脱せしめよと。ついに問う。大修行底のひと、かえって因果に落ちると、またなきや。師いう。因果をくらまさず。老人、言下において大悟し、作礼していう。それがし已に野狐の身を脱す。山後に在住せん。敢えて和尚に告げ、乞う、亡僧の事例によれと。

師、維那をして白槌して衆に告げしむ。食後に亡僧を送らんと。大衆、言議すらく、一衆みな安し。涅槃堂、また人の病むなし、何故に、この如くなると。食後ただ見る。師の衆を領し、山後の巌下に至り、杖をもって、一死野狐を挑出し、すなわち火葬によらしむ。師、晩に至りて上堂し、前の因縁を挙す。

黄檗すなわち問う、古人、あやまって一転語を祇対して、五百生、野狐の身に堕す。転々、あやまらざれば、このなにを作るべき。師いう、近前に来れ。かれの為にいわん。黄檗ついに近前し、師に一掌をあたう。師、手をうって笑っていう。まさに謂えり、胡鬚赤しと。更に赤鬚の胡ありと。

無門曰く、不落因果、なんの為に野狐に堕つ。不昧因果、なんの為に野狐を脱する。もし、者裏に向って、一隻眼を著得せば、すなわち、前百丈(野狐のこと)風流五百生をかち得たるを知り得ん。

頌に曰く、不落不昧、両彩一賽、不昧不落、千錯万錯。


私はこの公案に自己流の解釈を下そうとは思わない。ただ懸命に人生を生きぬき、修業しさえすれば、好い作家になれると単純に信じている私に、この公案が、(あきらめよ、わが心、けだもの、眠りを眠れ)と話しかけるのである。

私がこの禅の話で、夢中になっている間、桂子はひとりでコップ酒をがぶがぶ飲みはじめたようだ。私のハッと気づいた時には桂子は、ベロベロに酔って、眼を据えていた。そして、先輩のYさんと口喧嘩を始めている。Yさんもかなり酔われているようだ。桂子が大声で、「こんな酒、飲めるものか。ビイルとチイズを持ってこい。」と、店で大見得を切るように威張れば、Yさんが震え声でどもりどもり、

「君、なにを失礼なことをいうんだ。もう好いから帰ってくれ給え。」

「帰るとも、ロクなものを食わせもしないで大きなことをいうな。」

桂子がフラフラ立上るのに、Yさんが、「この女、生意気な。」と組ついていかれ、奥さんに引とめられ、奥に寝かされに連れてゆかれてしまった。私も酔眼朦朧として、その様子を眺めていたが、早く、桂子を連れだされねばならぬと思い、彼女をせかして玄関に出たが、桂子は最早、ひとりで草履をはけないほど酔っている。

私とても薬と併用しているから腰が切れない。ふたりでよろめきながら、崖上のYさんの家を出てゆくのに、彼女は足をすべらせ、真逆様に、前の溝に落ちてしまった。臭い、すえた溝の中から、はでな湯文字がみえ、暗闇には薄白くみえる、桂子の両股があらわである。その才能（テクニック）と身体を張り、一身代作って、勘当された親や身内を見返そうとしている、彼女もまた一匹の野狐、野狐、溝に堕ちる、風流五百生、なぞといった感情が取りとめなく胸に湧いたが、而し、早く彼女を助けねばならない。

私は自分も尻餅をつきながら、やっとの思いで、彼女の身体を溝から引張り上げた

が、泥のおびんずる様みたいになっている。そして周囲にいつの間にか、多くの弥次馬。

「やア女の酔ッ払いだ。みっともない。」

「水をかぶせて、そこに寝かせておけば治ってしまうよ。」

私は桂子がそんな風に醜悪で、みんなに侮辱されれば、されるほど、いとしくてならない。仕方がないからYさんの玄関にでも、ねかせて頂こうと頼みにゆくと、奥さんが手拭いに金盥（かなだらい）をもって出てこられ、桂子の顔や身体を一通り、綺麗にしてくれた。

桂子は幾らか正気づき、自分でフラフラ立ち上る。着物の前ははだけ裾からは真黒な足袋洗足（はだし）、通りがかりの少年が、

「やア、女のお化け。」

といったのをムキになって怒り、「この野郎。」と絶叫しながら追いかけていった。

私はその後ろ姿を眺め、彼女が幼女時代、農村でそんな風にお転婆だったろうと想像し、微笑してしまう。

私も少年時、鎌倉の農村に育ち、桂子のような少女たちに、しきりに好奇心と淡い恋情を感じたことがある。都会に出ていって、悪い病気をうつされ、まだ若くして死んでいった、そうした多くの娘たち。その娘たちに感じていた愛情が、桂子の上に爆発したのだ。

十六、七の頃、近くの老農に犯されようとしたり、医者の息子に追かけ廻されたという彼女。十九の歳、田舎碁打に誘惑されて処女を失い、二十一の時、身内の勧めで、気に入らぬ結婚をし、姑や小姑たちと仲が悪く、カフェの勤めに出たり、夫の出征した後では印刷工場に入って自立し、敗戦後、帰還した夫を嫌って、離籍し、ある異国人と同棲し、その異国人が、ブラック・マアケットで本国に帰された後は、女給勤めのかたわら、夜の天使のようなことをしていた彼女。そんな桂子に、私は敗戦日本の悲しい女性の運命の象徴を感じる。なんとかして、彼女と一緒に自分も助かりたい、浮び上りたいと思っていたのだが。

私は彼女のハンドバッグと草履を持ち、酔って少年のあとを追いかけていった桂子のあとを追っていった。少年は近くのS駅の事務員らしく、事務室に逃げこんだのを、桂子は後を追う。そして事務室でクダを巻いている処に、私が入っていって、みんなに謝まり、新宿まで電車で帰る。

昨夜、その溝板（どぶいた）の上に、短刀で一突きにされたという青年の死体の転がっていたマアケット。その溝板の上を彼女は足袋洗足で、髪をぼうぼうと乱し、平目に似た眼を吊り上げて、平然と歩いてゆく。その醜骸（しゅうがい）を、私はどんなに熱愛していたことか。途中、警官の不審尋問にあったが、私がついていたので、なんでもなく済んだ。

彼女の家に帰る途中に、支那ソバ屋がある。桂子は勤めに出ていた頃、時々お腹がへるとここに寄ったという。ある時は、送ってくれた酒場のボオイを連れて。それはお客かも知れぬと一瞬、邪推したが、その時、私はまだ過去の恥かしいことでも、隠さず語ってくれると思う桂子を信じていた。そして桂子は玉子を入れたラアメンを二杯も食べる。昨夜のリリイに見た時のような恐るべき食欲。

帰って私たちは死んだように抱き合って寝る。朝、眼がさめると、途端に私のほうからしかけてゆく抱擁。酒場に勤めていた時、まるで浮気をしなかったかどうかを私は知りたい。それで色色に白状させようとするが、彼女はそのことに関すると、針鼠が全身の毛を逆立てたような表情になるので、私は彼女を信じるよりほかない。私はこのようにして段々、嫌いになっていったのを桂子は忘れているのだ。

それは男だけに浮気の権利があって、女にはないというのではない。一度、私が桂子を棄てた以上、その間に、彼女が売春をしたことがあっても仕方がない。ただ、そうしたお互いの恥しい処を全部、見せ合うところに、お互の愛情と信頼が生れると思う。それがなかった為に、私は妻が厭になったのだ。けれども、桂子は、それを私のカマかワナのように思っているらしい。

翌日は、彼女に勤めをやめさせる日。最後の晩、気持よく勤め、みんなにも挨拶したいというので、私は銀座界隈、顔見知りの編集者に厚釜しくタカって、十時半頃になってから、「うらら」に出かけてゆく。

青い照明の、他の厚化粧した女たちと、酔った男たちのいる店でみる桂子は別人のようだ。他の女たちに比べわざとらしく肩を張っているのも、田舎ッぽいのも、小柄なのも、私には可憐にみえた。彼女は私が四、五百円の現金しか持ってゆかなかったのが不快らしく、一分と落着いて、私の席に坐っていない。私のことを、ひどい焼餅やきと桂子の宣伝が利いているので、他の女給たちが心配し、何度も、「桂子さアん。」と呼んでくれるのだが、桂子は故意に小さい身体をチョコマカと動かし、客たちの間をぬって、ダンスしている。私はその彼女の利かぬ気を微笑で眺め、他の女給とダンスを始める。

曲がタンゴでもブルウスでもかまわず、トロットのボックスを踏んでいればよい怪しいダンス。戦前、やかましいダンスを覚えた私には、それがまるで気ぬけしたみたい。しかし、結局、音痴でダンス嫌いの私には、このほうが気楽でよい。

一曲、踊って席に戻ると、桂子の組長だという、しっかりした美貌の女給が私の前に坐る。一眼みて、江戸ッ子と分る。垢ぬけした化粧に歯ぎれのよい口調。暫く話合っている中(うち)、私は彼女が、私の学生時代、合宿していた艇庫の近くの、ある料理屋の娘と分る。それは昔、とに角、カフェにある種の義理人情や、エチケットの存在していたのを知っている女給さんである。

彼女に比べると、私の桂子はひどく泥臭く、もの欲しげな女にみえた。私は数日前の放浪時代、浅草のレビュウの女優さんたちとものを食べ、酒を飲んだこともあったが、彼女らも敗戦前の彼女らに比べ夢やヴァニティがなく、ただ物欲的なのに失望した。そして、それよりも失望したのが、この新興喫茶というものの女給たち。そこに、一口にいえば、こんな風にガッついていないタイプの組長に逢って、私は嬉しかった。

その夜も酔ってしまうと、省線に乗るのが面倒になり、ハイヤアで帰る。これは日本の木炭自動車で八百円。帰って、ふたりで寝ると、習慣となった摩擦行為が繰返される。私は自分の肉体の衰えと、彼女の身体のハリキリ方を身にしみて感じる。

翌日から私は仕事を始める積りだったが、朝、ふッと彼女の身体に触ってしまうと、前夜の酔いも残っていて、私には仕事ができない。オバさんに頼み、近くの薬局からアドルムを買って来て貰うと、朝から二錠、四錠とのみ出し、終日、蒲団の中でうつらうつらしている。そうすると稼がない私に対して、彼女の仮借ない憤怒。私はアドルムを飲むと、羊が狼に代り、絶対君主の彼女をなぐったり、蹴ったりするのを、桂子は極端に恐れているのだ。

だから、私はアドルムを制限され、その夜、五錠しか与えられない。すぐに高鼾で眠ってしまう彼女の横で、私は苦しくてならぬ。これでは明日も、明後日も、永遠に仕事ができぬであろう。それに一銭の金も置いてこなかった妻子たちのことを思うと、私は尚更、眠れぬ。彼女が折角、勤めに慣れだした処にとびこんできた私は重々、悪いが、なんにしても仕事ができなければ仕方がないから、その妻子の問題と、薬の中毒が解決するまで、また桂子と別れ、姉のもとに行っていようと思う。

彼女は米を買う金もないと云いだしたから、私は、大切にしていたクロポトキンの「ロシア文学の理想と現実」、ジョイスの「ダブリンの人々」他二、三冊の洋書を、訪ねてきた編集者に頼み、一面識だけある本屋の社長に図々しく売ってきて貰う。而もその後で、私は彼女に万という貯金のあるのも分った。

昔、彼女と同棲していた頃、私は彼女からやかましく飲み代を制限されるのに困り、また妻子のもとに送る金のことでも煩さく云われるのに閉口し、金を方々にかくしたことがある。いまは、その復讐をされているのだと思えば、バカな私は少なく共、この事に関して、桂子を責める気になれない。

而し、彼女がその一月の間に三夜ほど外泊し、その度に、分厚い札たばを持ってきて、貯金したという話をきいて、私は愕然とした。彼女は悪い病気を持っていて、それが私のとび出したあと、殆んど治療していないといっている。それならば、桂子はそうして自分で自分の身を亡ぼしているようなものではないか、私はあれを思い、これを思い、殆んど居たたまれぬ思いで、もう一度、桂子の家を出て、姉のもとにいった。

そこには妻の勝ち誇ったような顔がある。妻は、私が桂子の家にいっている時、四人の子供を連れ、私たちの留守に、桂子の家を襲った。そして留守番のオバサンから、彼女が三度、外泊した話と、分厚い札たばを持ち返った話をきき、胸がスッとしたというのだ。その妻は、私の留守中、一帳羅の着物を質に入れたという。世間の常識からいっても、誰にきかせても、輿論は妻の味方であろう。

だが、その妻の勝ち誇った顔は、私の胸の傷をなお深くえぐった。私はその時から、妻子の顔をみているのが堪らなくなった。姉が泣きながら止めたが、私は妻と別れると云い張ってきかず、到頭、妻や幼ない子供たちを、姉の家の近くの、長兄の家に追いやってしまった。そして子供たちの養育費は出すが、妻は家政婦として働かせるようにした。私は妻の泣き顔をみたようにおもう。だが、それは私の悪いマノン、桂子の泣き顔ほどにも、私の胸に残らなかった。

そして私は姉の離れの十畳を借り、いちばん上の十二の子と、味気ない生活を始めるようになった。朝十時頃、起き、午後の四時頃まではなんとか机に向って仕事を続けていられるが、五時、六時頃になると、死にたいほどの孤独感にふいと襲われ、台所で食事の仕度をしている姉のもとにアドルムを貰いに出かけてゆく。

二、三時間ほど禁断症状が起ったのを我慢した後だから、四錠ほど飲んでも、いつもの十錠分ほどの効き目がある。天国に上昇してゆくような爽快感。一日、ひとりで机に向っていた後での無暗に、お喋りをしたい気持。私は急がしそうな姉に向って、幼ない時の思い出を色々と話かける。私はひどく愛情に飢えているのだ。それで私に愛情を持っていると感ぜられる唯ひとりの姉に、甘えるようにお喋りする。三十七歳の私が、子供の時、「ちょれから、ちょれから。」といつも三つ上の姉をからかったような喋り方。

それでも姉には、多くの子供たちや、夫があり、私だけに愛情を注いで貰えぬ淋しさがある。その思いが、二十年間仲むつまじく連れそってきた姉の夫、義兄の帰宅してきた時から一層ひどくなる。義兄は財界を動かす「ニュウフェイス」の中に数えられる、ある経済団体の所長代理、既に五十歳。その彼に私はインフェリオリティ・コンプレックスを感じる。その淋しさをまぎらせる為、私は姉の子供たちと将棋なぞやって気を紛らわせる。

その間にも、私は桂子に手ひどく騙されたのを思いだす。彼女の浮気をしている時の姿態が悩ましく、瞼にちらついて、私は大抵、将棋に負けてしまう。もっとも私は、将棋があまり好きでないのだ。

そうしたある朝、九時頃でもあろうか、アドルムを飲み、ぐッすり熟睡していた私を、姉がけたたましく揺り起す枕元にはどうも見覚えのある老人が坐っている。いつも桂子の家に手伝いに来るオバさんの年老った夫、私は、桂子に万一のことでもあったのかと、ギョッとして一度に眼が覚めてしまう。幸い桂子の身体に異状はない、ただ泥棒に見舞われたという話なので私は安心する。私はこと財産に関しては、昔から本来無一物、何レノ処ニカ塵埃ヲ惹カンと云った呑気な気持なのだ。それで落着いて、昨夜、二度も、近くの長兄の家を訪れて引返し、三度目、深更二時頃、警官の手を借り、長兄の家にたどりつき、その夜、長兄のもとに一泊し、こちらに廻ったという、オジさんの話をきく。

オジさんの話では、私に、二度目に家をとび出された桂子は、その日、アドルムを買ってきて熟睡し、翌日の昼頃まで死んだように眠った後、フラフラ表に出て、見知らぬ若い男と帰ってきた。そしてふたりで夕食を食べた後、桂子は勤めに出ると云い、その男とふたりで外に出た。間もなく、若い男がひとりだけで帰ってきて、友人と約束の時まで休ませて欲しいと、家に上りこんだ。

人の好いオバさんは、その男を信用し、男に勧められるまま、近くの自宅に御飯を食べにゆく。そして約一時間後、帰ってきて愕然とした。箪笥の中から、桂子と私と、私の友人から預かった衣類数十点、それに現金五千円ばかり盗まれている。時間は丁度、薄暗迫る頃、風呂敷でしょい、私のオリンピック記念のトランクを右手にぶらさげ、うまうま持出したものらしい。私は衣類に執着があまりないしロクなものもなかったから、最大の被害者は、アストラカンのオオバアまで盗まれた桂子だし、次に気の毒なのは、事情があって家を追われ、荷物を預けていった私の不幸な友人だった。

そして、その後、桂子は帰宅せず、翌日の午後、帰ってきて大騒ぎになり、私を迎える為、オジさんを郊外の長兄の家まで走らせたものという。

嫉妬深い私には、その桂子外泊という一事が、前の三日外泊と相まって、いちばん胸にこたえた。私は二度、桂子の家を出たいちばんの理由を、そのことにしているのだから、もし桂子が正しく、私に愛情あれば、そうした事件を機会にして、私のほうに来てくれればよいと思った。勿論、彼女の身体に被害でもあれば、私は気狂いみたいになって飛んでいったろう。けれども、衣類を取られただけということ、私も締切間近な仕事に追われているということが、(ゆっくりお話したいから、こちらに来て下さい。)という手紙を書かせ、私はそれをオジさんに渡した。

ボツボツ家政婦に出だした妻がまだ一帳羅の晴着を質屋から出してないのを私は知っている。それでも私には、桂子の盗難のほうが気になり、ゆっくり相談したい気持になるのだった。なんという不道徳漢と誰に罵しられても仕方がない。その日、姉の家に移転してから、始めて、二つの雑誌社から、小説註文の編集者がみえた。私は旧臘からのゴタゴタで、満足な仕事もせず、世の中から忘れられたと僻んでいた時だけに、その客たちが嬉しく、桂子が二時間経っても、まだ来ない気持の苛立ちも紛らすことができた。

黄昏、例によってアドルムと人が恋しくなる頃、私は台所の姉に薬を貰いにゆき、その時、新宿の桂子を見舞にゆきたいと云いだした。姉はそれを止めはしなかった。而し、私があアいう手紙を書いて、桂子がやってこないのには他に理由もあろう。更に、翌日、私の老母が見舞いにゆくことになっているから、お見舞はそれからでも好いだろうと云った。私も気づけば、既に桂子は勤めに出た後の時間である。それで翌日、老母の行ってくれた後のことにしようと思い、いつものようにアドルム五錠を貰ってから、子供たちと、離れの十畳にゆき、将棋をやっていた。

夜の九時頃になり、その内玄関を激しくノックする音、「誰。」ときけば、「あたし。」という独特の皺がれた声が桂子である。私は一面、嬉しく、一面、気まりが悪く、大急ぎで子供たちを退散させてから、優しく桂子を部屋に迎え入れた。先日までピチピチ肥って、とても元気そうにみえた桂子が、いまはアドルムの酔いもあるらしく、ひどくやつれてみえる。女性にとって、衣類はそれほど顔をやつれさすほど貴重なものらしい。ほどよく酔っている桂子はしきりに、(女にとり第一に大切なものは衣裳、第二が生命、第三が恋人よ。)という。

私はまた彼女がそのように、一切をハッキリいう時の、お転婆の童女のような顔が好きなのだ。いつの間にか戸外には、いまの時代を思わせるような激しい風が、ピュウピュウ吹きはじめ、私は幾らかでも酔っている彼女を、そんな夜、ひとりで新宿まで返すことが不安になった。

どちらかといえば、妻子のある私と関係しただけでも、桂子に好意の持てぬような姉までが、その夜は、彼女に同情し、彼女の災難を共に心配し、風が強いから、泊っていったらどうか、これからも昼間、時々遊びに来るように勧めていた。そう勧められると駄々ッ子の桂子は、どうしても帰ると云い張る。私はそんな風に酔った桂子が、深夜おそく、新宿のマアケット街を放浪する光景を想像すると慄然となる。酔うとバカに気が強くなり、警官でも与太者でも見境なく食ってかかる彼女。その揚句、交番に留置されるならまだしも、与太者に撲られた上、身体を自由に弄（もて）あそばれたりしたら大変だ。

また彼女の過去に、そのような事件があるのを私は度々、目撃しているし、側聞したこともある。それ故、私は姉よりも強固に、彼女をひきとめ、その夜、一緒に寝た。けれども、私は姉にいわれ、医者に見て貰い、その日までペニシリンの注射を続けていたので、その夜は、彼女の身体に触る元気はなかった。翌朝、妙に悄然とみえる彼女を送って、近くの駅までゆく。

途中の喫茶店にチョコレエトを飲みに入ったが、そこで彼女にせがみ、アドルムを三錠、十錠のみはじめると、私は丁度、麻薬中毒患者が薬にありついたように、ただ本能の奴隷となる。私は再び、最早、彼女と別れたくない気持。彼女が前に三度、外泊したというのは一度の誤まり、それも銀座から帰る途中、リリイとふたりで輪タクの運転手と喧嘩し、K町の交番に保護検束を受けただけ、分厚い札たばというのも、十日毎位の店の収入を、纏めてみただけという、彼女の話をなんでもかんでも信じたい気持になる。

また泥棒に入られる前夜、外泊したのは事実だが、それは国際文化社という歴とした雑誌社の編集者で、男がふたりで、女は桂子ひとり。新橋の近くの待合で一夜を飲み明かし、指一本も触れさせなかった、という桂子の話まであッさり信じてしまう。その泥棒にしても、桂子がフラフラと出て、連れてきたのではなく、マアケットで一度、逢っただけの男が、彼女の家を探りあて、麻雀で夜明しした後でつかれているから休ませてくれ、とノコノコ上りこんできたのだという、桂子の話も信じる。そして、桂子に頼んで、アドルムを更に十錠。その為に心気益益朦朧としてきて、桂子が酒を飲みましょうか、というのに、締切り間近の仕事も忘れ、ふたりで近くの中華料理店に上りこむ。

そして熱い酒を飲みだすと私はなにがなんだか分らなくなる。一切の恥も外聞も忘れ、まるで自制心がなくなる。散々、飲んだり食べたりした後、その店に払う勘定がないと、店の子供を使いにやり、姉を呼ばせる。姉はいちばん下の五つの女の子を連れ、やってきたが、私の醜態をみると泣いてしまったようだ。そして意見がましいことをいうのに、虎狼のような心になっている私は、床の間の置物を摑んで、姉に投げつけようとした。

どうして姉の離れの十畳に帰ったかよく分らぬ。ただ煙草を買いにゆくと出た桂子のなかなか帰ってこないのが気になる。大学の試験を明日に控えている姉の長男を何度も、表に走らせ、桂子をみにやったが、どこにもいないという。それで私は大暴れ、妻の唯一の財産の箪笥をひっくり返し、背広を着、オオバアを纏う、外出する仕度までしたが、まだ桂子が帰ってこないので、その場に大の字になり寝てしまう。そして寝小便までしてしまった塩梅。

ふと気がつけば、私は離れの十畳に寝ており、姉がかいまきをかけてくれている。桂子のハイヒールもハンドバッグも残っているが、すでに彼女が出て三時間にもなる。私は諦らめて寝てしまう積り。姉の手からアドルム十錠、奪いとるようにして取り、それを飲んで、うつらうつら眠くなった頃。

突然酔払った桂子が夜叉のような形相で帰ってきた。私の顔をみるのもイヤだと云い、髪の毛をひきむしり、顔を打つ。そして新宿に帰るというが、もう終電車もなく、そんな桂子を表に出す気持になれない。それで姉の困りきった顔をみながらも、桂子をもう一晩、その離れに泊めようとする。而し酔うと、酷薄無惨な気持になる桂子は、そんな私の心づかいなど鼻で笑う。そして、近くに昔、知合いの立派な家があるから、そこに行きたいと云い張ってきかない。

私はそんなに云うのなら、そこにやるのもよかろうと思った。だが、ひとりでは不安なので、また姉の長男に警官を呼んで来て貰い、桂子を警官に送らせようとする。しかし警官の顔をみる頃から桂子は温和しくなった。一通り、私の悪口を警官に喋ってから、その部屋に寝ることを承知する。

朝、酔って乱暴したいつもの朝のように、桂子は、私の胸に泣き崩れてきた。肉体をかすかに揺り動かす、彼女のテクニック。私は醜くい哀れさに堪らなくなり、彼女に肉体の欲望があるかどうかを訊く。「たまらないのよう。」と彼女はなお身をくねらせ、その太股を私の上にのせる。又、病気になる。ペニシリン代一本二千三百円と頭にひらめく。その親切な医者の診察室でみせて貰った、幾つかの猛烈なジフリイズの写真。鼻が落ち、椿の花片(はなびら)のような痕が残る。両唇に無数の吹出物。殊に女の局部の一面にビランした惨状。しかし私はその写真を瞼に描きながら、女に身を任せる。済んだ後の、またかという悔。

そこに七十三になる私の老母が泣き崩れ、半狂乱になり、怒鳴りこんでくる。とんでもないことをしてくれた。聟(むこ)に対して面目が立たぬから、すぐに、ここから出て行って欲しい、という、アドルムの酔いの切れている私は、無意志の人形のようなもの。老母に叱られるまま、桂子と身仕度をして立ち上る。そこに姉の優しい泣き声、「道ちゃん、いつでも返っていらっしゃい。意志をハッキリさせてね。」

姉は、私の桂子に対する本当の気持を薄々、知っているのだ。愛と憎しみの間。醜くい哀れなものに対する、どうにもならぬ憐憫。私は桂子と共にズルズル泥沼の底に落ちてゆく光景を知りながら、彼女と共に新宿の家に帰る。

盗まれた品物を桂子は私に説明しながら、ふッと出てきた貯金帳を、そッと右手にかくす。私はそれを無言で奪いとって調べ、ギョッとする。私が飛び出した日の日附で、彼女は二万五千円の貯金をしている。それから、三回にわたり、五千円宛(ずつ)の貯金。その貯金の前夜が恐らく、彼女の家に帰らぬ日であろう。私は何にも云わない。急いで貯金帳を取ろうとする桂子にそれを返し、ヒョイと苦笑に似たものが浮ぶ。一帳羅を質屋に入れた妻。桂子と別れた後の苦しい放浪の日々、短靴を酔って溝に落し、ひとから貰ったボロ軍靴に、一枚の破れYシャツしか残っていない私。それに昨年の税金さえまだ払わず、姉に二、三千円の借金さえしている。

それに引替え、三万円の貯金と、バラックながら二軒の家持ちの桂子、私は子供の頃、ひとから（おまんこ倉）と綽名(あだな)される、美貌の未亡人の白塗りの倉を持った家が近くにあったのを思いだす。私はそれでも黙って、桂子に次の日の朝、「金瓶梅」を書き引替えで稿料を持ってきてくれた雑誌社の金を全部、渡す、私にも数々の桂子のデタラメがはっきり分る。そして呆れたことに、分れば分るほど不憫なのである。私は桂子と共に情死することとさえ不自然でない気がする。

不落不昧、両彩一賽、不昧不落、千錯万錯。
野狐風流五百生、私は転々悶々として、永遠に野狐であるらしい。

# 生命の果実

一九四八年の初夏。まだ武蔵野の感じの残る、三鷹町、禅林寺（ぜんりんじ）の空は明るく輝いていた。狭い墓地路を、重道は、奥様の御好意でもたせて頂いた、作家津島さんのお骨が、白いお骨箱のなかで、カタコト鳴るのを、胸一杯の気持で聞きながら、ひとり真先に歩いていった。

沢山の墓碑をめぐって、赤松の幹が木肌をあらわに、温かく光らせていた。重道は、その惨酷な自然の美しさの中で、急に、いろいろな津島さんの言葉が、耳底で鳴りだしたのを感じる、「自然は、ぼくに銅貨一つ与えてくれなかった。」「文学では、現代の人間を描くことが最高の問題だよ。自然描写なぞ、問題じゃない。」

しかし、その実、津島さんほど、人間の苦悩と対立する、自然の美しさに心を惹かれていた作家も少ないのである。重道には、津島さんの、「黄金風景」「満願」から、「富岳百景」「東京八景」等の諸作品が、なまなましく瞼に浮んだ。〈とに角、生きていることは、お互いに懐かしいことだよ。〉〈人間、誰でも、いつかは死ぬさ。〉

重道は突然、自分の文学勉強にとり、津島さんが全てだったが、津島さんにとっては、重道は、いちばんダラしない弟子のひとりに過ぎなかったことが回想される。津島さんの墓地は、明治の文豪として名高い、鷗外、森林太郎の立派な墓石の、すぐ筋向いだった。墓掘人夫たちは、それこそ自然のように、事務的に急がしく、津島さんの新らしい墓標の前に、シャベルで、深い穴を掘り、その周囲にごッてり、赤土をもりあげていた。

お骨箱は、奥様の手に移り、それから、人夫頭の無骨な掌にゆき、白い布に包まれた、白陶器製のお骨壺が出てくると、それが、無雑作に、人夫頭の膝まづいた、手の先から、三尺ほどの深さの土穴に入れられてゆく。重道は、背後に、ふいと、異様の号泣をきいた。重道は、十年ほど前から、この小柄で地味で賢明な奥様に、いつもお世話になり、御厄介をおかけしてきたので、やはり、その時こそ、はっきり津島さんとの訣別を意識されたに違いない、奥様のお気持が、胸につき刺さるほど痛かった。

しかし重道は、先程まで、彼の掌中にカタコト、可愛くなっていた、小さな骨壺の中に、津島さんの霊すらあろうとは思えないので、うつろな表情のまま、奥様や肉親、諸先輩の次から次に、穴を埋め、お線香を具える後姿を眺めていた。重道は、そうした自分を認めない、ある意味では徒党を組み、津島さんを排斥した感のある先輩たちに、いつもは憎悪と嘲罵をひそかに感じているのだが、その日には、ふしぎに、みんながら懐かしく、みんなひとりひとりに残っている、津島さんのイメエジがしみじみ思い出されるのだった。

重道が、津島さんの話をはじめてきいたのは、昭和九年、晩秋の頃。左翼から離れた彼らの友人が、相集って、「非望」という、同人雑誌を始めた当時である。同人の中には、津島さんと同郷の、弘前人がふたりいた。ひとりは、津島さんの金木町のお宅の前の、歯医者の長男で、鳴海軍という。もうひとりは、彼の従兄に当り、作家兄弟として名高い、今東光氏兄弟の、義弟に当る、弘前市出身の佐川佐といった。

ふたりとも、重道より、二、三才、年老った、二十五、六の青年で、それ故、津島さんとは、二、三才の開きにすぎなかったが、彼等は私なぞより、ずッと先に、津島さんを認めており、郷土の生んだ若い天才として、甚だ、敬愛していた。更に、鳴海は、少年時代から、津島さんを知っており、受験勉強をみて貰ったというのさえ、自慢で、重道には、それらが一切津島さんへの嫉妬としてしか感じられなかった。

重道はその頃、左翼運動の人たちに、感情的憎悪を感じ、運動から離れてはいたが、共産主義理論を否定するだけの、他に理論がなく、彼の心中では、どこまでも、その主義を信じていたから、当時、伊伏氏に師事し、幾らか伊伏氏風の小小説を書いていた津島さんをどちらかといえば、白眼視していたのである。

やがて昭和十年の初春、苦学生なみに、一銭の余裕の金も使えなかった重道は、それを唯一の楽しみにしていた、小日向台の、佐川のアパァトに、学校をぬけ、小石川公園を歩いていった。若葉が明るく、滝の音が響く。

就職や戦争の漠然とした不安が、始終、重道の心の底に騒いでいたが、それでも、重道は自分の文学的才能に、ひどくお目出度い空想をもっており、それを思えば、歩いていても上気するほど愉しいものだった。

やがて、窓前の大きな椎の若葉に、（光りあれ。）と、重道たちが、その度毎に、葛西善蔵を思いだす、温かい、佐川の六畳間に、重道は、佐川や、鳴海たち、三、四人と、思い思いの恰好で坐っていた。一同の真中には、その月の「文芸」がおかれており、その冒頭には、津島さんの、「逆行」という、小品を集めた短篇がのっていた。

鳴海たちは、強い感銘をうけたらしく、「これで津島さんも、完全に文壇に登場したも同じだ。」といい、重道にも一読を勧めた。重道は、例の嫉妬心から興味なさそうに、それをとび読みしていった。そして、芥川を思わせるほど、小説が巧みで、伊伏氏よりも、もっと新らしい感覚のある作家だと、重道は叩き伏せられた感じだった。而し、重道は、身のほど知らず、津島さんの当時の、生活の若干も知らず、ただ、「社会性がないね。」なぞ、詰らぬ批評をして、あとは横を向いてしまった。

その年の三月、重道は、W大を出て、鶴見ゴム会社というのに、やっと就職できた。しかし、重道は、その財閥系に身寄りがなく、とも角、オリンピック選手として身体もよかったから、すぐ、京城支店の外交員になるよう、命令されてしまった。それは勿論、流人じみた淋しさがあった。けれども、重道は、今までと違った世界にゆけるのが愉しく、更に、給料の外地手当五割増というのが、彼の気持を決定的なものにし、彼は、同人雑誌の件をくれぐれも、佐川たちに頼んでから、玄海を渡った。

だが何事にも、官僚政治の矢釜しい、この植民地の首府の、下級外交員暮しでは、他に気を紛らわせるものがなにもなく、重道は、日中の会社勤務の厭らしさから、ただ、夜は安ッぽい放蕩や、文学にうちこむのに懸命だった。

　するとその年の秋、府内のオンドルが、一斉にその煙りを、灰色の京城の空にしみこませている夕方、重道が、この上もなく孤独な気持で、産婆兼業の、女主人経営の、「青山寮」という下宿に代り、ボソボソした冷たい朝鮮米の夜食を済まし、部屋に帰ってみると、机もなにもない、その殺風景な四畳半の入口に、一枚の、筆文字のハガキが舞いおちていた。

　差出人は、千葉県、船橋町に居住の津島さんから。これこそ、正に、〈風の便り〉の嬉しさだった。筆蹟は、柔軟自在な細字で、大体、次のような文章である。

（君の小説を読んで泣いた男がいる。曾てなきことだ。君の薄汚れた竹籔の中には、カグヤ姫がひとり住んでいる。御自重をいのる。わたしは、いま、配所に月をみております。君、その不精髭を剃りたまえ。）

こんな便りを、重道に送ったことは、津島さんの、数多い、人生の重荷の一つになってしまったのだろう。なぜなら、重道は、それから十四年ばかり、ずっと津島さんだけを頼って、文学をやってきたからである。津島さんは死ぬ直前にも、重道に向い、「君はまだ自分の鉱脈をほりあてていない。」「君は、絵具はよいが、その使い方がまずい。」と、忠告してくれた事がある。津島さんは、自殺される前には、既に、この不肖の弟子の重道の、いつ迄たっても治らぬ、卑しさや、下手糞さに、呆れ返っていたと思う。しかし重道は、愚かなだけに、十年一日の如く、自分の才能の中には、ひとりカグヤ姫がいると信じ続けてきたし、これからも、この一片の〈風の便り〉を頼りに、文学を続けてゆきたいと思うのである。

当時、重道は既に、津島さんの、「ダス・ゲマイネ」を読み、こんどは、はっきり、圧倒されていた。この小説の巧みさと誠実さの自己統一の中には、新らしい時代の子でなければ、書き切れぬ、その世代の青年の苦悩がうちだされていると思った。

その翌日、まだ小日向ハウスにいた、鳴海たち同人三名の分厚い手紙がきて、彼等が揃って津島さんの船橋の宅に遊びにゆき、津島さんから、親しく、「非望」にのせた、重道の小説、「空吹く風」の賞賛をきいてきたとの報告があった。

重道は嬉しくて、すぐ津島さん宛、長文の恥かしい手紙を書いて、送った。すると、今度は津島さんから、巻紙にカスれた筆の返事があった。重道の小説なら、どんな雑誌社にでも推挙してやる。長い小説なら、御自分の関係している〈日本ロマン派〉で連載できるから、という力強いお便りだった。そして、その手紙には、津島さんの手札型の写真が同封されてあった。

どこか、お稲荷様の石の狐の前である。津島さんは、こけたおとがいを、斜めにみあげ、微かに笑っている写真だった。その裏には、〈君看ズヤ双眼ノ色、語ラザレバ愁イ莫キニ似タリトカ。どうでも好いわい。面倒臭い。〉と達筆の筆で、あざやかに書かれてあった。重道も早速、自分のオリンピック選手当時の写真を送った。

その当時、この津島さんのハガキと写真が、重道の肌身離さぬマスコットだった。彼は、外交に出歩いている時から、夜、眠るまで、このハガキと写真を持ち歩き、心さびしい時には、それらを取出し、何度となく見直した。その頃、会社の上役の、若い美しい奥さんで重道に好意をもってくれるひとがいた。重道は、その奥さんに自慢したく、いつか、ひそかに、津島さんのハガキと写真をみせた処が、一言、「まア、気狂(ちが)いみたい。」

それから重道は、その奥さんが嫌いになった。奥さんは肺病で、間もなく死んだ。

重道には間もなく、会社のタイピストに、新らしい恋人ができた。会社のひけたあと、彼女と、伊藤博文を祭った博文寺の、水のかれた渓流を歩きながら、重道は、津島さんからきた手紙を読んできかせた。それは、津島さんの処女作集、〈晩年〉上梓の知らせであった。〈わたし、この頃、だんだん身体が悪く。〉重道には、その巻紙のかすれた墨文字がまだ瞼に残っている。そのタイピストは、文学少女であったが、まだ、津島さんの名前も知らず、重道にあなたのほうが、きっと偉くなるといい、重道を憤慨させた。

重道は、それから、〈独楽〉という長篇小説を書きはじめた。昭和十一年の春、酔って、内地からきていた十人ばかりの錺屋(かざり)たちと乱斗し、短刀で左腕を切られ、そこに丹毒菌が侵入した為、長い入院生活を続けている間にである。

入院している間に、また好きな少女ができた。狂犬に嚙まれ入院していた少年の姉である。重道は、前の喧嘩の為、東京の母から早く結婚しろと勧められ、何枚かの見合写真まで送られていた。しかし、彼は、結婚を籤引みたいに他愛ないものと考え、結婚するなら、その父を早く失い、女親ひとりで素人下宿をやっている、少年の姉と結婚する積りだった。

そして、その結婚費用にと思い、〈独楽〉を退院してからも書き続け、ついに五百枚の長篇として書上げ、津島さんのもとに送った。ついでに、結婚することも申添えて。すると津島さんから、その作品は、〈日本ロマン派〉に連載することと、次のような、重道の結婚を祝う色紙が送られてきた。はじめの一枚は赤い四角い色紙に、〈わが慎ましき新郎の心を〉と横書きされ、〈南瓜の花、へちまの花、忘れられぬなり。〉と、〈晩年〉中の一句が。

次の一枚は、銀色の四角い色紙に、〈ひとりいてほたるこいこい、砂ッ原〉と書いてあった。重道の妻は、〈へちまの花、南瓜の花〉で妙な顔をしていた。そして彼女は、間もなく、早産の為、赤十字病院に入院した。それらの費用もあり、重道は、稿料が欲しく、何度も、船橋に電報をうち、金を送ってくれと頼んだ。すると、当時、津島さんと同棲していた某女から、かなり親切な返事が航空便できた。それは、〈わかもと〉の便箋に、三枚ぎっしり書かれてあった。〈津島さんは病気で入院している。しかし、あなたの原稿は大切に保管してあるから、退院後、すぐ発表されるだろう。津島は、あなたを弟みたいに可愛く思い、自慢して、時々、あなたの写真をだして、じッと眺めています。〉

それはいま思うと、どぎつい感傷癖に溢れた若い女の手紙だったかも知れない。しかし、その時の手紙は、重道にとり、なによりもの慰めになった。

当時、日本は、中国に侵略戦争をいどみかける直前にあり、殊に植民地の京城では、軍人がひどく威張りちらしていた。重道は、徴兵の結果、第一補充兵ときまり、その年の夏、第一回の点呼を受けた。

銃剣術の防具をつけさせられたままの早駆けなぞは、まだ好いほうで、最后に、検閲官は、重道たちに気合をかけてやる、といい、本物の催涙ガスをかがせた。黄色い濛々としたガスのなかで、重道は七転八倒の苦しみを味いながら、所詮、ペンは剣に勝てぬとつくづくと悟った。

それから約一年、津島さんは、〈道化の華〉という自作の載った、日本ロマン派なぞを送ってきて、手本にするよう云ってくれたが、重道の五百枚の長篇は、ほかの同人の反対があるとかで、いつ迄たっても、陽の目をみなかった。

やがて昭和十二年の夏、支那事変勃発と同時に、重道は補充兵として京城の竜山部隊に召集された。彼は、自分だけを、（明日も知れない生命）と甘ったれて考え、そんな泣き言を津島さんに書いて送った。すると津島さんは、そんな重道に、自作の単行本を入れた慰問袋を時々、送ってきてくれた。

津島さんはそれ迄に、重道の下手クソな小説を一度もけなしたことがなかった。文学を続けようとする重道にとって、津島さんの手紙だけが、いつも光りだった。

十三年の冬、重道は、召集解除になり、三年目で、東京出張を命ぜられた。重道は当時、荻窪のアパァトにいた津島さんに逢うことだけが心の喜びだった。しかし、わずかな出張期間のうち、一夜、日をさいて、荻窪のアパァトを尋ねると、津島さんの部屋は、電灯が明るく、探偵小説の類が散乱していたが、部屋の主は、台湾からきた友人と外出したとかで、からッぽだった。重道は、そこに自分が京城から持ってきた、一冊の岩波文庫をなげだすと、そのまま、うつろな気持で表にでた。その文庫版は、一生に一作しか小説を書かず、それも芸術家になることを絶望する青年が書かれてあるものだった。

重道は、そのまま大通りに出ると、一台の円タクを拾い、大塚の三業地にいった。へべれけに酒に酔い、五郎という十九の妓とねた。真夜中、大便におき、五郎のハンドバックから紙をだして貰うと、それは、五郎にあてられた、ひどく稚拙なラブ・レタアだった。重道は、その手紙を便所の中で読んで少し泣いた。

翌日、重道は、世田ヶ谷の実兄の家で、原因不明の高熱をだし、寝こんだが、うわごとにしきりに津島さんの名前を呼んだ。それで当時、六十幾つだった重道の老母が、重道の知らぬ間に、津島さんの下宿に呶鳴りこんでいった。幸い、津島さんは留守だったが、老母は、アパァトの女主人に、（息子に文学など勧めたりなぞして）と散々、津島さんの悪口をいってきた。

重道はそれも知らず、病気が治ると、すぐ京城に帰っていった。そして津島さんとの文通は相不変、続いた。その頃、重道の会社の仕事は、タイヤ協会の検査員という、比較的、閑なものだった。自由競争時代に、自動車タイヤの三社が聯合し、協会を作り、そこで、早期に使えなくなったタイヤを、トラック屋なぞが持ちこむのを検査し、もし製造不良が原因なら、安く新品タイヤと取替えてやる制度があったのだ。

処が、戦争が激しくなるにつれ、品物不足で、製造会社が強気になっていた。昔なら、タイヤのむし足らず（アンダアキュア）なぞいう理由で、布離れ（トレッドセパレエション）をおこしたタイヤを、謝まり詫びて新品にかえていたのが、その頃では、なんでも使用者側の、空気足らず（アンダアインフレエション）というような口実にして、持込んでくる破損タイヤは、どんどん返していた。

だから、それが業者にも追々、分り、その頃から、損傷タイヤを協会に持ちこむ需要者もめっきり少なくなり、重道は、一日中、陽光の明るい協会の一室で、ただ、自分のオリンピック選手当時の思い出を小説に書き綴っていた。すると、それをサンフランシスコを指呼の間に望むところまで、書いた処で、重道には、再び召集令がやってきた。

当時、津島さんは、甲府郊外の馬坂峠に、病后の身体を養なわれながら、徐々に好い作品を書いているようだった。そこにも重道の山西省（さんせいしょう）黄河々畔から書いた、情けない便りが時々ゆき、津島さんは必ず返事も書いてくれたし、又、「女生徒」やらなにやら、書籍の入った慰問袋を送ってくれた。それが前途のまるで暗い、貧しい兵士の重道にとっては、出征中の唯一の喜びだった。

重道は重たい装具を背負いながら、電灯もない村々の、雨が降れば川になるような泥濘の路を歩きながら、いつか帰還して、小説を書き続け、津島さんにもお逢いできる日のあることを漠然と信じ続けていた。それは重道の思想的な信仰というよりも、ただ、彼の若さからくる、生活力のようなものだった。

やがて重道は、野戦中、悪質の病気に罹り、後退して、臨晋の野戦病院に入院した。同病の患者が数十名もおり、一日、一回の注射をされるほか、軍規もなにもなかったから、重道は、ここでも、深夜、菜種油の火をついではまずい戦争小説を、幾つとなく書き、津島さんに送っては、その発表方をお願いした。その当時のことは、津島さんが、名作「鷗」の中で語っている。

重道は、内地の下手な戦争作家の眼で、自分の体験を歪め、詰らぬ作品ばかり書いていたのだ。而し、津島さんは、そんな重道の作品も努力して、方々の雑誌社に持ちこんでくれ、やがて、その中の一作、「なべ鶴」というのが、昭和十四年の春、「若草」という雑誌にのせて貰えた。重道は、これに大喜びで、（万才です。）というような、無邪気でバカな礼状を津島さんに送ったりした。けれども当時の津島さんは、唖の鳥、「鷗」。（待つ）という二字だけを額につけ、陰鬱な時代の波を低く飛んでおられたのだ。

処で戦地の重道は、その頃、津島さんが、甲府で、平凡で穏やかな見合結婚をされ、東京都下三鷹町の一隅に移られたとの知らせを貰っていた。やがて昭和十五年の正月、重道は、召集解除になり、京城に帰り、再び、会社の好意で、一週間の東京出張を命じられた。重道は、その間に、例のオリンピック小説を全部、書き上げていた。だから、今度は、その上京を、今度は津島さんに前以て、航空便で連絡し、お逢いする日時から、お宅の地図まで詳しく教えて頂いていたのだ。思えば、京城の、オンドルを焚く煙りで、空の暗い下宿の一室に、津島さんからの光りのような風の便りが舞いこんでから、すでに足かけ七年経つ。

それ故、自分の処女長篇を携え、その年の初春、吉祥寺駅に降りたった重道の胸には、感無量のものがあったのだ。重道は、まず、お洒落をしてゆきたいと思い、駅前の散髪屋に入り、髪を刈り、髭を当って貰った。それに時分も、お昼どきだったので、重道は始めてお伺がいし、御飯を御馳走になるのも悪いと思い、やはり駅前の寿司屋で、握りを三人前、買っていた。

地図があるのにも拘わらず、津島さんのお宅は、公園裏のゴタゴタした路地裏の長屋風の小さい借家で、なかなか分りにくかった。而し、やっと探りあて、幼ない百日紅（さるすべり）の左手に花咲いた幹のうしろに、津島さんの、ひっそりした、清潔なお宅を見出した時には、胸の一杯な気持だった。その時、既に三十二才の津島さんは、あの二十七才のお写真の時より、ずっと健康そうに肥り、色白の、貴族的な美貌だった。

重道は、そんな津島さんの前でひどく照れた。（ぼくは会社の、ある重役に可愛がられていましての）なぞいう、無神経な言葉を平気で使い、津島さんから、（君はどこにいっても、津島に可愛がられています。など平気でいうのだろう。）と叱られたりした。その頃の津島さんは言葉にとても敏感だったのだ。

これは後の話だが、重道は、会社の友人と横浜の磯子という三業地に遊びにゆき、夜中に、（シッコイ）と若い芸者から怒られ、簪（かんざし）をぬき、追廻されたことがある。この話を、やはり暫くぶりで出逢った鳴海と一緒に、津島さんの前で、喋りだしたら、津島さんは、（女の簪）という一語だけで、

（もう話は分った。そんな不潔な話は止めろ。）と、怒ったこともある。だから、重道の、その長篇処女作に、淫売屋というような露骨な言葉が出てくると、それらも顔をしかめ、訂正するよう勧めてくれた。而し、津島さんは後輩の重道に、いつも優しく、親切だった。それは、津島さんが、その頃までに文壇の先輩たちから、（才あれども徳うすし）というような、神経的な迫害を受けてきたからであろう。津島さんは、それから以后も、重道のどんな詰らぬ作品でも、みんな賞めてくれた。重道のような鈍才でも、自分が文壇の先輩たちから受けたような、意地悪い振舞いで、その才能の葉を枯らしたくないという、気持を続けて、持っていてくれたのである。

そこで重道は、ただ、オドオド、照れていた。持参した鮨を、津島さんに食べませんかと勧め、（先輩の家を始めて訪問するのに、そんなものを持ってくる奴があるか。）と笑われ、ひとりで廊下に出、始めてお逢いした奥さんに、箸と醤油をだして頂き、眼を白黒させ、飯をポロポロ零しては、口に鮨をおしこんでいた。そんな重道の様子を、津島さんは苦々しげに眺めていたが、津島さんも、前には、（熊の手）、後

には、（蟹の手）と自称した、その白く細長い優雅な手で、ひっきりなしに、朝日という煙草を吸い、火鉢の中はみるみるから、吸いかけの煙草が林立してしまった。津島さんも、幾らか照れているようだと、重道は、ほッとしたものを感じた。その日当りの好い硝子窓からみる、早春の武蔵野は、荒涼として、北支の戦野によく似ていた。それで、津島さんから、一寸した挨拶代りに、（戦場の印象）を聞かれると、ただ、その景色のことだけしか答えなかった。津島さんはそれがひどく気に入った様子だった。

重道が、その時、持参した処女長篇の題は、「杏の実」という、子供じみたもの。津島さんは笑って、（それはまずいよ。）と、中島孤島訳の「ギリシャ神話」を、本箱から出してきて、重道と一緒に廊下に坐り、本をパラパラとくってから、簡単に、「オリンポスの果実」という題名を選んでくれた。

重道には、津島さんがどうして、自分のようなものに優しくしてくれるのか、よく分らなかった。彼は肉親や、異性、或いは同志というものの愛情にうんざりし果てていたので、そんな津島さんの親切が、自分の傷口をやさしく撫ぜてくれる、春風のように思われたのだ。それから、重道と、津島さんとの、主に酒の上での交わりが約八年続く。

その「オリンポスの果実」は、津島さんにいわれたように、重道は二度、書き直したし、それが津島さんの手で、「文学界」に持ちこまれてからも、なにしろ、枚数が長いので、発表される迄に、約半ヶ年かかった。

しかし、それが発表されると、重道が驚くほどの反響があり、津島さんも、それを自分のことのように喜んでくれた。そして、その年の暮、「文学界」編集の高名な批評家、K・T氏から、彼の作品が、ある文学賞になったことを電報で知らせてきた。

そこで重道は、大喜びで、これを津島さんに知らせ、その日、津島さんの家にお伺いすると、津島さんは、古風な羽織袴の正装で、近くに住む「文学界」同人のK・K氏と一緒に、重道を待っていてくれた。

重道は、自分の作品の、発表された直接の気運は、K・T氏とK・K氏の好意によるものと、よく分っていたが、しかし何も彼も、津島さんのお蔭との実感は動かせなかった。晩秋の一日、彼は、津島さんやK・K氏と、五反田の島津山にあった、K・T氏の宏壮な邸を訪ずれる。晩秋の空気は澄み、大きな邸町の通りは閑散としていた。

津島さんはしきりに、ハシャいで、重道をからかう。K・T氏の邸が分らず、その近くに、スエェデン公使館があり、その門前に、製服の外国人が立っているのをみて、津島さんがいった。

「オエ、坂本に路をきかせようかな。しかし、坂本の英語じゃなア。」

それにK・K氏も、重道も一緒に笑ったが、重道は、K氏の笑い方に、ある苦いものを感じた。津島さんは、いつも自分で、フランス語のできない、東大仏文の中退生である事を自嘲していたから、その云い方に悪意はなかった。しかし、K氏の場合は明らかに、自分を学者と思い、重道の無知を笑っていたのだ。

さて、その文学賞受賞の日に、重道は誰よりも、津島さんに出て貰いたかったのだが、津島さんは、自分のような前科者が出ては、と謙遜され、どうしても出るのを厭がった。それは、その暮、重道のその本が処女出版される時も、津島さんに序文をお願いしたら、同じように謙遜した態度だったが、今度は、重道は、泣くように頼んで、到頭、序文を書いて貰った。

その翌年の正月、重道は、(例の可愛がってくれる重役)のお蔭で、はっきり、本社転勤ときまった。そして正月のお祝いもかね、津島さんのお宅を訪ねると、K・K氏の他に、K・G氏という、津島さんの友人も来ており、重道は、みんなに甘え、いろいろな先輩の宅に連れていって貰い、大酒を飲んだ。重道は、女好きで、酒好きで、ダラシがない。どこの家にいっても、そこの奥さんや娘さんに関心を持ち、酔うと、しつこく、絡むので、津島さんもひどく閉口したようだ。

そして、他人の家の寝室に興味をもつ男は、いちばん、不潔な男だと、重道に、それとなく激しい口調で教えたことがある。重道は、そんな津島さんの表情に、かつて、〈わかもと〉の便箋に長い手紙をくれた、前の奥さんの、津島さんを裏切った事件を思いだし、なんともいえず、自分を醜く感じたものである。

又、津島さんは、その頃から、所謂、文壇の老大家たちに憎悪と軽蔑を感じていたようだ。その正月のある夜、重道が酔って、津島さんと、玉川上水のほとりにある、芸術員会員、Y・U氏の邸の前を通ると、津島さんは（これは政治家と商人の邸で、芸術家の家ではない。）と罵ったので、単純野蛮だった重道はいきなり、そこの大きな門柱に組付き、ボオト時代の怪力を出し、ユラユラグラグラ、その門柱をひきぬくと、前の玉川上水に、どぼんと投げこんでやったことがある。月の光りに蒼く流れていた人喰川は、その時、真白い飛沫をあげ、二つに別れたものだ。重道には、後の津島さんの投身にも、ただ、この門柱を投げこんだ時のイメエジを感じた。津島さんは既に物体となり、この川に転げこんだのに違いないのだ。

この頃、津島さんは頻りにヴニテイという言葉で、自分の創作モチィフを説明していた。それは虚栄でも、勿論、お洒落でもない、一寸、日本語には置きかえられぬ、デリカシイがあると云っていた。而し、戦争が次才に激しくなるに連れ、津島さんの創作は、誰がみても、ヒユウマニテイを基礎とするものに変っていった。便乗小説や評論以外のものは、段々、発表されることがなくなったが、その中で、ひとり孤軍奮斗を続けている、津島さんの武者振りには、（微笑をもて正義をなせ）という、明るいヒユウマニテイが、ただ一つ、光っていたのだ。

その正月、重道は、下北沢に新居を定め、その表札を津島さんに書いて貰うように頼んだ。その時もふたりで、吉祥寺辺を飲み歩いている最中だったが、津島さんはわざと怒ってみせる時の癖で、唇をへの字に曲げ、重道の買ってくる表札がみんな大きすぎる、そんな気持では、ロクな作家になれないと、いちばん、小さい表札を買ってくる迄は、どうしても、気持よく書いてくれないのだった。

その頃、重道は、やはり現在のように、ひとりで自惚れては焦っていた。津島さんは、そんな彼に、〈大家がお迎えの車を待つようにすべし。〉とか、〈捨てる神あれば、助ける神あり。〉〈生活は秩序正しく、真白きシィツの上に眠れ。〉など、様々に忠告してくれたが、彼は津島さんのそんな忠告をなに一つとして聞かず、ただ、酒を飲み、女を買っては、金が足りなくなり、一度、津島さんのもとに、お金を借りにいったことがある。当時、津島さんはやはり貧しく暮しておられたが、重道の乱暴な頼みを、さびしい顔で、すぐ聞いてくれた。しかし、そんな事から、重道は、当分、津島さんを訪れるのを遠慮するようになった。けれども、重道は、自分の本が出る度に、その本を一々、津島さんのもとに送っていた。

すると、それは昭和十七年の暮だった。重道が、その頃、（新鋭作家叢書）の一冊として出した、「端艇漕手」を送った処が、再び、津島さんから、ドキリとする程、嬉しい〈風の便り〉が舞いこんできた。津島さんは、そんな詰らぬ重道の本でも、とても喜んでくれ、(ボオト選手は、船が沈んでもオオルを放さぬ)という一節に、〈一寸、涙ぐみました。〉とある。重道は、その津島さんの言葉を、〈作家は、国が亡びるまで、ペンを放さない。〉という風にとって、とても嬉しいと思ったのである。

それで重道は、その頃、軍需会社に指定された工場の、庶務係長で、些か景気が好かったから、いつかの借金も、津島さんに返したし、ある日、久しぶりに、津島さんのお宅を訪ねてみた。すると、そこには、津島さんの作品、〈佳日〉のモデルで、大隅君という名前になっているひとが、遥々、北京から結婚式の為、津島さんのお宅に泊まっており、これから、式場に乗りこむという処で、K・K氏も来ており、重道は、この上なく淋しい気持で帰らなければならなかった。

すると、二、三日経ってから、津島さんのお葉書を貰った。〈君の後姿の肩の淋しさには、自分にも似た思い出があるから、気の毒だと思った。〉という、思いやりのある内容のものだった。津島さんは今でも、一部に、背徳作家のように、誤解されているが、重道には、その生涯を通じ、津島さんほど、弱者の味方だったひとはないと断言できる。例えば、見知らぬ田舎者の老婆なぞが、津島さんに路を尋ねると、津島さんは、周章狼狽し、嚙んで含めるほど懇切丁寧に、その路を教える。又、それが津島さんの知らない道であったりすると、津島さんは、オドオドしながら、自分でその辺のひとに、その路をきいてあげる。奥様と子供たちに、死ぬまで荒い口調で怒鳴ったり、手を挙げたこともない。無知な野蛮人の重道でさえ、ただ後輩ということで、生涯、津島さんからいたわられてきた。

　その頃から、重道は工場で酒が入手できる為、ちょいちょい、一升瓶をぶるさげては、三鷹のお宅に訪れたり、彼の顔の利く、横浜の南京街に、津島さんに来て貰った。いつかK・T氏も、一緒に、その中華料理店に来ていた時、津島さんは料理を待つ退屈な一刻、ひょいと窓外の、外人墓地のある山を指さし、

「坂本君、あの山はなんというの。」と尋ねた。これも、津島さんのサァビスの精神の一つである。しかし、そうした奉仕の精神を、まるで軽蔑している、K・T氏は、殿様と綽名のある立派な顔を一寸、歪め、

「津島、それはなんてえダラしない質問だ。まるで能狂言のバカ大名みたいじゃないか。あの山はなにか。山でござる。山は山だが、なに山じゃ。」と、あとは少し、声色がかった重々しい声で罵るのだった。そんな時、津島さんは、ひょいと泣きべそを掻かれた表情になることがある。

　更に、空襲が激化しはじめた頃、津島さんは、二度目の妊娠（にんしん）をされていた奥様に、長女を、甲府の実家に帰し、昔、藤村の書生をしていたという、小川という老文学書生と一緒に、三鷹のお宅に残っていた。

　そんな慌ただしい日の一日、重道は、工場の接待用の酒、一升をぶるさげ、胸に徴

用マアクをつけた防空服装で、津島さんのお宅に伺がったことがある。すると、津島さんは、酒を飲まない小川君を相手に、丁度、甲府から持参したらしい、葡萄酒を、渋そうな顔で飲んでいたが、「津島さん、これです。これ。」と窓からいきなり、一升瓶をつきつけた重道をみるなり、とても嬉しそうに、その頃、油ぎったと形容してもよいほど、健康そうだった顔を、パッと笑わせ、

「この大バカ野郎。入れ。」と喚いたが、重道は、長年の見方から、こうした表現に、津島さん、いちばんの喜びの表現があるのをよく知っていた。

　その夜、重道は津島さんや、小川君と一緒に、米機の激しい爆撃を受けた。臆病な重道は、いちばん先に、空襲警報に眼を覚まし、震えが出て、便所に入ると、最早、窓の外は、サアチライトが晃々（こうこう）と明るく、その十字の中にB―二十九の巨大な姿が、くッきりと浮び、既に、高射砲の発射が、線香花火のように急がしかった。酒を飲んでいない小川君は、すぐに眼を覚ましたけれど、津島さんはまだひどく酔っていて、客来の夢をみているらしく、「オエ、よく来た。入れ。」なぞ呟き、なかなか眼を覚まさなかったので、重道たちがゆり起すと、津島さんは、いちばん泰然としており、自分は防空服装をして、すぐ行くからと、重道たちを、お宅の前の素掘りの、小さい防空壕に、先に追いやった。その頃の津島さんには、〈自分こそ神の寵児〉という強い信仰があり、天が、津島さんに、その命じた仕事を為（な）させるまで、断じて死

なないという確信があるようだった。

　重道にも、幽かに、そんな自信はあったが、彼はいつでも、ひそかに自分がいちばん悪人だとも思っているので、天火にうたれる如く、爆弾で死ぬ有様が、いつも具体的な恐怖になり、身体がブルブル震えるのである。すると、津島さんが面白そうな声で、

「坂本どうした。バカに震えるネ。」と訊く。重道は、正直に怖いと答えることさえ、怖いような忌々しい気持で、

「上着をきてこなかったので、寒いんです。」と答え、殊更、ゆっくりと歩き、家に入ると、いよいよ爆撃の至近音の始まった中で、あわただしく上着をまとい、ついでに、二合ほど残っていた酒を飲んでしまおうと、枕元の一升瓶を、昼のように明るい大爆撃の最中（さなか）に、すかしてみれば、最早、一滴の酒もない。

　これは、津島さんに飲まれてしまったかと負けたような気持で、震えながら防空壕に駆けこみ、

「津島さん、お酒、全部、飲んでしまいましたネ。ひどいなア。」と、余裕ありそうにいえば、津島さんが、嬉しそうな声で、

「そこにぬかりはあるもんか。先刻、防空壕にくる前に、残っているのをみんな飲んできたんだヨ。」と勝ちほこったようにいった。

而し、重道は、その怨み言をくり返すことで、辛うじて、空襲の恐怖を忘れることができた。するとそこに頭上に、急行列車の落ちてくる凄まじい物音。思わず、三人かたく抱きあい、防空壕の中に、顔を突込むと、鼓膜のしびれるような大爆音。もの凄い至近弾とみえ、やがて土砂が、滝のように、三人の首筋から降り注いできて、防空壕を半分、埋めつくしてしまった。今の重道には、その時の津島さんの生温かい体温が、異様に懐かしく思いだされる。

既に、どんな思想にも愛情にも興味なくなっていた重道には、ただ、津島さんが、柔かい、サラリとした香油のように大好きで、そのまま、津島さんと死ねれば、むしろ嬉しいような感じがした。それ程、ひとに親愛感を抱かせる津島さん故、後年、ある女人に、そんな気持を抱かせたのも、無理ではない気がする。

処で、その三人の中、いちばん非力な筈の津島さんが、その際には、いちばん、勇敢で、重道たちを元気づけてくれた。後でみれば、津島さんの隣家の庭に、即ち、壕から十間も離れぬ処に、大きな水のない池ができ、頭大の庭石が、重道たちの壕の周辺まで、いっぱい落ちていた猛烈さで、重道は何度、津島さんの家が飛んだかと思い、時々、亀の子みたいに、首を出し、

「津島さん、まだ、お宅、大丈夫ですか。」と問うのに、津島さんはしっかりした声で、

「まだある。大丈夫だ。」と答えるのだった。その中、あまりに至近弾が続くので、重道は恐怖の為、頭がヘンになった。それで、次に濛々と怪しげな煙りを発する爆弾が落ちたのをみると、喉のつまった声で、

「あッ、毒瓦斯かも知れない。」と叫んだ。そうした爆弾の種類なぞ、津島さんはまるで知らないので、少く共、戦場の経験のある重道の言葉を正しいと思ったらしい、すぐ井戸端にとびだし、ポンプをギイギイと押し、自分も手巾を濡らし、口にあてがうと、重道たちにも、

「水をくくめ。」と絶叫した。それに重道たちはただ、津島さんの指示のまま、それがどんなに滑稽な姿かも知らず、ポンプの水を出しては、うがいした。もう、その頃は、三人ともかなり頭が怪しくなっていたのである。暫くして、その煙りの無毒なのが分り、再び、至近弾が激しくなると、重道たちは再び、壕にもぐりこみ、それから夜明け迄、殆んど無言で、お互いの肉体の脆さを感じあっていた。

やがて、津島さんのよくいう、〈血なまぐさい、白々しい暁が明ける頃〉になって、爆撃は止んだ。津島さんは、うんと伸びをして、防空壕をとびだし、

「あア、さッぱりした。まるで蒸風呂から出た気持だネ。」と、その感想を述べる。重道は、その感想の的確な表現に、作家津島さんの、不敵な面魂をみたと思った。

やがて、その朝、隣家の、一夫人の爆死体が、戸板にのせられ、臨時の死体収容所

に運ばれてゆく。小川君はまだ壕の近くにいたが、重道は、散歩に出た、津島さんの後を追い、そのヒバの垣根の通りで、死体搬送の現場にゆき合した。重道は形式通り、一寸、頭をさげたが、津島さんは、暁の白光に横顔をみせ、微かに愉しそうに笑いながら、路を歩いていた。

重道は、四八年の六月、津島さんの自死を聞いた時、とたんに思いだしたのは、この折の、津島さんの愉しげに、微笑している面影だった。

それで、重道は、やがて、津島さんのお墓に、シャベルで土を投げこむ番が廻ってくると、大空襲の朝、爆死体を眺め、実に異様な、それだけに、限りなく懐かしい微笑を浮べていた津島さんの面影を、瞼に思い浮べ、自分も微かに笑いながら、形式的でなく、どさっと不作法に、沢山の土を投げ入れてしまったのである。

# 離魂

私は三十七歳だが、まだ六尺二十貫。酒に酔う為、日本酒なら一升、ウィスキイなら一本、その他、いろいろお菜なぞいる。処で私は一昨年の秋から暮にかけ、共産党を止め、妻子を見棄て売春婦同様なある女と同棲するようになったので、苦しくて堪らぬ。なるべくなら、いつも酔っていたい。

しかし業が深く、身体が丈夫で、酒に強いので、酔うためにはたいへんなお金がいる。それで私は酒の代用品を発見した。といっても阿片、コカイン等の所謂、麻薬ではない。ある夜、女とも、家族とも、文学とも、一切の人生にオサラバする気で飲んだ、ある種の強力催眠剤。いつも二、三錠で眠れるものを、一度に二十錠ほど飲んだら、死ぬどころか、反って愉快に昂奮してしまった。

地震、インフレ、税金、戦争、外国人、良心的苛責、世間の指弾等々、一切の恐怖をケロリと忘れ、恥も外聞もない気持で、いつもお喋りな女を悩ますほどお喋りになり、常に欲情的に圧倒される女を、圧倒するほど、淫乱になった。つまり簡単に大酒を飲んだと同じ結果になるのである。

このほうが安上りで、手取り早い。だから、私はこの薬を、鎮静催眠用と同時に、昂奮剤として愛用するようになり、ついに薬の中毒になった。酒よりも、この薬のほうが恋しい。薬の気が切れると、話をする気力さえない半病人になり、桂子や世の中や自分の仕事を思い、死にたいほどヤリ切れなくなるのだ。

そんなときが私の正気なのだろう。私は女のもとから、身一つで逃げだし、妻子のもとで、ちゃんとした仕事をしたくなる。けれども薬の切れているときの私は、身を動かすさえ、もの憂いので、ただ渋面をつくり、せッせと金に代える為の原稿を書いているだけ。昨年中、女と同棲している間にも、何回となく逃げだし、妻子のもとに帰ろうとしたが、その時は、必ず、その薬と酒がチャンポンに身体に入っているとき。

だから妻子のもとに帰って、こちらが逆上しているのに、妻や子供たちのノルマルな冷たい姿をみているのに堪えられない。そうした点ではエクセントリックな、別れた女が恋しくなり、二、三日の放浪生活の後、必ず薬と酒に酔って女のもとに帰る。

女は、東京の近くの貧農の娘である。親たちの不義の結実として生れ、そのことを一生自分の十字架の傷として、悲しみもすれば誇ってもいる。女が生れそうになってから、親たちは正式に結婚し、続いて生れた幼ない弟妹が六人。それ故、女は長女として、もの心ついた頃から、家事の手伝いをやらされ、赤ん坊を背中にしょわされ、野良仕事にまで、追い廻される。頭も体もよく、小学校の優等生でドッジボオルと、マラソンの選手。もっと勉強がしたいのに、親たちは彼女が本を読んでいても怒る。日本の零細農たちの家庭にみられるありふれた悲劇。

だが女自身にとっては、ありふれたものではない。その村近くの町は東京人の遊山地、花やかな美しく着た東京の女たちをみると、女は例えそれが、どんな職業の女であろうと真似をしてみたくなる。

そうした淫靡(いんび)な町を近くにして、女の村の風俗もまた乱れている。野合、不義、強姦、そうした噂が日常事のように語られる。女も十五の歳、ひとりで自分の家の畑に行っていると、隣りの畑にいた老農から、怪しい振舞をされ、夢中になり、わが家まで逃げ帰ったことがある。また、その頃、落葉かきに林の中にいっていると、空気銃をもち、小鳥を撃ちにきた村の医者の次男坊が、彼女の背中から、背負籠を降そうとした。

女の家の親戚が、その淫靡な町で水商売をしており、女は娘になると、自分から好んでその店に手伝いにゆく。女は手足の小さい小柄な娘。額は狭く、眼は三角眼で離れており、平べったい鼻の、鼻孔が大きく天井を向いている。だから呆れる程、平凡な、所謂オカメ顔なのだが、女はそうした店で、どんな顔でも、生活力さえあれば色ッぽくみせられる、例の商売女たちの化粧を学ぶ。

彼女が十九の歳。その店によく遊びにくる有名な碁打に誘惑される。一緒に温泉宿に泊って無理矢理、処女を奪われたという。それがムリヤリだったか、その時まで、彼女が処女であったか、その両方とも私は疑う。処女がそのようにして、男と温泉宿に泊まることは信じられない。事大主義の女には、その碁打の名前をいうのが、やはり一生の誇りと傷痕になっているようだ。

とに角、手のつけられない不良少女として、女は親戚たちの持てあまし者となり、二十歳の歳に、平凡な見合い結婚をさせられてしまう。相手の男は、工業の夜学を出た、温和しい勤め人で、女を熱愛する。

だがその男には、やかましい母親に、年頃の妹たちがふたりもいる。嫁、姑、小姑の、これも日本特有の陰惨な葛藤に、女は忽(たちま)ちひきずりこまれる。幼児からの彼女の環境の異常さが、彼女の性格も異常な負けず嫌いにしている。そのような大家族の順良な嫁でいられる筈がない。

女は夫の反対を押しきり、町のカフェに勤めに出る。子宮の位置が異常で、生涯、不妊(ふにん)の女の生理は普通でない。酒を飲むと酒乱になり、前にいる男を誰かれなしに罵り、場合によっては、その男の髪をひきむしり、その横面を打つ。そして、その後、きまって好色になるのが、この女の酔態である。

夫はそれを知っているから、毎夜、そのカフェまで彼女を迎えにくる。女は、それを知り、なお酔態を示して夫をハラハラさせる。この女は、アバズレ女を不憫に思い、その女と一緒に地獄にまで落ちようとする、世の男たちの、ドン・ホセ的な本能を知っている。一寸した、所謂、毒婦なのだ。

その中(うち)、戦争が激しくなり、夫は出征。カフエも閉鎖。女は姑たちと大喧嘩をして婚家をとびだし、ひとりでアパアト住いしながら、印刷工場に勤める。アパアトには軍需工場に出ている若い男たちがいるから、酒や諸物資がかなり自由に手に入り、女は終戦の日まで、豊かで放恣(ほうし)な生活を送っていたらしい。この女が、男に触れるのには、人触レレバ人ヲ斬リ、馬触レレバ馬ヲ斬ルの感がある。

戦争中は、軍需工場の若い男たちとよろしくやっていたのが、敗戦後はもっと有利な、第三国人とうまくやるようになる。そして彼らのひとりに恋人ができた。中国から帰還してきた彼女の夫に見向きもしない。そして夫が復縁を迫るのを、強引に離籍し、新らしい恋人に、家を建てて貰い、ふたりだけの楽しい同棲生活。多くの国民が主食や衣類に困っている時だが、彼女は、珍奇な食物や衣裳に飽き、自家用車で、方々を遊び歩く。

だがそれも、僅か一年ほどの間で、その第三国人のブラック・マアケットがばれ、彼ひとり罪をしょって本国に返されてしまう。処で、こと男女の関係に至ると、それこそ眼から鼻にぬけるほどリコウなこの女。その事件をきっかけにし、やはり、その第三国人のひとりにパトロンを持ち、喫茶店の女給となる。而し、そのパトロン、前の恋人ほど彼女に身も心も捧げないから、彼女は不安である。安心を得る為に金が欲しい。そこで所謂、高給パンパンのようなことも内職としている時町で私と逢った。

私は三十六歳のそれ迄、所謂、肉体の恋を知らなかった。恋情を感じた女のひとには、反って肉欲を思うまいとしていた。それが漸く、その歳になり、恋とは男女が、お互いの恥をみせあうこと、又、そこに人生の救いがあると思うようになったのだ。私はその女の素裸の情欲に圧倒された。山本宣治風にいえば、彼女と私の場合、その鍵と鍵の穴もしっくりしていたのである。

私の妻も、素人下宿屋の娘であり、銀行の事務員であり、その過去に秘密があるに違いない。而し、妻は自分の過去については、石のように沈黙していた。その沈黙から引続き現在までも沈黙している。自分を神聖な貞女そのもののように見せようとしている。それが自分の過去に恥だらけの私には堪らない。勿論、非常にフイクショナルにだろうが、それでも泣いて、自分の汚れた過去を語る、この女のほうに恋情を感じた。

私には、その女の傷痕が、私の傷痕に共通している、大袈裟にいえば敗戦日本人たちの一象徴のように思われた。罪の意識に悩む者はやはり罪人意識のある女と生活しているほうに救いがある気がしたのだ。而し、すぐに私は、彼女の物欲主義に悩まされる。彼女は自分の肉体と才能(テクニック)をはり、急いで一身代作りあげ、勘当同様になっている故郷の人たちを見返したい一心なのだ。だから彼女の罪の意識の裏返しは、ただ古風な立身出世主義にある。

私はそれを、あまり生々しく見せつけられると、どうしても催眠剤に酔って、その女のもとから逃げだしたくなる。そして逃げだした後、その女がまたどんなに無茶な身体を張った生き方をしてゆくか想像すると、堪らなく、その女が不憫に恋しく思われ、又、催眠剤に酔って舞い戻る。そんなことを続けている中、私は作品が書けなくなり、結局、ふたりで死ぬことになると思われる。

それは結局、私の唯一の親しい先輩作家、津島治さんの猿真似になるし、津島さん程、まだ自分の書きたいものを書いていない私には、まだ死んでも死に切れない気がする。それで今年の正月中旬ごろ、私はハッキリ彼女と別れると宣言した。すると彼女は、その復讐のように、その翌日から銀座の社交喫茶に勤めはじめる。彼女はそれで私に嫉妬させ、再び、私の気持を彼女に惹きつけようとしたのだ。その彼女の勤めだした最初の夜。

私はある本屋に出かけてゆき、それを彼女との手切れ金にしようとした三万円ほどの印税を貰ってきていた。而し夜の十一時、十二時になっても、女は帰ってこない。

私は酔った女の様々な痴態を妄想しながら、十錠、二十錠と催眠剤を飲んでゆく。

どんな男とでも平気で寝、どんな嘘をもシャアシャアと吐く彼女。その女の張り切った小麦色の裸体が、私の瞼に浮ぶ。乳房は椀を伏せたほどで、その乳首は大きく黒い。豊かな胸に、細い胴。そして私たちが（お嬢さん）と呼び合っていた神聖な場所が隆起しており、そこに薄い縞のある太股（ふともも）が続く。エクスタシイに達した時の女の鶯々（おうおう）たる歓声。

もう、十二時半近くなり、女は帰ってこないので、私はてっきり、早くも女が別に男を作ったと思いこんだ。

私はそんな多淫多情の女に、三万円の金をやるのが惜しくなる。私はボロボロのオォバァに軍靴、まだ税金さえ納めてない。彼女には洋服も箪笥（たんす）も煽風機さえ買ってやった。そして子供たちに一枚のオォバァさえ買ってやれない自分。私は催眠剤の酔いに、思い切って冷酷な気持になり、女が帰らぬ内にとび出そうと、はねおきて外出の支度を始める。丁度、支度の終った処に、女が裏口から帰ってくる。

馴れない為、終電車に乗りそこね、輪タクで帰ったので遅くなったという弁解。私は都電がなくなっても、省線が十二時過ぎまで、動くのを知っている。東京の夜の世界を、よく知っている筈の彼女が、それに気づかぬ筈はない。これは善意にとっても、私は陰性だったが、彼女は陽性で、ペニシリンとサルヴルサンを打たせている為、断然、禁酒を云い渡しておいた、その誓いを破った、口中の酒気を消す為の、彼女の嘘と思われる。

女は弱いから、特に嘘つきになる、それを許さねばと思う、日頃の寛大な気持が消え、私は酔いにまかせ、言葉を極めて、女を罵ってから、(今日、出版社で金をくれなかった)と、今度は私が嘘をつき、一銭もおかずに、女の家をとび出す。

既に一時過ぎ、普通の宿屋にゆくのは冷たくて厭だから、近くにある、娼婦の街にいってみようと思う。その街の入口の大きな紅い電灯。そこで私は自分の肩によりそう女の顔をみて愕然とする。逃げ出してきたばかりのあの女。思いつめ、ひきつった頬、切迫した呼吸。彼女はいつもの負けず嫌いの気持をすて、すぐ犬のように私を追ってきたに違いない。私は女の青い、真剣な表情にうたれ、ふッと女が哀れになる。

「ぼくが悪かった。ネ、一緒に帰ろう。」と、私は、寒々とした女の背中に手を廻し、再び彼女の家のほうに帰ってゆく。途中で、まだ商売をしている一軒の屋台があると、彼女は「少し、飲んでゆきましょう。」と私を誘う。催眠剤の強烈な酔いに、自制心のまるでなくなっている私は、それから彼女の復讐がはじまるなぞとは思ってもみず、誘われるまま、その店に入りこむ。

私は自分がすでに酔っているので、女のガブ飲みや、烈しい酔いを看視できない。その店の勘定を払おうとして、私が内懐から一万円の札束を覗かせると、女は怒気すさまじく「あら、本屋からちゃんと貰ってきているのネ。嘘ばかりついて。」と、「御免々々。」と平謝まりに謝まる、私の内ポケットから、札束を一つ残らずむしり取ってしまう。そしてその後は、まるで汚れた雑巾みたいに私を扱う。女の三角眼に燃えている、私への、男への、世間への敵意。

「お前なんかの顔をみるのも厭だ。」と私を罵り、ひとりスタスタ、自分の家のほうに帰ってゆく。私はそうなると、金や女への未練が湧いて、心中、怒りに駆られながらも、今度は反対に、女のあとを追う。途中に顔見知りの警官が坐(すわ)っている交番。この文学好きだという警官に、私は前に酔い倒れ、前後不覚になった時、女の家まで送って貰ったことがある。また事情を話して、厚釜しく、送って貰おう。

そこで私は、微笑して、その警官に挨拶し、前回の礼を述べ、今夜も、女が酔って私を家に入れてくれないから、女の家まで連れていって欲しいと、厚釜しく頼む。流石に警官は迷惑千万という顔つきになる。世間の人たちのみる、妻子ある作家が、他の女と結んだ醜関係。そのゴタゴタを、こうして交番にもちこむ非常識さ。

だから当然、婉曲(えんきょく)に、「ひとりでお帰りなさいよ。大丈夫ですよ。」と断わられた。而し、酔いの烈しい時の、女の惨忍さを思うと、私はひとりで帰る気がしない。その中、警官が女の家のほうに、巡回に出るという時間まで交番の隅で待たせておいて貰う。女は前回、私が正気を失い、この警官の世話になった際、自分の酒乱は語らず、専ら、私の酒乱について訴えたらしい。昔、私の酔いは温かく朗らかで、友人にも好かれたものだが、女と同棲して一年あまりの間に、女の惨忍な酔いが私にものり移ってきた。

私は女から髪の毛をひきむしられ、頬をなぐられ、口汚なく罵られ、我慢している気力が段々、乏しくなった。その中、私は女が罵り止めるまで、彼女を打ったり蹴ったりするようになった。又、夏なぞは、酔って狂乱状態の女を井戸端に連れてゆき、右足で腹を押えつけ、頭から水を浴せたこともあり、ある時は、罵り騒ぐ彼女を大きな膳で叩き伏せ、その下に押えつけたこともある。女は、そんな私の行為だけを警官に訴えたとみえ、警官は女より、むしろ私を危険視しているようだった。

やがて警官が巡回に出ようとして、ふたりで表に出た際、向うから謹厳そのもののような顔の巡査部長がみえる。必ず勤続二十年ほどの穏当な善良な家庭の主人なのであろう。警官がなにごとか、私のことを囁くのに、私の挨拶を不快そうな顔で受けた。

而し、それでも私は警官たちの善意を信じ、巡回にゆく警官の尻について、彼女の家にゆき、女を起して貰う。警官が玄関と裏口と両方から、女を呼び、私を入れるようにいったが、女は、「そんなひと、知りませんよ。」の冷たい一言で、どうしても私を家に入れようとしない。女に同情し、私を危険視している警官は、その女の意志のほうを尊重し、私に他に立ち去るように勧める。

私は内心、燃えるような女への憤怒を感じていたが、一度は、警官の言葉にしたがい、女の家を立ち去ろうとして、懐中に一銭の金もないし、女の家に書きかけの原稿の置いてあるのに気がついた。それで直ぐに、ひとりで取って返し、窓を叩いて優しく、「おい、行ってしまうけれど、十円だけ旅費を貸してくれない。それから原稿も取ってくれないか。」と繰返して囁く。それに対しても女の根強い復讐心。冷然と黙殺され、私は野獣のように雄の怒りを爆発させる。

　勝手を知った女の家。どこの窓硝子（ガラス）が毀れて、そこから手を入れれば錠が外れるかも知っている。私は忽ち靴穿きのまま、女の家に躍りこんだ。「アレェ、誰か来て。泥棒。」明らかに、先刻の警官を意識しての叫び声である。私はそんな女を殺したいほど憎む。だが作家として世にありたい、一脈の未練が、その狂暴な気持にブレェキをかける。私はいちばん近い友人の家まで歩いてゆく積りで、ただ原稿だけをボストンバッグに入れ、

「じゃァ、左様なら。もう二度と逢わないからね。」と棄台辞（すてぜりふ）で、平べったい女の素顔をジロリと眺め、再び、窓から戸外にとびおりる。その私の淋しい後ろ姿に、女の、

「手前なんか、二度とみるのも厭だ。勝手にしやがれ。」という鋭い罵声。それが私の憤怒にもう一度、火をつける。あれほど昼となく夜となく、お互の欲情の為、恥の為、愛し合ってきた女の本態は、ただ物欲であったのか。

私はその女の、いちばん大切にしている、モノを行きがけの駄賃に思う存分、破壊し、それで仕返しがしてやりたいと思う。女の本能的な復讐心が、いまはそのまま自分のもの。私はその時、庭に落ちていた丸太棒をいきなり摑みとると、それでもって、女の家の窓硝子を目茶苦茶にぶん撲ってゆく。硝子が霰のように音を立て、花のようにとび散ってゆく壮快さ。而し、私は同時に、兵隊であった時の、それに似た破壊行為を思いだし、胸の痛む不快さがある。

ハッと気がつけば、先刻の警官が舞い戻って、私の右手をしかと握っているし、窓辺には、それを笑っているような女の平べったい顔がある。「なにをするんだ。君は。乱暴な。」と、打って変った警官の強い口調。私はそれに、私を刺戟し、こうさせることで、私を牢屋にぶちこむ女の計画だったと錯覚する。

「済みません、この女があんまりひどいので、けれども犯した罪は償います。留置場にでもなんでも連れていって下さい。」

「君、これだけのことをして、殺害未遂で訴えられても仕方がないぞ。」

「えエ、牢屋にでもどこにでも行きます。」

私は警官に連れられ、再び先刻の交番に舞い戻る。今度はひとりの犯罪者として。私は女がそれを呼び戻してくれる声を待っている。女さえ、(このひとは妾の愛人ですから。)と、一言云ってくれれば、私は惨めな思いで交番にひかれなくて済むのだ。

だが一年以上も同棲し、彼女の生活を保証し、その財産を増やしてやった私に、その時の彼女はむしろ憎悪を感じている様子。無言の凱歌（がいか）で、私の惨めな後姿を見送る。

その口惜しさが、私の五臓にしみこむ故、私は交番にいって、例の謹厳な部長の前に坐らせられ、叱言まじりの取調べを受け乍（なが）ら、女との間のことを包みかくさず、ベラベラ喋ってしまう。それは喋れば喋るほど、私自身の醜悪さを部長たちにみせることになるのだが、それを包みかくすだけの心の余裕がない。イヤ、その時、私は自分の心を見失っていた。ある心では、それでもなお、憐れで愛慾的な女を慕っており、ある心では、ただ生活慾盛んなだけの女を、殺したいほど憎んでいる。而し、そのどちらの心も私の本心でない気がする。

私の本心はどこかに行ってしまった。後にはただ私の愛慾と、憎悪だけが残っている。私はその部長から、「かりにも文化人のひとりである君が、そんな乱れた生活をして、世人を教導するような作品が書けるか。」と叱られながら、見失った自分の魂を探しだしたいと思っている。

無門関に、倩女（せんじょ）離魂という公案があった。昔、中国に倩娘という美人があり、美男の恋人を持っているが、家が困ると、両親は彼女を金の為に、他に嫁入りさせようとする。それで倩娘は病気になり、美男の恋人も彼女を諦めようと思い、船に乗って、他の土地にゆこうとする。すると崖から倩娘が、彼を呼ぶので、男は喜んで彼女を船に入れ、他の土地にいって、結婚してしまう。そして五年、間に子供もできたので、一度、故郷に帰り、父母の許しを得たいと、彼女の家に赴いた処、父母はびっくりした顔で、あれから娘はまだ病床に伏したきりだという。処が、病床の倩娘が、子供連れの倩娘に出逢うと、忽ち、ふたりが合体し、病気の倩娘は消え失せるという話。

この伝説を、五祖山の法演という偉い坊主が取上げ、（倩女離魂、那箇カ是レ真底）という短かい公案にしている。それに無門禅師がこうつけ加える。（若シ者裏ニ向ッテ真底ヲ悟得セバ、便ワチ知ル、殻ヲ出デ殻ニ入ルコト旅舎ニ宿スルガ如シ。ソレ或ハ未ダ然ラズンバ、切ニ乱走スルナカレ、驀然（バクゼン）、地水火風一散スレバ湯ニ落ツル蠓蟹（ムカイ）ノ如ク、七手八脚ナラン、那ノ時、云ウナカレ、云ワズト。）

私はその交番で薄ら寒い、朝を迎え乍ら、自分の肉体、地水火風の四大が乱走して、煮え湯におちこんだ、じゃり蟹のように七顛八倒の苦しさを感じる。警官たち、つまり世間の眼から、どのように軽蔑されようと私は堪えられる。ただ自分の本心と共に彼女の本心までみつからぬのが苦しい。

朝、例の警官が女の家まで走ってゆき、私がその窓硝子代を弁償すれば、許してやって欲しいという、女の話だという。私はバカにしていると思う。既にその硝子代の数十倍の金を女に与えて来ているのに。又、女の家に残してある私の荷物を売っても、その硝子代ぐらいはできる。而し私はそんな話をするのがあんまり不潔で厭だったから、ただ、それは承知したと云い、その交番を出て、いちばん近くにいるKという友人のもとまで歩いてゆく。

Kは東大の独文を出た、昔の秀才。今はただ才人のように思われているが、その寝起きを私が襲うと、くしゃくしゃの頭髪をかき上げる眼鏡の底の、細い眼に、近代人種の憂鬱さが漲（みな）ぎっている。彼はその才能も教養も、私より深いが、ただ私のような野獣的な生活力のない為、まだ作家として私ほどにも世に認められていない。

しかし六尺の肉体をもてあまして喘いでいる、その朝の私には、そうした軽い憂鬱にシカメ顔の彼のほうがずッと幸福にみえる。だから妻に四人の子供を抱え、恐らく生活に悪戦苦闘であろう彼に、私は前夜の顛末を簡単に語り、催眠剤の切れている苦しさを訴え、彼の奥さんに、まず、その薬を買ってきて貰う。そして薬を十錠、一気に口の中に投げこんで、お湯で飲みこみ、三十分ほどすると、私は気軽にお喋りができるようになる。

Kは気を利かし、お酒も一升、奥さんに買ってこさせる。一升瓶をドッカと茶袱台（ちゃぶだい）の上におき、茶碗でガブ飲みしながら、男同志のすぐ納得できる愉しいお喋り、そこに突然、幽鬼のようなはかない様子で、あの女が来て、私の横に坐ったから、私はギョッとする。

女は前夜の私の、理由のない嫉妬と、金を貰わなかったという嘘を、Kに話し始める。私は女を追い返したく苛々するが、Kは、女の話を面白がって聞き、又、女にも酒を勧める。女は昨夜の過失の一切の原因を、私の嫉妬の故にし、それでもまだ私を愛しているようにいう。すると、その場に、Kのいる為の陽気な雰囲気から、私はまたフラフラと自然に原始的に、その女を愛しているような気持になる。詰り、Kは期せずして、私たちの和解役となった。私たちはそこで歌い笑うようにして一升酒を飲んでしまうと、近くにいる、親しい作家のSのもとにゆこうという話になる。Sは北海道出身の、小兵ながら熊のように精悍な男である。その作風は野蛮な感じがするほど豪放で、孤独な匂いがする。前年、私と女が同棲中に訪ねてくれたこともあり、私はその訪問も、自然で嬉しいような感じ。ただKや女と道を歩きながら、途中で薬屋をみつけると、Kに借りた金で、また催眠剤を買って、十錠、二十錠と煽ったのがいけなかった。

私は女の酔態に、前夜、警察につきだした無情さを思い出し、そこにその薬特有の惨忍な酔いが廻ってくる。Sの近くの酒屋で、女に酒を一升買わせ、それに肴も適当に買うとS家になだれこんでいったが、その時、私はすでにSの自筆らしい表札をはぎ、喜んで迎えてくれるSの前に、いきなり、それを出してみせるような失礼な行動をした。

私の身体はすでに酒と女の為に崩れ、更にその薬を飲むと腰部神経がしびれるから、

以外は立ち寄る場所でない。戦争前のカフエやバアには、まだしも客の人なりとか、女給の教養のようなものが口を利いた。けれども、今はただ金と肉の世界なのを、私はマザマザとみせつけられる。こうした場所に憧がれ、勤めたがっていた愚かな私の女。私は無性に哀しい気持で、一、二軒、浅草の新興喫茶を歩いてみる。

次に入った店で、みるからに素人らしい少女じみた様子の女がいた。私は彼女が、最近こうした場所で働らくようになったと知ると、なにか不憫で気に入り、少し纏まったチップをやり、一緒に前の飲み屋に行ってみないかと誘う。それは、いちばん堅そうにみえるそうした女の反応を試したい気持も、また帰らなければ、Nが困っているだろうと思うからだった。

女給は二ッ返事で、一緒に行っても好いという。それで裏口からふたりで出て、前の飲み屋に行ってみると、案の定、Nは女優に酔っ払われて元気のない処。私が女給と帰ったのをハシャギ声で迎えてくれる。酔った女優は、Nの顔の造作の棚下しをやり、他にピアニストの美男の恋人がいると喚きはじめる。私は、そうした際の、Nの気持に充分、同情できたから、その飲み屋の勘定を済ませ、Nと女優を田原町の角まで送ると、私は、その女給と、前の飲み屋のお内儀が世話をしてくれた近くのホテルに泊まりにゆく。

私は少年のように身を堅くして寝ている、その女給の身体に触れる気にならない。

ただ彼女のスベスベした両脚を、私の脚の上にのせ、そうした私の女との哀しい習慣を思いだしながら、更に催眠剤を十錠、煽って死んだように眠る。

# さようなら

「グッドバイ。」「オォルボァル。」「アジュウ。」「アウフビダゼエヘン。」「ツアイチェン。」「アロハ。」等々──

右はすべて外国語の「さようなら」だが、その何れにも（また逢う日まで）とか（神が汝の為にあれ）との祈りや願いを同時に意味し、日本の「さようなら」のもつ諦観的な語感とは比較にならぬほど人間臭いし明るくもある。「さようなら」とは、さようならなくてはならぬ故、お別れしますというだけの、敗北的な無常感に貫ぬかれた、いかにもあっさり死の世界を選ぶ、いままでの日本人らしい訣別の言葉だ。

「人生即別離」とは唐詩選の一句。それを井伏さんが、「サヨナラダケガ人生ダ。」と訳し、太宰さんが絶筆、「グッドバイ」の解題に、この原句と訳を引用し、（誠に人間、相見る束の間の喜びは短かく、薄く、別離の傷心のみ長く深い。人間は常に惜別の情にのみ生きているといっても過言ではあるまい。）といった意味を述べていたと思うが、「さようなら」の空しく白々しい語感には、惜別の二字が意味するだけのヒュウマニテも感じられぬ。

（武士道とは死ぬことと見つけたり）生死、何れかを選ぶ境に立ったら死ぬのが正しいと教えられてきた日本人。都の衛生課の腕章をつけたひとの手からは、毒薬でも安心して呑み十数人が一瞬にして殺される日本人。（御跡したいて我はゆくなり）南方の蛮人でさえいまは軽蔑している殉死の悪習を、つい最近、明治の末期まで、否、太平洋戦争中にも美徳と信じていた日本人。赤穂浪士。乃木大将。軍国の処女妻。瓦砕を玉砕と錯覚した今度の戦いの無数の犠牲者。或いは桜田烈士、中岡艮一、甘粕大尉、五・一五や二・二六事件の所謂、志士たち。敢えて彼らに有島武郎、芥川、太宰さん等をつけ加えても好い。即わち自殺者と暗殺者が神の如く敬愛される、愚かな日本民族の持つニヒリズム、いかにもふさわしい。

（死をみること帰するが如し。）ヨセヤイ。暗殺は勿論、自殺でさえも人間に対する罪悪なんだ。人間は自分の愛する周囲の人たちや、未来の人類に信頼と責任感を持ち、生命を大切にしなければならぬ。現在、第三次大戦の幻影に脅やかされ、敗戦国との劣等感からヤケ糞になっているとしても、未だに自分たちを信頼してくれる同胞の女子供の無垢な笑顔をみるがいい。人間はどこから来て、どこに行ってしまうのか、現在の知識ではまるで分らないが、しかし子供たちが更に新しい生命を生んでゆく、人間の生活力の逞ましい流れだけでは掌で触れ近眼で眺め得る確かさで信じられる筈だ。

その未知な人類の未来を信じ、彼らの築く黄金境の礎石を作るべく、どんなに辛く恥かしく厭らしくても、生きて努力するのがぼくたちの義務と責任である。或いは無償の行為に似た美徳である。決してあっさり、この世に、「さようなら」を告げてはいけない。

僅かに残っているぼくの理性は、メチャクチャなぼくの生活感情に、こうした忠告をしてくれるのだが、現在、ぼくは自分とその周囲を見渡してウンザリし、正直な話、「皆さん、それでは左様なら。」と例の春婦とルンペンを愛し、而も革命に協力したといわれるソ連初期の詩人マヤコフスキイみたいに遺書を残し、冷たい拳銃の口を自分のこめかみに押しつけたい欲望にもかられる。

いまの日本では未だに、軍国時代の無意味な死に方が憧憬されている。三千の将兵が蠅捕紙上の蠅みたいに、戦艦大和にへばりついたまま水底に沈んで死んだ愚かしい悲劇が、偉大な叙事詩の如く感動的に無批判に書かれたものが、数十万の人たちに愛読されている。文明と人道に対する悪辣な犯罪者として処刑された、東条以下の戦犯の愛読作家であり、いわば、彼らの基礎哲学の代弁者の作家、吉川英治が依然として百万の愛読者をもっている。一本の剣で数十人のライバルを倒す為、一生惨憺たる修業をした宮本武蔵という前近代人が、原子力時代といわれる今日でもなお、ぼくたち同胞の英雄として読まれ慕われているという事実は、日本人の近代文明に対する劣等感、嫉妬、軽蔑、敵愾心等々から生れた遣り切れぬ奇蹟であろうか。そうした同胞のムチモオマイに乗じ更にそれを煽りたて、同胞をある一国の奴隷に売ろうとしている売弁政治家たちにジャアナリスト。

(日本敗れたり)このニュウス映画で未だ特攻機の出現に拍手を送るほど、自分たちの戦争で受けた傷に無意識な日本人は、それだけに第三次大戦で一儲けの悪逆な妄想を抱いたり、政府の一長官の神経衰弱による自殺から、国鉄の線路上に悪童が石を置くイタズラまで、全て共産党の暴力と宣伝されると、それを鵜のみにするほど理性がなかったり、踊る宗教、ヒロポン、アドルム、肉体文学、パンパン、男娼、エトセトラに、目かくしされた蠅が本能的触覚で一直線にウンコにとびつくみたいな必然さで熱中する。而しそうした遣切れぬほど無知で不潔で図々しいぼくたちの間にも、未来のある子供たちや真面目な勤労者、誠実な民主政治家が同時に沢山、生きている事実も無視することはできぬ。

処でぼくは自分が、時代に傷つけられ、遣切れぬほど無知で不潔で図々しい日本人たちのひとりとなってしまったと実感する故、生理的厭悪感でそうした事実にも眼をふさぎ、生命の尊厳さや愛する人たちへの責任感をしきりに忠告する自分の理性も無視し、一刻も早く、この人生に「さようなら」を告げたい。

「さようなら」神よ常に別れる汝の傍にあれでもなければ、また逢う日までなぞという甘美な願いも含まれていない虚無的な別離を意味する日本語。ぼくはそんな空々しく白々しい別れの言葉だけが生れ残ってきた処に、この上なく日本の歴史と社会の貧しい哀しさを思うのである。

ぼくは自分から、「さようなら」をいう前に、この三十七歳迄に向うから先に「さようなら」された多くの肉親や友人のことを想いだしてみよう。ぼくは大正二年、東京赤坂で生れたが、爾来（じらい）、既に胸の悪かった亡父が渋谷、三浦三崎、鎌倉材木座、姥ケ谷と転々、居を移したのに従い、十歳頃まで一個所に安住した思い出はない。それに現在では六尺二十貫の大男、アドルム中毒と種種の妄想症の他、別に病気はないが、幼年時は百日咳（ひゃくにちぜき）、ジフテリヤ、チブス、赤痢、おまけに狂犬にさえ噛まれた経験さえあるほど多災多病で、時々めまいがして卒倒したり、二六時中、生命の危険に直面させられていた。

だから死に対し普通の幼児はただ無関心のように感じられるが、ぼくの場合は白昼にでも死を想えばうなされるほどの恐怖や憎悪があった。そんなぼくに、最初に、「さようなら」した肉親は同居していた母方の祖母で、六十そこそこの病死だったと思うが、恐ろしく厭な記憶は自然に忘却できる人間心理の本能から、ぼくは祖母の死因も死顔もなに一つ覚えていない。祖母は享楽好きの土佐女として、五十過ぎても薄化粧したり三味線をひいたり、友人を集め、謡いにこったり花札を戦わせたりするのを好み、孫のぼくたちを煩さがるような女だったので、彼女の死は少しもぼくを淋しがらせなかった、ぼくは丁度、十歳だった。厳粛な顔の大人たちと共に、祖母の死床の枕頭(ちんとう)に坐(すわ)らせられ、見違えるほど小さく萎びた彼女の顔の上の白布が除かれ、父から始め、彼女の動かない紫色の唇に、ひとりひとりが水に濡らした新しい筆の穂先をおしつけるのを眺めていて、嘔気(はきけ)がするほど気持が悪く、急いでその場から遁(に)げだすと奥の子供部屋で、愛読していた講談本にとりついたのを覚えている。

続いて翌年、ぼくは例の大正十二年の震災に逢った。ぼくの家は半潰で済んだが、近所には全潰、赤ちゃんを抱いたまま、ぼくの友人の母親が圧死するなぞ、夥(おび)ただしい死者が出て、大揺れの済んだ後、長兄は近くの男たちとその死体発掘作業に従い、ぼくより健康で利発な三ッ上の姉なぞ、その模様を見物にでかけたりしていたが、ぼくは裏の広場に敷かれた戸板に腹這い、未だに現実の世界の鳴動するのを感じながらも、ひとりでまた博文館の長篇講談に読み耽っていた。弱虫のぼくは醜く、恐ろしい死者に対決する勇気がなく、講談本の英雄豪傑の世界に逃げこむことで、震災という現実の恐怖を忘れたかったのだ。それは現在「宮本武蔵」を愛読し、敗戦の苦痛やインフレの恐怖なぞ忘れようとしているある種の日本民衆の心理に共通したものがあるかも知れぬ。

だが未だに大地の揺れる最中に、「岩見重太郎」の千人斬りなぞ読んでいた少年のぼくは、その時、現実とロマンスの世界のあまりの開きに、というより生理的に一大ショックを受けた直後だったからだろうが、眩暈(めまい)をおこし、続いて酸っぱい胃液を口や鼻から一杯に嘔(は)いた。

二、三日して、父が故郷の土佐から孝行する積りで連れてきたばかりの、中風の老祖父が震災の衝撃の為か自然に死んだし、彼の看護人として故郷の村から連れてこられた十五歳のお栄ちゃんという娘まで、震災後流行したチブスに感染し、苦しみもがいて死んでいった。ぼくは一度、震災の前に、この垂死の老祖父を笑わせる積りで、手捕りしたヤンマ蜻蛉(とんぼ)を、彼のいかつい土色の鼻の頭にとまらせた処、全身不随のこの老農夫は冷たい瞳に怒りだけを示し、縺(もつ)れる舌で「ほたえな」（ふざけるなとの方言）とぼくを叱りつけ、蜻蛉は彼の鼻先にしたたか噛みついて逃げ去るし、少年のぼくは恐れと狂的に笑いたい欲望に引き裂かれる苦痛を感じた思い出があったので、その老祖父が、「さよなら」してくれたのに、むしろホッとした。無論、その死顔も忘れている。お栄ちゃんは長兄が付添い、避病院の一室で死に、その葬式は祖父と一緒に盛大に営なまれたが、ぼくは自分と同年輩のこの少女の死に、触れたくもない恐怖があり、彼女の記憶もきれいに抹殺されている。

二年経ち、中学一年の春、五十三歳の父が結核性腹膜炎で、あッという間に死んだ。癇癪持(かんしゃくもち)で酒乱の父に兄や姉は叱られた怖い思い出ばかり残っているようだが、末ッ子のぼくは父から嘗められるみたいに愛された記憶が強い。まだぼくが小学校に上ったばかりの頃、母が同郷の作家崩れの青年に脅迫され、一週間ほど家出した厭らしい出来事があった。この間の父の、ぼくへの愛情はいま思い出しても狂的爆発的だった。毎日、役所の帰りには実物大の子馬の玩具とか電気機関車のような高価な土産をぼくの望むまま買ってきてくれる。一度は、一生にたった一遍の出来事だったが、父はぼくを連れ、日本橋の三越にいったものだ。普通でさえ腸が弱く、それだけ食いしん坊のぼくが、甘え放題に暴飲暴食させて貰ったから堪(たま)らない。ぼくは漱石みたいに髭を生した怖い顔の父に肩車で乗っていて、したたか父に黄金の臭い雨を浴せかけた。父は怒らず、そんなぼくを便所に連れてゆき、お尻をきれいにしてくれたが、ぼくはその時、父の瞳が潤んでいたのを見逃がさず、流石になんとも遣切れぬ気持だった。

　その他にも生々しい動物的な愛情を浴せられた思い出のある父だったが、そんな父だけに彼の死、父のぼくに対する「さようなら」にはぼくは背中を向け、つとめて答えまいとしたものだ。父が病院で死に、翌日、霊柩車で遺骸が帰ってきた時、ぼくは父の死顔をみるのが恐ろしく、兄や姉の制止もきかず、ひとりで父の建てた茶室や東家(あずまや)の処々にある裏山に逃げ上っていた。山の頂きに父の回向(えこう)院から貰ってきた、安政元年設、釈清妙童女と記された七歳の幼女の無縁仏の石地蔵があり、毎夜かすかに泣き声が聞えるとのわが家の伝説の纏(まつ)わっている風雨にさらされた割に眼鼻立ちのハッキリした地蔵が立っていたが、ぼくはその頭を撫ぜ、泣こうと努力し少しも泣けなかった。悲哀よりも恐怖が強かったのだ。

中学の卒業直前、ぼくは井上という友人に突然「さようなら」された。井上は、後家になった母が、藤沢の町に小さい雑貨屋を営んでいたひとり息子で、内気な平凡な性質。五年になる迄は学業もスポオツもこれといって頭角をぬくものがなく、全て中等の出来だったのが、五年に進級して間もなく、数学に抜群の成績を示し、先生やぼくたちを驚嘆させた。ぼくの中学はスパルタ教育で天下に名高く、毎週土曜の午後、全校をあげ数マイルのマラソン競争をさせられる行事があり、そうした多人数との競争や、息の苦しい数マイルのマラソンは思っただけでも先に参ってしまうぼくは、大抵、落伍者や見学者の常連のひとりで、その時も、校内に立ち、ぼんやりみんなの走り帰るのを待っていると、いつもの優勝者、剣道二段で陸上競技部の主将をしている伊沢の代りに、小身痩軀の井上が予想を裏切り、学校の記録を破るスピイディな余裕綽々の走り方で先頭に立ち、帰ってきた。白いランニングの胸を張り、軽快に白足袋を走らせ、熱いものでも吹くような工夫された規則的な息使い。

ぼくは奇蹟でも眺めたように苦しいほど驚いたが、それから一ヵ月しない中に、二、三日、休んでいた井上が死んだと先生から聞かされ、一層、苦しい驚愕を感じた。井上が死の直前、そのように学業スポオツに頭角を現わしたのが、彼から突然、「さようなら」されてみるとひどく空しい詰らぬことのように思われたのである。

続いて大学時代、ぼくは川合という文学の友達から肺病で、「さようなら」され、池田という同じ非合法運動の友人には、ぼく達の恥かしい転向の際、剃刀で彼自ら右手首の動脈を切り温湯につけるという、暴力的方法で、「さようなら」された。順序からいえば池田のほうが先で学部一年の時だった。池田は良心的なコミニストだったが、ぼくのような大男で、同じように臆病な欠点があった。大男の為ひと一倍、他人の視線を感じキョトキョトするのが、ぼくたちの非合法運動——といっても週に一度、読書会をやり、その席上アカハタを配り金を集め、出席している党のひとにその金を渡す程度——を大袈裟に自覚していたので余計ひどくなっていたのだ。彼はただ新宿に映画をみに出た時、眼つきが怪しいとの理由で、街頭に張っていた特高に摑まった。ポケットに築地の切符の切端しが残っていたので、豚箱に入れられ、ワセダの下宿先を捜査されると、始末してなかったアカハタが一部出てきた。

その為、彼は淀橋、戸塚と二つの警察を二十九日間宛のタライ廻しを食い、毎日のように拷問されたが、自分のルウズさから友人に迷惑をかけまいと、歯を食いしばり、知らぬ存ぜぬで頑張り続け、義兄の弁護士の奔走で、約二ヵ月目に釈放されたが、その日すぐ学校に出てきて、ぼくたち仲間と、微笑と涙の握手、談笑を交していながら、その夜、下宿の一室で前述のようにして自殺したのだ。ぼくは相不変、死体をみるのが厭で苦しかったが、この時は他の友人たちの手前、わざと嫌いな蛇を摑んでみせるような気持で、彼の死体の置かれた部屋に駆けつけていった。池田はいちばん苦痛のない死に方を選び、大量の催眠剤を飲んだ上、金盥に温湯を入れ、そこに動脈を切った手首を入れたものらしい。全身の血がしぼりだされたように、血は金盥を越え畳一面に染みていた。その代り白蠟のように血の気のない彼の死顔は放心した如くのどかにみえた。だがぼくは彼の死魚のような瞳の奥に、死への焦燥と恐怖を認め、やはり死体へのどうにもならぬ嫌悪があった。その遺書は催眠剤が利いてきてからのものらしく、シドロモドロに乱れていてこんな意味のことが書いてあった。

(科学を信ずれば世界が平和な共産主義聯邦になる必然性があるのと同じ確かさで、いつか太陽も冷却し地球も亡び、人類も死に絶えると信ぜられる。結局、滅亡する運命の人類の為、ユウトピアを作ろうと犠牲になることは無意味である。即わち生きること自体が無意味と思われるから自分は死ぬ。)

ぼくは女のひとの愛情の楽しさ苦しさも知らずに、二十二歳の若さで死んだ池田をバカ野郎とも可相想とも思ったが、彼のつきつめた誠実さに、自分の放恣な生き方が邪魔されるのが厭で、彼の自殺もできるだけ忘れるように努力した。ぼくは池田や自分の政治的な理想にあっさり、「さようなら」を告げ、自分の生きる目的を文学の世界に見出そうとしたのだ。例えば夕方、子供たちが、「さようなら」と叫びあい、後をもみずに自分たちの家庭に帰り、そこで今迄の遊び仲間のことなど、夢にも思わず、晩御飯や兄弟喧嘩や漫画の本に熱中できる単純さで、ぼくはその時、政治や昔の同志に向い簡単に自我的な「さようなら」をいえたのである。

処で川合という胸を病んでいた新しい文学の友人は、はじめから近く自分の死ぬのを予感していた。彼はルバイヤットの詩人が、（ぼくたちは人形で、人形使いは自然。それは比喩でない現実だよ。この席で一くさり演技がすめば、ひとりずつ無の手箱に入れられるだけさ。）と歌ったような無常感に安住しながら自然を少女を文学を、彼岸のものとして美しく眺めていた。川合は既に自分を亡霊扱いにしていたので、ぼくたちも彼を別の世界のひとのように遠くからいたわって、つきあう他はなかった。川合はぼくたちに黙って、何度となく血をはき、死期が迫るとこっそり田舎に帰って死んでしまった。ぼくはそんな彼に最後まで「さようなら」を云えず、彼もぼくたちに、「さようなら」をいわず、永遠に別れることとなった。それ故、ぼくは十五年後の今でも、ふっと川合が生きていて、そのスラリとした長身に青白い童顔を微笑させ、ぼくの前に出てきて、

「死んでしまった癖に、生きている世界を散歩してみるのも愉しいもんだよ。空の蒼さ。木の葉の青さ。花の紅さ。ピチピチした少女。ただ急がしそうな中年の勤め人。みんな生きているのには意味があるんだ。生きているというだけで死者の眼からは全

て美しく見えるんだよ。」と率直な感想を語りそうな錯覚がする。

大学を出てやっと就職したかと思えば、昭和十二年、日本軍閥の中国に仕向ける侵略戦争はとめどがなくなり、ぼくも補充兵として召集を受け、半年足らず原隊で人殺しの教育を受けてから北支(ほくし)の前線に引張りだされた。その頃から日本人は肉親、友人、愛人とやたらに「さようなら」を云い合うようになったのだ。日本人の戦争道徳は、(生きて帰ると思うなよ。)である。出征の際、(また逢う日まで)を祈る別離の言葉なぞとんでもない。どうしても、(左様なる運命だからお別れします)の「さようなら」がいちばんふさわしい。その上、女のひとだと、「さようなら」に、「御免下さい。」をつけ加える。(そうした運命になったのをお許し下さい。)と強権に対し更に卑屈に詫びているのである。まるで奴隷の言葉と呆れるより他はない。

ぼくたちはそうした奴隷の言葉に送られた、奴隷の軍隊としての惨虐性を中国において遺憾なく発揮した。「グッドバイ」の意味する如く、神を傍らに持たず、中国語の、さようなら、「再見(ツァイチエン)」の意味する、愛する人たちとの再会の希望もない軍隊は、相手の人間をいたずらに傷つけ殺し軽蔑し憎悪することで、自分たちの高貴な人間性も不知不識(しらずしらず)に失なっていた。ぼくたちは、中国兵の捕虜に自分たちの墓穴を掘らせてから、面白半分、震える初年兵の刺突(しとつ)の目標とした。或いは雑役にこき使っていた中国の良民でさえ、退屈に苦しむと、理由なく、ゴボウ剣で頭をぶち割ったり、その骨張った尻をクソを洩らすまで、革バンドで紫色に叩きなぐった。

ぼくは山西省栄河県の雪に埋もれた城壁のもとに、素裸にされた鳥肌立った中年の中国人がひとり、自分の掘った経二尺、深さ三尺ほどの墓穴の前にしゃがみ、両手を合せ、「アイヤ、アイヤ。」とぼくたちを拝み廻っていた光景を思い出す。トッパと綽名の大阪の円タク助手出身の、万年一等兵が、岡田という良家の子で、大学出の初年兵にムリヤリ剣つき鉄砲を握らせ、「それッ突かんかい。一思いにグッとやるんじゃ。」と喚き散らし、大男の岡田が殺される相手の前で、同様に土気色になり眼をつぶり、ブルブル震えているのをみると、業をにやし、「えエッ。貸してみろ。ひとを殺すのはこうするんじゃ。」と剣つき鉄砲を奪いとり、細い血走った眼で、「クソッ。クソッ。」出ッ歯から唾をとばして叫び、ムリに立たせた中国人の腹に鈍い音を響かせ、その銃剣の先を五寸ほど、とびかかるようにして二、三度つきとおした、中国人は声なく自分の下腹部を押え、前の穴に転げ落ちる。ぼくは鳥肌立ち、眼頭が熱くなり、嘔気がする。（さようなら。見知らぬ中国人よ、永久にさようなら。）

ぼくたちは共産八路軍と交戦し、勇敢な十四、五の少年の中国兵を捕えたことがある。精悍な風貌をした紅顔の美少年。交戦中の捕虜は荷厄介として全て殺してしまうぼくたちも、彼の若い美しさを惜しみ、荷物を持たせる雑役に使うことにした。しかし彼は飽迄も日本軍への敵意を棄てず、ぼくたちが黄河畔の絶壁の上を喘ぐように行軍していた際、突然、荷を棄てると、その絶壁から投身自殺した。数千年の風雨に刻まれた高さ三千丈もある大地壁。顔を覗かせただけでも、下から吹きあげる冷たい烈風、底に無表情に横たわる水のない沼土までの遠さなぞに竦み上がる崖上から、十四、五の少年中国兵が鳥のような叫声をあげ、鳥のように舞い降りたのだ。幅僅か二間あまりの癖に眼くらむほど深い地隙には、絶えず底から烈風の湧く強い空気の抵抗があったから、少年の肉体は風に吹かれる落葉のように揺れながら落ち黒い点となり、眼下の褐色の沼土に吸いこまれていった。ぼくは彼のそうした死に方に、人間に飼われるのを拒否して自殺する若鷹に似た壮烈さを感じ、その黒い一点となった少年の後姿に心の中で、ただ、「さようなら」を叫んだ。（そうなる運命なのだ。少年よ、仕方がない。では左様なら、御免なさい。）

その前後、ぼくはこうした許しを含んだ、「さようなら」との別離の言葉を多くの中国人や自分の戦友たちにさえ告げた。ぼくは幾度か一線で対峙した中国兵に、上官の気を損ねまいと、正確な射撃を送り、四人まで殺し、十人ばかりの人々を傷つけたが、その戦闘後、自分の殺した生温かい中国の青年の死体の顔を、自分の軍靴で不思議そうに蹴起しながら、いつも、「さようなら」とだけは心中に呟くことができた。（ぼくの手がその青年を殺したのではなく、戦争という運命が、その青年を打ち倒した）との諦観からである。例えば惜別の言葉として、「オォルボァル。」とか、「ボンボワィアジュ。」といえるフランス人たちは、戦争を天災に似た不可避の運命と信ぜず、ナチ占領下も不屈の抵抗運動を続けられたのだが、愛する人々との別れにも、「さようなら」としかいえぬ哀れな日本民族は、軍閥の独裁革命に対し、なんの抵抗もなし得なかった。

本来ならそうした抗戦運動の指導者になる筈の知識人たちが、日本の場合は隠遁的ポオズだったり反って軍閥の走狗となった例が圧倒的に多い。その為、ぼくたち日本の知識階級の未成年はお先真暗な虚無と絶望と諦めにおとし入れられていた。彼らの中にも狂信的な愛国主義者になり切ったものがいたが、そんな青年たちでさえ、助かる程度の戦傷を受けた際は勇ましく、「天皇陛下万歳」を叫び、瀕死の重傷の場合は弱々しく、「お母さん。さようなら。」とだけ呟くのを眺め、ぼくには奇妙な笑いと怒りを同時に感ずる苦しさがあった。

前述の岡田という初年兵。彼の父は京都の美術商で、ニウヨオクにも支店があり、彼は独りだけの男の子として愛せられ、父に連れられアメリカに遊びにいった思い出もあり、京大のラグビイ選手として抜群の体力や明晰な頭脳にも恵まれていたのが、前線の惨忍な厳しい雰囲気になじめず、見ている間に痩せおとろえ精神まで異様に衰弱していった。ぼくは終始、自分の後輩のような親愛感で行軍の時も岡田と並んで歩き、学生時代の楽しい追憶を、ヤキモチ焼きの髭ッ面の分隊長から「煩さいぞッ。」

と怒鳴られるほど声高に語り止めなかったのが、段々、人を殺したり殺されたりの血(ち)醒(なま)ぐさい禁欲耐乏の日々が続く中、岡田がぼくに返事さえ云い渋るほど無口になってゆくのに気づいた。

そんな岡田はある朝、前の野営地に自分の飯盒(はんごう)をおき忘れ、分隊長に両ビンタを食い、その昼、みんなの食事をぼんやり眺めさせられるような刑罰を受けた。翌朝、岡田はまた防毒面に雑嚢(ざつのう)をなくしているのを分隊長に発見され、銃床で思いっきり尻ぺたをこづかれ、六尺豊かの大男が鼠のようにキュウキュウ泣いていた。二十貫近くの肉体が見る間に骨と皮だけになり、張切っていた特号の軍服もダブダブボロボロ、紅顔豊頬、みずみずしかった切長の黒瞳も、毛を毟られたシャモみたいな肌になり顴骨(かんこつ)がとびだし、乾いた瞳に絶えず脅えた表情がよみとられた。ぼくは自分自身でさえ昼夜を分たぬ戦闘行軍に、食欲と睡眠の快楽にだけ支えられ、やっと生きている時だったから、そのような岡田の急激な衰弱振りに同情するよりも、動物的な優越感や軽蔑、憎悪の本能感情が強かった。次の朝、更に岡田は故意でもあるかのように鉄兜と巻脚絆(まききゃはん)をどこかに棄てていた。

髭ッ面の分隊長は、「気合を入れてやる。」とそんな瞳の吊上った岡田を素裸にし、古参上等兵とふたりで、掌や足の甲、両肩、下ッ腹を紫色に腫れ上るほど革バンドで叩き撲ってから、近くの冷たい泥沼に追いこんだ。今は歯だけが馬みたいに大きく白い岡田が、紫色の歯茎をむきだし、全身を震わせ、それでも金玉だけ大切そうに両手で押え「御免なさい。許して下さい。」と喚きながら厭々、水に両肩を沈めるのを、ぼくたち兵隊は弱者への憎悪から反って面白がって見物していたのだ。岡田はその日の行軍の途中、いつの間にか帯革ごと剣や弾盒(だんごう)も棄て、兵隊の魂、陛下の銃と事毎に強調される小銃さえなくしていた。そんな岡田が分隊の最後尾をよろめき、辛うじて歩いている様子は、兵隊というより完全な乞食みたいに見え、更に狐憑じみたその顔の表情は誰がみても狂人、被害妄想的抑圧症患者としか思えなかった。岡田は片端から兵器を棄てることで全身で戦争を拒絶したのであろう。理由なく放火殺人傷害強姦を行なう戦争こそ、常人の神経に堪えられぬ狂的行動であり、それを拒絶した岡田に惨忍なリンチを加える分隊長たち、更にそれを面白がっていたぼくたちの中(うち)、誰が真の狂気であろうか。ぼくは戦争という狂気に堪えられなかった岡田の神経に、今ではむしろ健康なものを感じるのだ。

処で自分の功績だけを気にする分隊長は、岡田が剣も銃も棄て、乞食みたいな恰好でヒョロヒョロ歩いているのをみると、そんな兵隊を上官にみられたら、叱りつけられた上、点数も薄くなると、カッと上気した様子で、忽ち走り戻り、銃を逆手に持ち直し、「このド阿呆が。くたばれッ。」と岡田の左耳から頬にかけ、力一杯(でいねい)、横なぐりした。岡田は口と鼻を血だらけにし、キリキリ舞いで、道路の真中の泥濘に大の字に倒れた。「お母さん、さようなら。」岡田は虫の鳴くようにそう呟き、そのままピクとも動かなくなる。赤紫に腫脹した左耳に毒々しい銀蠅が群がってたかりだした。ぼくたちはそのまま岡田の死体を見棄て、行軍を続ける。その時、ぼくたちは後衛中隊の最後尾の分隊だったから、岡田の屍体は中国人たちが埋めてくれぬ限り、道端で腐り野犬や鴉、蛆などに食われていったことであろう。ぼくは暫く行ってから振返り、岡田の屍体が仰向けに倒れているのを確かめ、心の中で岡田の霊にあっさり、「さようなら」をいった。

約二ヵ年の野戦生活の間に、ぼくはこのように非情な「さようなら」を幾多の戦友たちに告げてきたものだが帰還して、軍需工場に勤め、太平洋戦争となり、それが日本の敗色濃く、しきりに東京空襲が行なわれるようになると、ぼくは銃後にいても多くの周囲の同胞に、このように非情な、「さようなら」を告げる機会が多くなった。その人たちの中には例えば、自分の工場の女子寮が爆弾の直撃を受け、三浦三崎から勤労動員で来たばかりの三十人もの無垢な娘たちが、同期に入社したぼくの友人の童貞の舎監と共に即死したようなむごたらしい思い出もある。而しこうした際にも、止むを得ぬ運命主義者になっていたぼくは、(それを彼らの宿命とのみ感じ)、極めてあっさり、「さようなら」とだけ云ってきたものだ。当時のぼくたちは、毎日のように若者を眺め、更に前線の友人たちの玉砕をきかされていたので、自分たちにも明日知れぬ生命との実感があり、その場合ぼくは所有した時から既にその存在を重荷とし、いたずらに苦労ばかりさせてきた自分の妻子の、ぼくを失った後の運命を思うのがいちばんの苦痛だった。だがぼくは、(妻子には彼ら夫々の、自分と違った運命がある。その運命に任せておこう)と単純に信じ、自分は工場の一社員寮の舎監となり、妻子を伊豆の田舎に疎開させた際、やはり彼らにも心中であっさり、「さようなら」を告げておいたのである。

その時のぼくの運命主義、一度、妻子に告げた、「さようなら」の別離感が、敗戦後すでに四年経った現在のぼくの心中に未だ尾を曳いていて、最近、ぼくは自分の家庭を解体させるような愚行を演じた際にも、それがある程度、ぼくの心理を左右したものである。誇張していえば、あの戦争でぼくは余りにも度々、親しい人たちに冷たい「さようなら」をしてしまったので別離の悲哀に無感覚になったばかりか、緊張病の狂人が自分の糞尿を愛惜するような倒錯心理に似て自分にいちばん苦痛を与える別離の悲しさを、苦しい故に反って愛するようになったともいえるのだ。

これ迄、ぼくは肉親や男の友人たちとの、「さようなら」ばかり述べてきたが、ここで尤も遣切れぬ異性たちと、「さようなら」を告げてきた苦しい思い出を語ることにしよう。小説の本質が恋愛の叙事詩にあるとの定説をぼくは疑えない。幼時から多病で現実の世界に臆病だったぼくは、生きる楽しさを読書とその空想によってのみ知り、英雄豪傑忍術使の講談本に倦きた頃、所謂円本流行時代が始まったので、明治以降の日本近代小説や世界の古典名作とされるものにも親しみ、いつの間にか、生きることは恋すること。男は永遠の女性によってのみ救われる。一生に一度、真剣に愛し愛される恋人を得たいと秘かに烈しい望みを抱くようになった。

けれども敗戦前まで、ぼくは始めには政治意識が強すぎ、政治から脱落後は自意識が烈しすぎて本当に心と肉体の一致するような恋の経験を持てなかった。ぼくは昭和十一年、二十四歳で早まった結婚をする前後、恋人とも呼べる三人の女性を友達に持っていた。ひとりは会社のタイピストだったが、彼女は誇りの高い有閑令嬢で、専門学校を出ている自分の学識をひけらかし、背高い文学青年のぼくが好きで堪らぬ癖に、なんとかぼくのほうから求愛させようと、小鼻をヒリヒリさせ、種々そうした機会を作るのが、ぼくには小癪に障ってならず、彼女の誇りを傷つける快感の為にも、彼女を棄て、小学校出の無知な下宿屋の娘だった平凡な女を妻に選んでしまった。ぼくの結婚後、この小柄なタイピストは自棄になったようで二、三の大学生に肉体を許したのち、ふいと満洲国の騎兵大尉とかに嫁ぐ為、会社を止め大陸に渡っていったが、ぼくは彼女のエゴイズムに満ちた小鼻を張り、眼を光らせた表情に男性本能としての嫌悪まで感じていたので、（男友達の場合はお互いの自我を意識してぶつけまいとするのでそんな嫌悪はないが）そうした彼女との「さようなら」には反って解放感が伴っていた。

　もうひとりの女友達は酒場の女給で、今でも高名な画家の夫が同じく有名な女流画家と恋し合った為、棄てられた妻であり、背髄カリエスの七つの弱い男の子を抱え、その酒場の二階に寝泊まりしている惨めさだったが、ぼくはそのひとを妻にした娘より遥かに好きだった。小猫みたいにイタズラっぽく精力的な顔は一面の雀斑で、化粧も棒紅が唇の外にはみだすほどグィとひく乱暴さだったが、外見ひ弱そうな肉体が裸になると撓やかで逞ましいのも好きだったし、常に濡れているような睫の長い黒瞳に情熱が溢れているのにも惹かれていた。それに一度、共産主義を棄てた自分を罪人のように恥かしがっていたぼくは、そのひとが棄てられた妻という傷を持っていて、その傷を正直に痛そうに見せ、ぼくに撫ぜて貰いたがっている風情にも、哀しく懐かしい共感が持てた。そのひとは娼婦と母性の本能を合せ持っているという点で、ぼくには憧がれの女性のように思われたのだ。ぼくはそのひととピクニックに出かける電車の席で無雑作に足を組んだら、靴下を穿いていないのがバレ、前のタイピストならそれに顔をしかめ、妻にした娘なら見て見ないふりをするのに決まっているのが、そのひとは、忽まち無邪気に大笑いし、次の停車場でぼくの手を引張るようにして降り、近くの洋品店で、濃紺のソックスを買い、その場で子供にするようにして穿かせてくれた思い出も、イヤになるほど懐かしい。

ぼくはそのひとが娼婦じみた悪趣味の厚化粧をして、大きな花束を買い、バスの衆人環視の中で、その花束に顔をつっこみ、「まあ好い匂い」と童女のような泣き声をあげたのも忘れられぬ。ぼくは当時、女性の生理のどうにもならぬ不潔さにそろそろ気づいていたので、そのひとがひたむきに花を愛する心理のあやも直感的に分る気がし、美しく思われるまで哀しかった。更にそのひとと晴れた日、白いアカシアの花々が河岸に匂う青い川の上に、白いボオトを浮べ、ぼくが力漕して汗になったので、何気なく上半身、裸体になったら、差向いのそのひとがパッと顔に紅を散らし、身悶えして、「厭よ、恥かしいわ、早く襯衣(シャツ)を着て頂戴。」と乱暴に、ぼくの裸の胸をつきまくったのも忘れられぬ。

処で当時の、否、現在でも、ぼくは幼児に対するとできるだけ彼を傷つけまいとし、偽善的にさえなる。要するにぼくは人類の未来に漠然とした信仰を持っているので、幼児をぼくの汚れた手で傷つけてしまうのが恐ろしい。幼児はぼくにとりタブウみたいな存在に思われるのだ。その時もぼくはそのひとを妻としたいほど好きだったが、そのひとに背髄カリエスの七つの男の子があるのが、そんなぼくの愛情を躊躇させた。その間に、前の夫がそのひとの勤め先を探しだし母子で帰って欲しいと手を差出しているると、ぼくはそのひとから相談され子供の為にはどうしても本当の父親が必要だと思い、愛情の最高表現は片想い、自己犠牲によると反射的に考え、気の進まぬらしいそのひとに、ぼくは口を酸っぱくして、（子供の為に我慢しなさい。貞婦は二夫に見(まみ)えず。）なぞ古臭い封建的道徳まで説き、ムリヤリ、そのひとと子供を前の夫のもとに返してしまった。

　そのひとに喫茶店の一隅で、「さようなら」をいうのにぼくはたいへんな勇気を必要とした。ぼくは最後まで云うまいと思っていた「実はあなたさえ好ければ、お子さんがあっても結婚したかった。」という内心の秘密をうろたえて告白し、そのひとに手放しで泣かれ、「なぜ、それをもっと早く云ってくれなかったの。」と身悶えされればぼくは尚更「さようなら」が云い憎くなった。而し結局、自分を犠牲にすればそのひとたちの家庭が幸福になると確信できた、二十四歳のぼくの単純な虚栄、或いは偽善的な人間信頼から、ぼくはそのひとに近くの駅頭で、「さようなら」をいった。そのひとは別離の悲しさに興奮し、汽車の切符をとんでもない処にしまって忘れたり、トランクの蓋(ふた)を何度も開けたりしめたりして、中の品物をこぼしたりした揚句、汽車がついたので泣き顔で何度もぼくのほうを振返りながら、子供の手をひき、プラットフォームを走っていった。そのひとが子猫の憂い顔で最後にぼくに云った言葉は、やはり、「では御免なさいね。さようなら。」なのだ。

　それから三月も経たぬ中に、ぼくはそのひとのいた酒場に飲みにゆき、そのひとの旧朋輩の女給から、（そのひとが子供と帰っても、夫の画家は依然として前の女流画は男の子は背髄カリエスの男の子は家と親密にしていて、家庭は地獄みたいだったこと。その為背髄カリエスの男の子は帰宅して一月ほどした或る朝、縁側から庭石に落ちて死んだこと。そうしたショックからそのひとも、奔馬性肺結核とかで十日足らずの入院中に死んだ。）ときかされ、呆然としてもう一度そのひとに心の中で、「さようなら」をいった。そのひとは最後に、「御免なさい。」とぼくに謝まる言葉を習慣として無意識に残したが、本当に謝まる必要があったのは男性としてのエゴイズム、単純な虚栄なぞから、そのひとが好きだった癖に、自分の腕に止めようとしなかったぼくのほうだと実感したのである。

当時のぼくは未だにコミニズムの理想を信じながらも、文学的にはドストエフスキイ、シェストフが流行し、社会的に軍部独裁戦争激化の時代相に、自分の生の行動哲学として、ヒュウマニズムと日本の封建倫理や浅薄なニヒリズムがゴタ混ぜに身についている奇怪さだった。ぼくは戦死する前に女性の愛情を知りたく、恋愛、結婚にアセる気持でいながら、一方では平気で戦争未亡人を残そうとする自分の我儘な気持を軽蔑していた。ぼくは有閑令嬢のタイピストの女性的な我の強さを嫌った癖に、自分の好きなひとをただ不幸に死なせた自分の男性としての我の強さには平然として堪えられたのだ。胸の底には永遠の女性に憧がれる懸命な祈りまであったのが、気持の表面では、なにどんな女も似たり寄ったりで、結婚はくじびきみたいなもの、どうせ空しく亡びる自分の青春なら、いちばん貧しい娘に与えてやれと気短かに考え、当時、下宿していた平凡な娘と野合のようにして一緒になってしまった。

その娘は幼くして父を失い親類の家に転々として育てられ、とに角、小学校を出ると素人下宿の母のもとに帰り、家事を手伝いながら一銀行の女給仕となり、それ迄に勤続約十年、事務員に昇格し算盤の名手として銀行内に名高い、というような前半生から、ぼくは彼女が苦労しぬいてきた娘として、ぼくに献身的に優しく、ぼくの知識才能も盲目的に敬愛してくれるだろうなぞ、都合の好いことばかり夢想し、両方の肉親の反対も押切り、形だけでも正しい神前結婚をしたのだが、一緒になって一月も経たぬ中、ぼくは自分のおめでたい空想が全て裏切られたのを知った。

貧しくしいたげられてきた娘が、高等教育を受けた、未来のある青年に愛され正式な結婚をしたことに、救われた如き感謝があり、献身的盲目的にその青年を愛するというのは、やはり通俗小説の嘘で、現実的には貧しく無知な女はそれだけ世の中から傷つけられ、歪みっぽく疑い易い野良猫じみた性質になっていて、ぼくはそんな妻の復讐心に自分の才能を無心に誇っては嚙みつかれ、不用意に彼女を救ったと仄めかしただけでも爪をたてられ、一日として彼女を妻にしたことに悔いのなかった生活はなかった。そこに戦争、出征が続いたので殺伐な軍隊の雰囲気から、ぼくのほうにそんな妻でも稀に逢ったり、慰問品を送られると天使のように優しい錯覚があり、妻のほうにも、出征軍人の妻との無知な悲しみと誇りがあり、ふたりの家庭の破綻が一時、防がれたばかりか、出征や疎開の前後に子供たちが四人まで生まれる結果となったが、さて敗戦になり平和な日を迎えると、十年前にならば恐らくふたりだけの別離で済んだ家庭の悲劇が、戦いの嵐に目かくしされ、十年いきのばされてきたお蔭で、四人の子供たちという堪えがたい犠牲者を伴なう大破局に発展してしまった。

敗戦と同時にぼくは会社を馘になったが、宿望の文学生活にだけうちこめると気負いたった気持だったのに、苦労しぬいてきた女として妻は貧乏と冒険を憎悪し、ぼくのペン一本の生活力を危ぶみしきりに再び就職を勧め、ぼくの気持に水を差した。そんな時、ぼくは戦争時代に自分の救いとして信じていた（自分と妻子の宿命は別々）との運命観がよみがえり、親しい人々から無感覚になるほど多くの「さようなら」された追憶から、ぼくは滑稽にも、あの西行法師みたいな戦乱の世の強い無常観に支えられ、子供を縁から蹴落し、出家遁世してこの世を漂泊したい望みに憑かれるのだったが、それは半年ほど経ち、ぼくが共産党に入りN市の地区委員会事務所の常任を引受け、妻子と別々の独身生活をすることで、その望みの一端が果される事となった。

そして約一年。ぼくは自分の妻子や同胞、人間に対する愛情が、愛情の血に汚されてきた為か、ともすれば不信から憎悪に変ずるのをどうしようもなく、再び裏切り者、罪人の意識のほうが快よい倒錯心理で、党から離れ、暫く落着き場所のないまま、妻子のもとに返っていた。だがぼくは、戦争中、この妻子たちに、「さようなら」を告げた記憶が生々しいし、妻に永遠の女性をみることに絶望してたので、機会さえあれば、妻子とは別に自分の運命を開拓し、孤独な幸福を摑みたい思いに駆られている。丁度その頃、ぼくは上京して或る夜、リエという不幸な女と親密になった。

リエは戦争未亡人の一人だが、姑、小姑の意地悪い婚家から、主人戦死の公報のくる前にとびだしたので、実家からも義絶された状態になり、焼け跡の防空壕に女ひとり暮しのパンパンだったのが、純情な旧敵国の一青年に、彼女の愛情のひたむきなのを愛され、四畳半に六畳、台所に湯殿までついたバラックを建てて貰い、そこで約一年、幸福な愛の巣を営んでいたのが、近くの日本人のヤキモチからその筋に密告され、リエと相愛の青年は強制的に本国に帰され、リエはダンサアや女給で生活しながら、再び次第にその心や身体を汚している時だった。

ぼくはそんなリエに初恋のひとともに云える、例の高名な画家の夫に棄てられた女の面影を偲んだ。リエも母性愛に娼婦の愛情を合せて持っているぼくの好きなタイプの女だった。リエも自分の男や時代に傷つけられた傷痕を隠さずにみせ、それをぼくに愛撫されたいと願う。それはぼくの男としての自尊心を満足させるのと同時にぼくの罪人意識のいたわりにもなるのだった。リエはそのひとと違い、化粧や愛情の表現のカン処を知った巧みな女だったが、小柄でエネルギッシュな肉体や、成熟した女の生理に童女の信頼を兼ねている処が、そのひとに似ていた。更にそのひとに対しては、夫や子供があるのと、ぼくの若い潔癖さから、肉体の快楽を慎んでいたが、リエの場合は、中年男の肉欲に対する強い信仰があり、それから結ばれてゆき、お互いが自分たちの肉体の適応性に飽満した上で、心も結ばれていったので、ぼくはその汚された女のリエに、生れてはじめて、心と身肉の一致した恋をしたと思う。

妻子と違い、いつ「さようなら」するか分らぬ女と思うと、ぼくは余計にリエに惹かれ、子供たち四人の未来を案じ、二六時中クラクラする不安を感じながらも、その不安の強い割合いでリエを抱擁する快感が強く、ぼくはズルズルベッタリに足かけ三年、妻子のもとには生活費を送るだけで、リエと同棲してしまった。リエのぼくに対する爆発的献身的な愛情の裏側には汚された女としての彼女の病的に強い自己愛が潜んでいるのもみせつけられて遣切れない気持にもなる。社会の批判、子供たちの未来、リエや妻の幸福を考え、できるだけ早くリエに、「さようなら」しようと思えば思うほど、ぼくはリエの肉体が不慣で彼女に緊縛される。眠られぬ夜の苦しさが続き、ぼくはやがてアドルムという強力催眠剤の中毒患者にもなる。

やがて、ぼくの目上の肉親たちが集まり、妻子、リエも入っての親族会議。リエとの別れを強制され、妻子も東京に出てくる。ぼくは理性的にそれを承知したが、感性的には汚された女としてぼくの肉親たちにさえ軽蔑され、ぼくと別れると世界中でひとりぼっちになる、リエの不幸な孤独にあっさり、「さようなら」をいう気にならぬ。

「また逢う日まで」との惜別の言葉がこの動乱の日本で許されるなら――。だがぼくと別れ、女ひとりになったリエが、この世の阿鼻叫喚に忽まちまきこまれ、影も姿も消えうせる恐ろしさにぼくは堪えられぬ。別離と忘却はぼくたち人間に共通した宿命なのだが、それだけにぼくは戦争中のあっさりした、数々の「さようなら」が厭で、どこ迄も、「さようなら」をいわずリエと別れなかった。よそ眼には頽廃不潔にみえようとも、ぼくにはそんなリエとの別離の予感に、生命を燃焼させるほどの愛欲生活がギリシャの牧童の恋物語を想わせるほど美しくひたむきなものと思われた。ぼくはリエと死ぬ迄、一緒にいたかった。だが、それでいて、ぼくは自分の不幸な四人の子供たちに、とっても「さようなら」をいえる勇気もない。

二つの愛するものの間で引裂かれる苦痛。アドルム中毒。リエも子供たちもふり棄てる為の放浪。ぼくはこの為、気狂い病院にさえ入った。リエの生命を自分のものとしたい不逞なメチャクチャな願いから、アドルムと酒に酔い、一日、兇器をとりリエの下腹さえ刺した。リエの目にみえぬ心の傷や身体の汚れさえ、できれば拭いさりたいといたわり大切にしてきたぼくが、どうして現実にリエの玉の肌を傷つける愚行を演じたものか。神聖冒瀆の近代人の病的な倒錯心理かもしれぬ。春婦の肉体を神聖と思いこんだのも既に倒錯心理とすれば、二重、三重のぼくの偏執や倒錯。

この為、ぼくも警察に約二週間、精神病院に約二ヵ月ほど入れられる。リエはその間、外科病院に入院し、辛うじて生命を取りとめた。ぼくは兇行時の意識喪失状態に刑法の責任なしと認められ、不起訴になり、リエより約一月早く、精神病院から出られた。その間、ぼくの家庭は完全に解体。妻は派出婦。長男はぼくの姉のもとに、次男と長女はぼくの長兄の家に、三男は妻の姉夫婦に預けられるといった惨憺さ。

処でぼくはそうした妻子に、まだ「さようなら」もいえなければ、自分で傷つけ生活能力を奪ったリエに尚更と「さようなら」もいえない、反ってそれほど愛し憎んだリエに、一生、連れそう義務を感ずる。それで妻と別れ、リエと結婚し、次男と長女をひきとる具体的計画もたて、既に自分の移動証明をリエのもとに移し、まず七つの長女をリエとの同棲生活に連れてきた。ぼくはそこで、妻と他のふたりの子に、あっさり冷たく「さようなら」をいう積りだった。そしてリエとは義務として死ぬまで一緒にいる積り、「さようなら」をいつ迄もいうまいとする。

すると奇怪なことに、ぼくは始めて妻が自分の為に、その女の一生を台なしにしたと悔まれ、自分の手もとから放すふたりの子供が哀れになり、小鼻を膨らましたリエが七ツの長女に平気で「お母さん」と呼ばせている無神経さ、ぼくに傷つけられた下腹部からその肉体がまだ恢復せぬのをみせつける如くノロノロ動き、細い首筋をつきだし、ゆっくりその平板な顔を廻してみせる動作、一生、彼女の面倒をみる道徳的責任があるとその毎に、ぼくに迫る彼女の自己愛、そうした一切のものに堪えられなくなったのだ。詰り、ぼくはリエにいつか「さようなら」せねばならぬとの実感があった頃は、どうしてもリエに、「さようなら」できなかったのが、反って彼女と、「さようなら」できぬ道徳的義務感みたいなものを自覚するようになると、急いで彼女から、「さようなら」したくなったのだ。

それでぼくはいま、七つの長女と共に、リエのもとから、「さようなら」してすでに半月ばかりになる。昔、リエと別れる道徳的義務感に追われ放浪していた時は、せめてもう一度、リエに逢いたい願いに身をやかれる思いだったのが、いまリエを見棄ててはならぬとの義務感に追われ、七つの長女と転々放浪している際は、極めて冷たくあっさり、リエに「さようなら」と告げたい。かつて肉親、友人、戦友、中国人たちの惨めな死体に急いで眼をそむけ、決して神の救い、再会の願いなぞ欲せぬ冷淡な「さようなら」をいってきたように、いまのぼくは、リエにも、「さようなら」とだけ云い、二度と逢いたくない。かつて親しい人たちの死体をできるだけ早く忘れようと努力し、それに成功した如く、現在のぼくはリエの思い出も忘れてしまいたい。だが彼女に、「さようなら」するのは、肉親友人たちとの場合より、呆れるほど苦しく、長い努力を必要とすることだった。

「さようなら。（左様ならなくてはならぬ運命である故、お別れします）」との哀しい日本語。こうしてぼくは三十七歳の今日まで、幾度か何人かの親しい人たちに、「さようなら」してたのが、そろそろ、ぼく自身、この世に、「さようなら」する順番となったようだ。その方法は必ずしも自殺、出家遁世の形を採らなくてもよい、否、意識的に「さようなら」しなくても、いまのぼくは嘗て(かつ)の川合がそうだったように、生きながら死んでいるみたいな実感がある。西行、宗祇(そうぎ)、芭蕉、というより、むしろ彼らの小亜流たちが無常の強さ哀しさ孤独さに支えられ、生きた屍として一生を漂泊した、それが全て全国行脚とか草庵生活ばかりでなく、外見まじめな勤番侍とか逆に、旗本の次男坊の無頼な生活の中にも見出されるのを思う。例えば勝海州の父、夢酔軒勝太郎左エ門小吉の回想録の美しさも死者の眼で生の世界を眺めている哀しさがあるからだ。

思えばぼくはいつの間にか死んでいる。多病で現実生活の恐怖を避け、ロマンの世界に逃げた幼時からだろうか。それとも、科学、人類の未来、最大多数の幸福を信じた共産主義の運動から再三、脱落した恥かしさからだろうか。戦争を止めさせる努力をなに一つしなかったばかりか、中国の侵略にかりだされ、進んで快感にかられ中国兵を殺し、良民をいじめ、戦友たちを見殺しにしてきた当時にであろうか。肉親たちとの別離さえ厭がり認めようとせず、亡父にさえ未だ「さようなら」を告げていないほど厳粛な死の世界を無視してきた為、ぼくは反対に生者の権利も知らぬものだろうか。或いは自己愛の強烈なばかりに妻子も愛人も惜別の予感がなくては愛し続けられぬぼくのエゴイズムによるものだろうか。

とに角、ぼくの精神の中でいつの間にか、なにか崩れ毀れている。生者に必須な平衡とか統一の観念が失なわれている。ぼくは改めてこの世に、「さようなら」をいう積りだったのに、云い出そうとして既に、自分が知らぬ間に、最早、「さようなら」を告げているのに気づいたのだ。なんという苦しさ、或いはバカバカしさだろうか。

「さようなら」（そうなるべき運命でした。）

イヤダ。せめて、（また逢う日まで）との祈りの含まれた日本語が別離の言葉になって欲しい。日本でも方言としては、「またごんせ」とか大切にとかいった意味の別れの言葉が多いようだ。しかし代表的な別離をいう日本語が、「さようなら」だけに限られていることは、日本の死者のひとりとして遣切れぬ思いで抗議したい。「さようなら」と白々しく片づけられては浮ばれぬ。

どんな死者でも自分の愛する人たちにいつか逢えないかと、ひそかな願いをもち、墓の一隅に眠っている筈だ。マレエ語では別離の挨拶に、出てゆくひとが、「スラマトテンガル」（この地にとまることに幸福あれ）といい、送るひとは、「スラマトヂヤラン」（旅ゆくひとに幸福あれ）との言葉を送るとかきいた。日本でも万葉時代には

こうした素朴な別離の言葉があったのだろう。

（幸（さき）くありませ）との一句を相聞（そうもん）、羇旅（きりょ）の歌の処々にみうけた気がするし、「われは

妹想う、別れきぬれば」の感懐に、ぼくは単純率直な惜別の哀愁を感ずる。

それに比べ、「さようなら」は冷たすぎる。別離の日本語としてこれを廃止し、新しい言葉を発明しよう。ぼくはそんな目的で、この小説を書きだしたのではない。「さようなら」という日本語の発生し育ち残ってきた処に、日本の民衆の暗い歴史と社会がある。まだ、当分「さようなら」の一語は日本人に使われ続けるだろう。それだけの内的必然がある。その遣切れぬ哀しさに、ぼくは自分の親しい人たちに「さようなら」してきた追憶を絡ませて、みたかったのだ。ぼく自身が矛盾、前後撞着、相反感情をバラバラに抱き得る、例の生者には不可解な分裂症患者に似た者のひとりの実感は自明の理。殊更、特筆大書する必要はなかったのである。

他の精神病は全て、常人の異常さを量的に多く持っているだけだが、分裂症は質的に違い、普通人に理解もできぬので、この患者を一病理学者は、「すでに生きた屍」と批評している。分裂症は始め、世の中や他人に無関心になり、自分だけを愛する。それも自分の性器を愛し、次に自分の不潔な排泄物を熱愛する。糞尿も外に棄てぬようにし、一度だしたものは宝物みたいに包んで大切に保存する。唾でさえ口中に腐り悪臭が発しても吐きだすまいとする。こうしたフロイドのいう黄金崇拝を伴なう小児、動物的生存状態に続いて、植物的生活がやってくる。樹木の枝がひとに曲げられると、そのまま曲がりっぱなしになる如く、この患者も、ひとから腕を曲げられると決して自分で伸ばそうとしない。この病気は現在でも病源が判らず不治とされている。患者は一進一退の後、こうして植物の如く生きながら次第に、頭の先から立ち枯れてゆくのだ。

　ぼくは自分の死者との実感から、この病者に惹きつけられる愛情と反撥(はんぱつ)する憎悪を同時に感ずる。彼らこそ、その病気に自然に移行しながら、いつの間にか人生に、「さようなら」していて、病人となってからは、いつ死んでも同じなのだ。彼らは気狂い病院の一室で誰の邪魔もせず邪魔にもされず、呼吸し食事し眠って起き、その中(うち)ひとに知られずふいと死ぬ。ぼくはそんな彼らを堪らぬと嫌いながらも、既に死んでいる点に共感し憧がれてもいるのだ。彼らでさえ、現実にはっきり、「さようなら」をいうのを拒否しているのが小気味よくもあるのだ。自分では不合理、非論理と思うが、ぼくは自分を死者と信じながらも、実は未だ生の世界に「さようなら」をいいたくない、ぼくは今でもふいと耳に、ボレロの如き明るく野蛮な生命のリズムが鳴り響き、晴れて澄んだ初秋の午後、アカシアの花々が白く咲き芳(かんば)しく匂う河岸、青い川面(かわも)に白いボオトを浮べ、自分の心や身体を吸いよせ、飽和した満足感で揺り動かし、忘我の陶酔に導いてくれる、そのひとを前にし、軽くオオルを動かしている幻想のよみがえる時がある。例の神を瀆(けが)した為、未来永劫(えいごう)にわたり幽霊船の船長として憩いの許されぬ〝さまよえる和蘭人(フライング・ダッチマン)〟でさえ、女性の無償の愛が得られれば許されるという中世紀伝説があるのだ。だから二十世紀敗戦日本の安っぽい、勝手に死者を気取ったぼくが未だに、こうした幻想に憑かれ、またの日、もう一度、そうした日があり得ることを秘かに信じ、その時に自分の復活があると待望するのも大して可笑しくないだろう。

(ではその日まで、さようなら。ぼくはどこかに必らず生きています。どんなに生きるということが辛く遣切れぬ至難な事業であろうとも——。)

# 解題

西村賢太

田中英光の作品を、角川文庫では過去に二点刊行している。

まず昭和二十六年に、初期の代表作である『オリンポスの果実』を、そして昭和三十一年には晩年の、いわゆる〝無頼派〟時代の四篇（「野狐」「さようなら」「聖ヤクザ」「子供たちに」）を収めた『さようなら』が発刊されたが、これらはともに版を重ねつつも、なぜか早々に絶版の憂き目をみている。

この流れは、田中英光と云う他に類を見ぬアクチュアルな私小説の書き手——そして中村光夫が云うところの、〈その詩魂と体力とで、おそらく我国では桁はずれの大作家になり得た〉その片鱗を知る上では、まこと不運であったと云うべきだろう。

その時期、十一巻にのぼる『田中英光全集』（昭三十九〜四十　芳賀書店）が出るまでの間にも、英光の作はきわめて散発的に刊行されてはいた。が、継続的に流通していたのは新潮文庫版の『オリンポスの果実』のみである。

それかあらぬか、田中英光と云えばかの作だけで語られるケースがやたらと多い。

しかし、例えば過去のその時期——戦後十年から二十年を経た時期に、英光の共産党活動と脱落を描いた「N機関区」や「少女」、長篇「地下室から」等の、政治と文学の弁証的統一を先駆的に試みた〝無惨な私小説〟が文庫本として普及していたならば、その「オリンポスの果実」で放っていた、眩い光とのコントラストはもっと多くの読者を魅了していたに違いないし、また例えば「我が西遊記」や「わが水滸伝」の不羈奔放な翻案や、或いは「酔いどれ船」等の膾炙があったなら、その闊達なエンターテイナーとしての面にもより多くの読者の支持が集まっていたはずで、現在の田中英光に対する評価は、まるで違ったものになっていたと思われるのだ。

現今、田中英光の名が浮上する際には、その殆どが師である太宰治絡みのことであり、かつ、それらの大半はオリンピック出場の元ボート選手、六尺（約百八十二センチ）二十貫（約七十五キロ）の巨漢、酔えばバス停の標識を片手で持ち上げ数町も運ぶ怪力で、太宰の「お伽草紙」の、「カチカチ山」の狸のモデルとも目され、最期は師の墓前にて自死、と云ったレベルの、通り一遍なお定まりの言及にとどまっている。

確かに田中英光の人と作について触れるとき、太宰治の存在と影響は到底切り離せぬものであり、その巨軀と体力も、僅か十年余の創作活動の中で二百もの長短篇を書き得た事実に不可欠ではあった要素の一つだ。小説書きを職業としている者なら、これが歳月に比していかに驚異的な発表数であることかは、実感としてよく分かるところであろう。

だからその辺りの情報と、「オリンポスの果実」一篇に目を通しただけでも、或いは田中英光と云う作家の外郭は摑めるかもしれないが、しかし、やはりそれだけでは勿体ない。この、小説を書くことに憑かれた殉情の無頼派（ここでは、あくまでも晩年の荒れた〝生活無頼〟の面を指したものだが）の真価は、知って絶対に損はないのである。

それなので三年前に、該作家の作品集発刊の打診を本文庫の担当者に行なった際には、はな三冊シリーズでのセレクトを念頭に思い浮かべていた。

田中英光は自死に至る直前期に、もし自身の選集が刊行されることがあれば、三巻本での構成の希望を抱いていたと云う話がある。そして実際にそれは出たのだが、当初はこの収録作をおおむね踏襲し、その上でいくつかの、私が個人的に好む作との差し替えを目論んでいたのである。

だが此度の刊行にあたっての版元の企図は、あくまでも過去に角川文庫で出ていた二冊を併せた復刊としてのものであり、どこまでもそのかたちでの条件の下に了承される運びとなった。

一冊本とは云え、とあれ発刊の実現は喜ばしいことだが、一方で私は、これには甚だ頭をかかえる次第となった。「オリンポスの果実」も「さようなら」も、紛れもなく英光の代表作のうちに数えられるものであり、これらを外しては、確かに〝傑作選〟たり得ぬ体裁となってしまう。が、この二作は何も改めて復刊せずとも、英光の全作中では古書その他で極めて入手し易いことも事実である。しかしながら版元の刊行条件が、今云ったようにその二作をメインとして書名に掲げたものに定められているとあっては、他の収録作を差し替えて、僅かながらも更なる〝傑作選〟としての調整を試みるより他はないが、それとてもこの限られた紙幅の中では、該作家の知られざる真価を伝えることなぞは程遠い。

その田中英光は、大正二（一九一三）年に東京赤坂に生まれている。

父は維新史研究家で文筆家、文部省の維新史編纂にも携わった岩崎英重（鏡川の号で、『維新前史桜田義挙録』三巻等の著がある）で、三姉一兄があったが、母方の田中家との取り決めにより、英光のみ田中姓を名乗って育っている。少年期に鎌倉の別荘に移り、この地で人格形成期を過ごした為か、後年の作には海をモチーフにしたものが多い。

そして湘南中学校、早稲田第二高等学院を経て、昭和七（一九三二）年に早稲田大学政治経済学部へ進学。同年の第十回オリンピック大会（ロサンゼルス開催）に、早大エイトクルーの一員として出場。帰国後は兄の影響で左傾し、非合法の地下運動に加わるも脱落。その後、友人らと同人雑誌を始めて習作を発表。

昭和十（一九三五）年に早大を卒業すると横浜護謨（ゴム）に入社し、京城（けいじょう）に赴任。直後に同人誌に発表した「空吹く風」がきっかけとなって、秘かに注目していたところの、当時無名だった太宰治の知遇を得るようになり、以降、私淑の念を深めてゆく。現地で結婚後、昭和十二（一九三七）年七月に、日中戦争に最初の応召。年内に除隊となるも、翌年に再召集され、中国山西（さんせい）省を転戦する。その間、戦地でも小説を書き続け、そのうちの「鍋鶴」が太宰の尽力で『若草』に載り、これが商業誌での第一作となる。

そして昭和十五（一九四〇）年に召集解除となって復員し、職場も一時東京本社へ転勤になると、早速に三鷹の太宰治を訪れて、念願の初対面を果たした。このとき持参した二百枚の原稿「杏の実」は、「オリンポスの果実」と改題されて、やはり太宰の紹介で『文學界』（現在の同名誌の前身にあたるもの）に掲載、これは第七回池谷信三郎賞を授くこととなった。

該作の発表後は京城勤務に復し、朝鮮文人協会の常任幹事をつとめ、翌年の暮には家族と共に再び東京に戻り、のち戦局の激化に伴い、伊豆の三津浜に疎開。

敗戦の翌月に、人員整理で横浜護謨を馘首されたのを機に、専業作家となる。またその一方で、積年の理想に突き動かされるまま日本共産党に入党し、沼津地区委員長をつとめてガムシャラに書き、ガムシャラに政治活動にも邁進した。

しかし昭和二十二（一九四七）年に理想と現実の壁にぶつかり、〈主義は信じられるが、人間が信じられない〉（「風はいつも吹いている」）として離党。自らを裏切り者として激しい自己嫌悪を抱くようになり、酒と薬物に溺れた挙句に妻子を捨て、新宿の街で知り合った半娼婦と同棲するが、そこに追い討ちをかけるように太宰の自死が重なり、更にそのデカダンは泥濘に嵌まった状態となる。

そして重度の催眠薬中毒による乱行、同棲相手に対する刃傷事件、精神病院入院を経た末に、昭和二十四（一九四九）年十一月三日、三鷹の禅林寺にある太宰の墓前で自裁するのだが、発見されたときはまだ助かる見込みもあって病院に搬送されたものの、同日の夜（私の手元にある、英光の「死体検案書」の原本には、死亡時刻は午後九時三十五分と記されてある）に息を引き取る。――

と、ざっと駆け足的に辿っても、その満三十六年十箇月の生涯は目まぐるしい変遷をみせており、また作品の上でも、それらの足跡のほぼすべてを私小説として昇華させている他に、秀れた歴史小説や中国文学の翻案、童話、カストリ雑誌に書きまくったあらゆるジャンルの読み物（これらがまた、私の目にはどれも云いようのない面白さがあるのだが）等々、まこと多岐にわたっている。

で、その中からの限られた本数のセレクトは、たとえこれが三冊本であったとしても大いに悩んだことに違いないが、今回は現時与えられている状況下で、せめて真価の一端は窺い知れる選を心がけたつもりである。

尚、企画が通ってから発刊をみるまでに三年を要したのは、偏（ひとえ）に私の怠惰さによるところである。

以下、収録各作のデータ的記述を付しておく。


「オリンポスの果実」は、『文學界』昭和十五年九月号（第七巻九号）に発表された。英光生前の刊本としては、高山書院『オリムポス（ママ）の果実』（昭和十五年十二月）に初収録後、小山書店『日本小説代表作全集六　昭和十五年・後半期』（昭和十六年六月）、大幅に加筆訂正を施した鎌倉文庫『オリンポスの果実』〈青春の書3〉昭和二十一年十一月）が刊行されている。

昭和二十六年初版発行の新潮文庫版、角川文庫版ともに鎌倉文庫版を底本として用いており、当然の処置なので本書でもこれを踏襲したが、改めて誤植や改行箇所の不備等を鎌倉文庫版通りのものに訂正し、不明箇所は初出誌、初刊本、各種再刊本を随時参照して校訂を行なった。

また本作冒頭一行目の〈秋ちん〉は、前掲の新潮、角川の二文庫版では〈秋ちゃん〉となっているが、初出から英光本人が大幅に手を入れた鎌倉文庫版まで該箇所は一貫して〈秋ちん〉とある。これは英光自身、書簡中に〝星子〟と云う名の女性を〝星っちん〟と呼び記している例もあり、〝〜ちゃん〟と同じ意味で、〝〜ちん〟と云う、もっと愛称的な呼び名としての判断の下、底本通りに従った。

「風はいつも吹いている」は、『文芸大学』昭和二十三年二月号（第二巻二号）に発表された。英光生前の刊本としては、文潮社『暗黒天使と小悪魔』（〈昭和新文学選〉昭和二十三年十月）に収められている。

本書では初刊本を底本に用い、随時初出誌、再録本を参照した。

「野狐」は、『知識人』昭和二十四年五月号（第二巻五号）に発表された。英光生前の刊本としては、月曜書房『愛と憎しみの傷に』（昭和二十四年十月）に収められている。

本書では初刊本から起こした旧角川文庫版を底本に用いて、随時初出誌、再録本を参照した。

〝桂子もの〟の白眉と目される作である。尚、モデルとなった女性（神奈川県二宮の農家の出身）は、昭和二十九年に交通事故死している。

「生命の果実」は、『別冊文藝春秋』第十二号（昭和二十四年八月）に発表された。英光生前の刊本に収録はなく、月曜書房『田中英光選集』第三巻（昭和二十五年三月）に初めて収録されている。

この作については、英光の自筆による原稿を底本に用いた。但、これは一枚目のみが欠落しているので、その部分は初出誌から引いている。即ち、本書二六〇頁冒頭から同頁九行目の十九字目までである。

原稿での旧字体、旧仮名遣いは、それぞれ新字体、新仮名遣いに改め、オドリ字等も改めたが、俗字や略字はあえて残した箇所もある。

四百字詰原稿用紙四十一枚（残っているのは一枚目以外の四十枚）に書かれているが、初出誌での異同が随分と多い。全集の類とは違い、そのすべてを列記することは本書の性格にないが、重要と思われる箇所をいくつか挙げるなら、二六二頁十五行目の、〈伊伏氏風の小小説〉は、初出誌では、〈伊伏氏風の小説〉、二六三頁十二行目から十三行目の、〈伊伏氏よりも、もっと新らしい感覚〉は、同じく〈伊伏氏とは、ちがった新らしい感覚〉となっており、ともに原稿上での記述の方が、より強いニュアンスである。

当時は雑誌掲載時に著者校のシステムはなかったらしく、作者側では完成原稿として渡してそれっきりとなる慣習であったそうだから、当然この妙な〝調整〟は編集サイドの手によるものだ(因みに、この掲載号には、井伏鱒二の「本日休診」の第一回が合乗りになっている)。この種では二七七頁における〈K・K氏〉(亀井勝一郎)への忖度も、原稿ではより断定的な記述になっている。

また二六七頁六行目の、〈錺屋〉は、原稿では金偏のくずし字が些か判読しにくく、初出誌ではかなり強引に〈テキ屋〉となっているが、英光の実際の行状と照らし合わせても、文中にある朝鮮赴任時に大立ち廻りを演じた相手は、内地から来ていた飾り職の一行であったことから、これは錺屋である。

そして作中に登場する津島＝太宰に関する記述では、英光を模した坂本重道を呼ぶ箇所は初出誌ですべて〈重道君〉や〈重道〉となっていたが、原稿でのその箇所は〈坂本君〉や〈坂本〉と苗字で記されているのでそちらに倣い、二八五頁八行目の〈「水をくくめ。」〉は、初出誌では〈「水をふくめ。」〉だが、無論原稿通りに訂正した。

一方で二六九頁六行目の〈昭和十二年〉は、原稿では〈昭和十三年〉、また二八五頁十七行目の〈戸板〉は、原稿で〈戸棚〉と書かれているが、これはあきらかに英光の誤記なので、それぞれ初出誌を参照して訂正した。

二六二頁九行目の〈私なぞより〉は、初出誌では〈重道なぞより〉で、作中の人称、視点としては初出誌の方が正しいが、ここはあえて原稿通りにしておいた。

尚、この作中には「杏の実」を、太宰が〈中島孤島訳の「ギリシヤ神話」〉を出し、〈本をパラパラとくってから、簡単に、「オリンポスの果実」という題名を選んでくれた。〉とのくだりがあるが、『若草』昭和二十二年四・五月合併号（第二十二巻三号）に発表された英光の随筆、「『オリンポスの果実』を書いた頃」には、〈私はそのとき太宰さんのお宅にあった、「ギリシヤ神話」という本をぱらぱらまくり、太宰さんと相談して、「オリンポスの果実」という題にした。〉（傍点筆者）とある。

この方は、まだ太宰存命中の一文である点、これは「オリンポスの果実」の題名成立を考察する上で、甚だ興味深い。

「離魂」は、『新小説』昭和二十四年八月号（第四巻八号）に発表された。英光生前の刊本としては、月曜書房『愛と憎しみの傷に』に収められている。

本書では初刊本を底本に用いて、初出誌、各種再録本を随時参照した。

「さようなら」は、『個性』昭和二十四年十一月号（第二巻十一号）に発表された。

英光の死の直後に刊行された、月曜書房『田中英光遺作集　さようなら』（昭和二十四年十二月）に、表題作として収録された。

本書の底本には、『田中英光遺作集　さようなら』から起こした旧角川文庫版を用い、初出誌を随時参照したが、三五四頁一行目の〈二十世紀敗戦日本〉は、初出誌、初刊本での〈中世紀敗戦日本〉を、『田中英光遺作集　さようなら』の口絵に掲げられている、英光自筆の原稿による本作末尾部分の当該箇所の文字から訂正を施したものである。本書三五三頁十七行目の五字目以降は、この図版を基にして校訂を行なった。

――と、簡略に収録作の情報を述べえたところまで辿り着き、これで本書における私の役割はすべて終了と相成った。

田中英光についてふれるとき、たとえそれが短文であっても、やはり私はひどく感傷的になってしまう。

だから、はなはかような自身の甘な気持ちを断固排除して、本書の校訂に臨んでいた。

いかな過去にその小説家に格別の思いを抱いてこようと、それをこうした場で披瀝することは、余りみっともいいものではない。もとより読み手にとっては、そんな編者の個人的感傷なぞ、何んら関係もないことである。この〝解題〟も、当初はいかにも解題風に、このまま淡々とした記述で終始させるつもりでいたのだ。

が、しかし――所詮はそうもいかないようである。作業中には、ゲラの頁を一つ消化するごとに、次第に私の中には田中英光が蘇えっていた。

一度は訣別し、二度とその作に接することを自身に禁じていたはずのあの田中英光泣きたい程にほろ苦く、私の内に日なたくさい匂いを放ちつつ、還ってきてしまったのだ。

十九歳のときに、土屋隆夫の短篇ミステリ「泥の文学碑」によってその名を知り、ほんの気まぐれ的な興味から作にふれてみたときは驚愕した。

余りの文章のヘタさと、余りに共鳴できる内容に驚愕したのだ。それまで〝純文学〟なるものは、すべて肌が合わなかった。何が云いたいのかサッパリ分からず、その勿体ぶった〝文学性〟をムヤミと軽蔑もしていた。

が、田中英光の私小説は違っていた。こんなのが〝純文学〟であってもいいのか、と思い、こんなにも魅力的な〝純文学〟がこの世にあったのか、とも思った。

書かれていることは、自身の愚かな振舞いの、その不様さをくどくど述べているに過ぎない。しかし何やらユーモアを湛えた筆致で、一気に読ませてくるのだ。どんなに陰惨で情けないことが叙されていても、それはカラリと乾いて湿り気がない。どんなに女々しいことを述べていても、それには確と叡智(えいち)が漲(みなぎ)り、そしてどこまでも男臭くて心地がいいのである。

実こそ、これが真の意味での小説の名文だったのだ。

初読時に、「離魂」や「野狐」の余りのうれしい衝撃には到底じっとしていられず、当時棲んでいた横浜戸部の安宿を飛びだして、ヤミクモに桜木町近辺を歩き廻ったそのとき以来、私は寝ても英光、覚めても英光の状態になった。来る日も来る日もその作品群の復読につぐ復読で過ごしていた。

間違いなく、英光によって〝私小説〟に開眼させられたのである。

やがて『田中英光私研究』なる小冊子も、順次発行するようになり、その巻末には英光の文体を意識した、つまらぬ〝私小説〟を書いて並べる流れにもなった。

しかし二十八歳のときに、こちらの泥酔の果ての一方的な無礼による、英光の遺族のかたとのトラブルで出禁となったとき、私は自省の念からすべてを諦めざるを得なかった。すでに英光イコール小説であったから、もう二度とその方面への興味も一切持つまいと心に決めて、それで私の〝私小説〟に対する片思いは、きれいサッパリ終わったはずだったのである。

だが、結句(けっく)終わることはできなかった。終われぬままに、そののち小さな同人雑誌で本腰入れて〝私小説〟を書き始め、そして今も尚終われぬままに、〝私小説〟にしがみついている態たらくだ。

それが私にとって幸だったのか不幸だったのかは分からぬが、今回、改めてその原点である作とじっくり向き合えたことは、紛れもなく幸福な展開だった。

田中英光からは、私小説には、気の利いた自然描写や気取った言い廻し、文学的な表現はほぼ不要であることを学んだ。それを知らなかったら、私は今、人前に出す文章なぞ怖くて一行も書けなかったに違いない。

きわめて個人的なことながら、この著者へは再度の長い別れとなる寂寥を嚙みしめつつ、満腔の、不変の敬意と感謝を捧げたいのである。

（小説家）

昭和十三年頃の、戦地での田中英光（編者蔵）

昭和二十四年の田中英光（撮影＝林忠彦）

といふ自作の載つた、日本ロマン派ぶざを送つてきて、手本にするやうにといつてくれたが、魯迅の五百枚の長篇は、ほかの同人の反対があるとかで、いつ迄たつても、陽の目をみなかつた。

やがて昭和十三年の夏、支那事変勃発と同時に、魯迅は補充兵として京城の竜山部隊に召集された。彼は、自分だけは（明日も知れぬ生命）と思つたかして考へ、さんぶ泣き言を津島さんに書いて送つた。すると津島さん

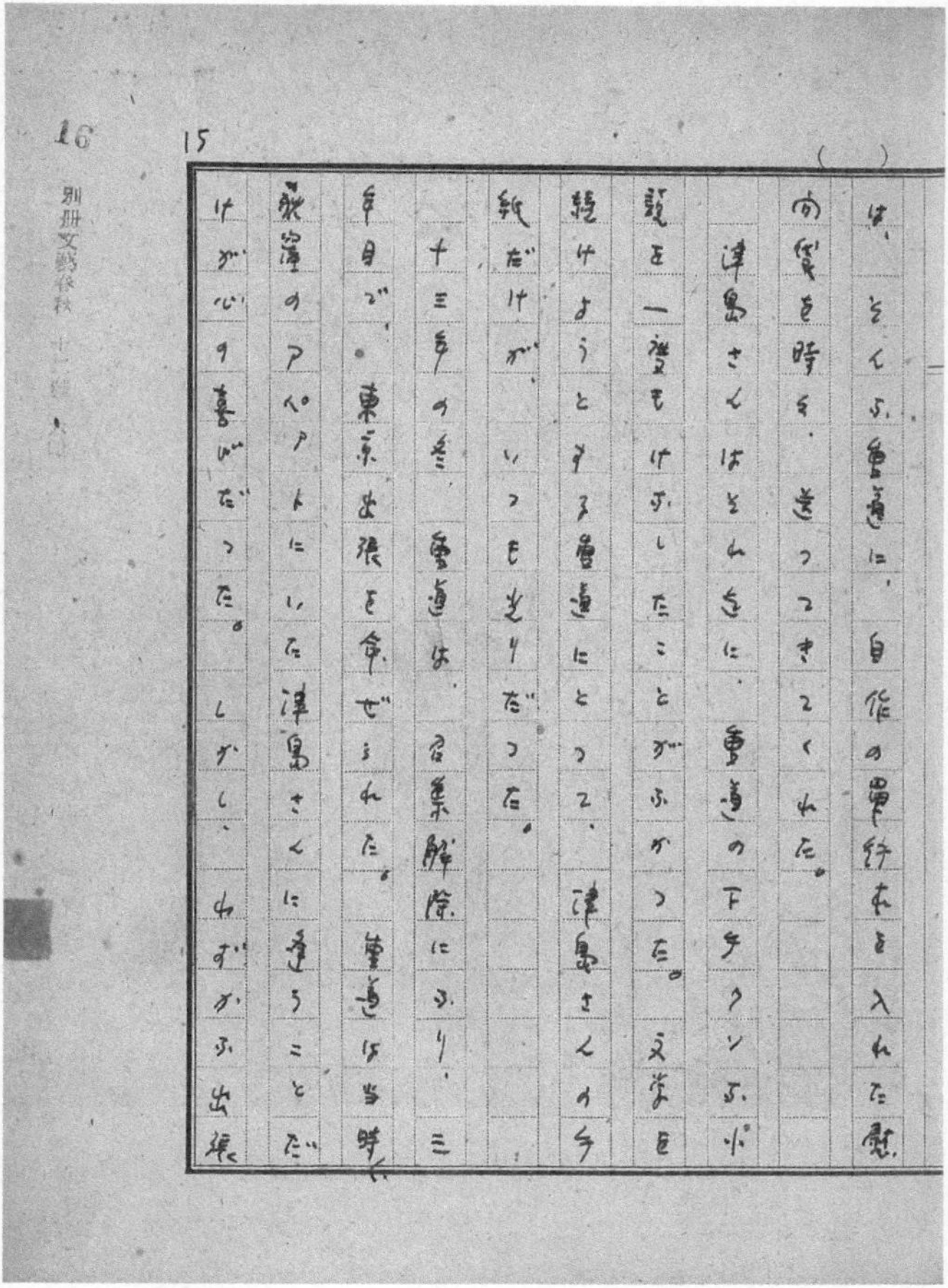

16

別冊文藝春秋

15

は、とくに重道に、自作の単行本を入れた慰問袋を時々、送つてきてくれた。

津島さんはそれ迄に、重道の下手クソな小説を一度もけなしたことがなかつた。文学を続けようとする重道にとつて、津島さんの手紙だけが、いつも光りだつた。

十三年の冬、重道は召集解除になり、三年目で、東京出張を命ぜられた。重道は当時荻窪のアパートにいた津島さんに逢うことだけが心の喜びだつた。しかし、わずかな出張

「生命の果実」自筆原稿（編者蔵）

昭和二十四年（撮影＝林忠彦）

全然、体力はなくなっている癖に、反って、その薬の酔いで、私は強いような錯覚をもち、殺気みなぎるような酒の飲み方になったらしい。楽天家のSが、しきりに、「オイ愉しく飲もうや。」と勧めてくれたのと、又、彼のもとに遊びに来ている、愛読者らしい美しい娘さんを二、三人、座にはべらせてくれたのを覚えているが、その中、私の意識はガクッと参った。

ただひとりで、広い野原をよろめきながら歩いてゆく。すると、あの女が、私の前に顔を出し、私を嘲笑して、向うに駆けてゆく。私はよろめき、転びながらも、彼女を追って野中の一軒家のような家に土足で上る。畳の上に寝ているのは、瀕死の老人。その病床の周囲を、私は女と走り廻るので、老人が手を合せ、どうぞ出ていって欲しいと頼むから、私も承知して表に出る。

そして、いつの間にか、またあの女と手を組んで広い野原を歩いている。女の、「危ないわよ。しっかりして。」というハラハラ声も耳に入る。だが、その中、私は原ッぱの真中の穴の中にスッポリ落ちる。真暗な中で、ひとり横になっているだけで、身動きもできない。やがて時間が経つと、私は轟々（ごうごう）と唸る電車の土間に倒れている自分に気がつく。靴もなくしているし、原稿を入れたボストンバッグもない。次に止まった駅名を読むと小金井とある。私はひとりで、東京から反対の方向にやってきたのだ。

私は慌てて、その駅で降り、東京の女の家に帰ってみようと思う。そこに帰れば、どうしてSの家を出たかもハッキリすると思う。また、そのように汚れ傷ついた身体で帰れるのは、その女の家より他にないと思う。

東京に帰りついたのは、すでにトップリと日の暮れた頃。電車の切符もなしに改札を出たが、駅員も始末の悪い酔漢と睨んでか、なんの文句もいわなかった。女の家には、裏口からそッと入ってゆく。女はすでに酔いが覚めて寝ており、温和しく、私を上げてくれる。私はまだ、薬の殺伐な酔いが残っているので、何故、酔った私を見棄てて逃げたかと烈しく女を責める。

だが私がS家で意識を失った後の詳しい話をきくと、あまり女を責められない。急に私の酔いが深くなり、(俺は昨夜、女の家の硝子戸を三十六枚も割った)と妙な自慢ばかり始めたのをみると、KがSに気兼ねして、早く帰ろうと私をせかした。すると私は反射的に帰らないという。それでは泊ってゆけ、とSが勧めてくれると、私は天邪鬼(あまのじやく)的に、それでは帰ると云い出す。

こうした酔い方は、歪んだ女の酔い方で、前から私のものではなかった。私の酔いが、女の酒乱に似通ったものになったのに私はぞッとする。(それでは、やっぱり帰るか)とKが優しく、玄関まで、ヨロつく私を送ってくれたのに、私はいきなり、「余計なことをするな。」と、そこにあった朴歯(ほおば)の下駄で、Kの横顔をぶん撲ったそうだ。それにKも女も飛んで逃げる。私は女の名前を怒号し、彼女の姿を求めて、S家の上下を泥靴のまま、右往左往する。

S家の文机を一つ引提げ、それで女をぶん撲るのだと喚き、机を地面にぶちあて、目茶苦茶に毀してしまった。又、硝子戸はこうして割るのだと、二、三枚、拳骨で毀したという話。奥の間に布団をかぶって寝てしまったSの枕頭(ちんとう)まで、私が泥靴で推参したので、

「ここはぼくの家だ。帰ってくれ給え。」と叱られ、その時は温和しく庭におりた。

また、みんなに、「あなたが連れて帰って下さい。」と怒られるので、女がこわごわ、私のもとにくると、私は意外にも猫のように温和しくなり、女と一緒にS家を出た。けれども私は、薬に腰を取られているので、真直ぐ歩けない。二十貫の私にふり廻されて、女は閉口する。その中、私は路のマンホールに落ち、靴を落した。女がそれを拾ってくれている中、私はボストンバッグを置き去りにして姿がみえなくなったのだということ。

そして私の短靴も、ボストンバッグも、女は大切に持って来てくれていた。だから前の女の話が全部、正確でないにしても、私には女が責められない。私はむしろ女に感謝する気持になり、彼女の細い首を抱き、死んだようになって眠る。生理も心理も疲れ切っている為の私の凄まじい歯ぎしりに大鼾(おおいびき)。それから夜中に、夢遊病のように

立上り、隅の柱と格闘しながら、女の名前を呼ぶ。女は眼を覚まし、そうした私の手を優しくひいて、手洗に連れていってくれる。私は小便が出かかっていたのだ。

朝、私には幾らかの精力がよみがえってくる。傍にある女の生温かい肉体。私は習慣のように彼女を烈しく抱いてしまう。肉慾の恋には、ある神秘めいたものさえひそんでいると、夢想していた、前年の愚かな私。第一次大戦後のハクスレェの作品、「ポイント・カウンタア・ポイント」で、登場人物のスパンドレルが既に次のようにいう。

「たいていの放蕩なぞというものは、なにも積極的にされるのではなく、ただそれがなくなれば淋しくて堪らないというので繰返しているに過ぎない。習慣という奴は、どんな贅をつくした享楽をも単に退屈平板な日常の必要にしてしまう。女にせよ、酒にせよ、一度習慣になってしまえば、今度はそれなしで生きられないこと、パンや水と同じになる。乱行そのものは、たとえパンや水のように、少しも面白くない一片の習慣に化してしまったとしても、さてそれを止めることはできないものだ。享楽にとっても、悪行にとっても、習慣というものほど絶望的なものはない。」

歴史は繰返す。前人たちの偉大な悩みを、私はただ汚なく、ちッぽけに堂々廻(めぐ)りしているだけ。そこで私は必然的に、前年に自死した、師兄と仰いでいた津島治さんの、私に対する強烈な影響を思う。

津島さんが不意と、伊豆M海岸の私の疎開先を訪ねられたのは、昭和二十二年の二月。その時、私は共産党の地方委員として、選挙運動に忙がしかった。而し、地方委員会に電話があったので、私は喜んで家にかえる。津島さんは、私の家の下の宿屋に一室を借り、すでに、「斜陽」を十枚ほど書かれた処。選挙演説に喉を潰している私をみると、「バカな奴、ただ右往左往して、喚き泣いてきたという顔じゃないか。」と愛情深く笑われた。

それから津島さんと久し振りの酒。私は、党の特定の幹部たちに対する感情的な不満を述べる。私は、小説の種取りに入党したとさえ罵られているから、もう離党しようかと思う、それについて津島さんの御意見をききたいというと、津島さんは一瞬、厳粛な顔になる。そして、自分には返事ができない。だが、もし君が党を止めれば、それで安心する若い人たちがいるとはいえると思うといわれた。

それは複雑な意味の御返事だったが、私はそれを簡単に、離党を勧められたと思う。そして、それから十日間、私はいつも夕方から津島さんの酒のお相手。（この世の中は、結局色と慾さ。）という その頃の津島さんの哀しい口癖を、そのまま私流に単純に受け取ってしまう。

既にジャァナリズムの寵児であり、愛人をもっている津島さんの真似をしたいと、私は醜く、アガキだす。津島さんの東京に帰られた後、私は書きなぐり原稿を臆面もなく、各雑誌社に送りこみ、その中のどれか一作かが、ヒットにならぬものかと思ったり、また女の知人の手紙には、どれもこれも、恥も外聞もなく、恋人が欲しいというような、汚ならしい頼みを書く。

その結果、私は所謂カストリ雑誌の一寸した流行子となり、恋人は、前に書いたような異常で下等な女を、街で拾うこととなる。おまけに、私は得々として、一昨年の暮、その女を連れ、津島さんの仕事部屋を訪れた。そこには津島さんと一緒に死んだT子さんもいる。やがて四人で酒盛りが始まるが、津島さんが生に疲れ切り、死に憩を求めている姿がバカな私にもチラッチラッと分る。けれど、愚鈍で無力な私にはどうする力もない。ただ津島さんのお道化と一緒になって、フザケ笑うばかり。

だが私より無知な女は、私たちが文学の話ばかりしていると怒る。又、誰も彼もがクタクタの津島さんにタカっていた。その頃、私が、その酒宴の勘定を引き受けたことまで、憤慨する。（先輩が後輩にオゴラせるなんて間違っているわよ。）その怒りが、次の朝、また津島さんと四人で飲みはじめた時、女の酒乱になって、私に向けられる。

津島さんが、飲み屋の主人の短かい半纏を借り着し、「これがイキというものでござえます。」と、例のハニカミ笑いをしている時、私の女は、しきりに英語でジャズを歌い、流行歌を歌いまくる。つまり、全然、ピントが合わないから、私が少し彼女をたしなめると、女は猛烈に、私の顔の棚下しを始めた。

「なによ、そんな顔、みたくもないわ。まだ若いのに皺だらけだし、鼻が胡座(あぐら)をかいてサ。」私は死ぬほど悲しい思いで、霜枯れの庭を見ていた。而し、私は津島さんの厳粛な眼が、痛いほど私の横顔に注がれていたのを知っている。

帰り道。津島さんは、ピョンピョン跳ねるように歩く、彼女のお尻を叩きながら、何事か囁いているのがT子さんとゆっくり歩いている私の眼に入った。後で、その時、津島さんがなんと囁いたか、女にきいてみると、（取ってすぐ散じる作家の世界は愉快だろう。）ということに、（女は本当に私を好きか）という二つの問い。そのどちらにも、酔っていた女はノオを答えたという。

その時の飲み屋の借金を、女がいつ迄も根に持っているようなので、私は津島さんに送金できず、つい昨年六月、自死される時まで、二度と逢う機会を持ち得なかった。そもそも、私が自分の心を見失うほど酔うようになったのは、この津島さんの死を聞き、三鷹に飛んでいった夜のことである。私は、津島さんが、（俺たちはどうせ時代の犠牲者。お前も早くオイデ。）と手をあげているようにも思えたし、又、その反対に、（俺の文学の最後の開花は死だ。お前の猿真似は実に意味がないよ。）と冷たく拒否しているようにも思える。私の心は煮え湯に落ちたじゃり蟹のように七顛八倒。私はカルモチンを肴に、ウイスキイをガブ飲みしては号泣し、先輩たちに迷惑をかけ、ついに自分の意識の糸がプッツンと切れるほど酔った。

その夜おそく、私は詩人のMに送られ、新宿の女の家に帰ったが、短靴は片方なくしているし、背広の右袖もカギ裂きにしている。そして三鷹にゆく時、女が私に渡してくれた三千円の金もなくし、代りに一枚の安っぽい女ハンケチが内ポケットに入っていたという。この時、Mは、「なにも叱らず休ませて上げなさい。」と女にいってくれたので、事件の異常さもあり、私はあまり責められずに済んだ。

さて、私たちの間に破局的な出来事が続いたその朝、私は哀しい習慣になった女との、味のない抱擁を済ませ、ふッと私の本心は、三鷹の禅林寺、津島さんのお墓の上に置き忘れてあるように思う。

強力催眠剤を五十錠も飲み、そのお墓まで辿りついて、左手の動脈を軽便剃刃で切ること。それが私を置き去りにした津島さんや、ひどい眼にあわせた女への復讐になると思うと、自分の文学や人生の敗北もかまわず、ヤモタテもなく、それを実行したくなる。

だが私は、小石川のほうに慎ましく暮しておられる津島さんの遺族の方々に、それがどんなショックになるだろうと思うと、それを実行する勇気を失う。そして思いは、もっと惨めな自分の妻子の上に返ってくる。私は死なないで、この女と別れよう。落着いて仕事もでき、お金も入るようになったら、できるだけ女の生活もみて上げよう、そう思い、そう女に云いきかせ、私は三度、ボストンバックを抱いて、女の家を出る。

別れる時、女が私の唇の上に残した軽い接吻。それが私にあの惨めな習慣をいつ迄も、連想させ、最早、東京に出てきている妻子のもとに真直ぐ帰る気持にならせない。思い切一つの習慣を立ち切る為には、私は自分の身体を別の方向にゆさぶればよい。思い切った禁欲生活に入る前に、私は思い切り放浪し、遊んでみたい。

その為、なによりも必要なものはお金。私は間もなく本の出る本屋で、一万円の前借をするのを思いついたが、いまの世に思い切って遊ぶのに一万円では少し心細い。私はあれほど、こちらが面倒をみてあげるのが当然で迷惑をかけては悪いと思っていた津島家に、催眠剤に酔って、ノコノコ出かけてゆき、喜んで迎えてくれた奥様に（女に別れる為の金）と直接的には嘘をつき一万円のお金を借りる。

そして二万円の金を手に入れると、やや世の中が明るくなったみたい。私は子供の頃から大好きだった浅草に出かけてゆき、顔馴染の飲み屋に上る。そこの、昔、女漫才だったお内儀は寝ていたが、私の顔をみると、すぐ元気よく起き、酒の支度をしてくれる。私はまたタッタ二万円の金で、すぐに願望のものが右から左に手に入る錯覚がある。その願望とは、浅草の、フウテンなレビュー・ガアルと遊んでみたいこと。それは、この近所に住んでいる浅草物を専門に書くNが、新宿の家に遊びにきては、いとも容易なことと、私に宣伝したお蔭もある。

そこで私は使いを出し、Nを呼んで貰う。Nは私より七ツ歳下だが、幼い頃から父に死なれ、よその飯を食べ大きくなったので、歳よりも大分、老けてみえ、苦労してきた東京者の常として、ひどく調子が好い。間もなくニコニコ顔で入ってくると、

「あれッ、また飛びだしたのね。それでも、すぐ新宿に帰るんじゃない。」と、私をひやかすようにいう。

「笑談いうな。もう絶対に帰らない。それより君のいつか云っていたレビュウ・ガァルと遊んでみたいんだ。すぐここに呼んでくれよ。」その瞬間、Nは一寸、深刻な表情になる。

いツぞやの自分の法螺を思いだしたのだろう。「御飯たべるのぐらい、大丈夫、つきあってくれるネ。」と、お内儀に念を押すようにして、実は私にも念を押し、ある劇団の楽屋に使いを出す。Nの彼女だと自称する女優にもう一人の女優を呼んだのだが、やがて、やって来たのは、Nの彼女だというほうがひとり。なるほどNの自慢するだけ、私の女よりは美しいが、同じくらい白痴でもあるようだ。

Nはしきりにその女優と喋々喃々たる処を私にみせつけるから、催眠剤と酒の酔いで、殺伐な気持になっていた私は、なんて友情のない奴だろうと大ムクレ、ふいと飛びだすと、その辺の新興喫茶にフラリと入っていった。それは、私の女が新興喫茶に勤めていることの郷愁である。

だが、新興喫茶という処は、ビイル一本のんでも二、三千円とられる。バカな闇屋

# 角川文庫ベストセラー

首　金田一耕助ファイル11　横溝正史

滝の途中に突き出た獄門岩にちょこんと載せられた生首。まさに三百年前の事件を真似たかのような凄惨な村人殺害の真相を探る金田一耕助に挑戦するように、また岩の上に生首が……事件の裏の真実とは？

悪魔の手毬唄　金田一耕助ファイル12　横溝正史

岡山と兵庫の県境、四方を山に囲まれた鬼首村。この地に昔から伝わる手毬唄が、次々と奇怪な事件を引き起こす。数え唄の歌詞通りに人が死ぬのだ！　現場に残される不思議な暗号の意味は？

三つ首塔　金田一耕助ファイル13　横溝正史

華やかな還暦祝いの席が三重殺人現場に変わった！　宮本音禰に課せられた謎の男との結婚を条件とした遺産相続。そのことが巻き起こす事件の裏には……本格推理とメロドラマの融合を試みた傑作！

七つの仮面　金田一耕助ファイル14　横溝正史

あたしが聖女？　娼婦になり下がり、殺人犯の烙印を押されたこのあたしが。でも聖女と呼ばれるにふさわしい時期もあった。上級生りん子に迫られて結んだ忌わしい関係が一生を狂わせたのだ――。

悪魔の寵児　金田一耕助ファイル15　横溝正史

胸をはだけ乳房をむき出し折り重なって発見された男女。既に女は息たえ白い肌には無気味な死斑が……情死を暗示する奇妙な挨拶状を遺して死んだ美しい人妻。これは不倫の恋の清算なのか？

## 角川文庫ベストセラー

**八つ墓村** 金田一耕助ファイル1 横溝正史

鳥取と岡山の県境の村、かつて戦国の頃、三千両を携えた八人の武士がこの村に落ちのびた。欲に目が眩んだ村人たちは八人を惨殺。以来この村は八つ墓村と呼ばれ、怪異があいついだ……。

**本陣殺人事件** 金田一耕助ファイル2 横溝正史

一柳家の当主賢蔵の婚礼を終えた深夜、人々は悲鳴と琴の音を聞いた。新床に血まみれの新郎新婦。枕元には、家宝の名琴〝おしどり〟が……。密室トリックに挑み、第一回探偵作家クラブ賞を受賞した名作。

**獄門島** 金田一耕助ファイル3 横溝正史

瀬戸内海に浮かぶ獄門島。南北朝の時代、海賊が基地としていたこの島に、悪夢のような連続殺人事件が起こった。金田一耕助に託された遺言が及ぼす波紋とは？　芭蕉の俳句が殺人を暗示する⁉

**悪魔が来りて笛を吹く** 金田一耕助ファイル4 横溝正史

毒殺事件の容疑者椿元子爵が失踪して以来、椿家に次々と惨劇が起こる。自殺他殺を交え七人の命が奪われた。悪魔の吹く嫋々たるフルートの音色を背景に、妖異な雰囲気とサスペンス！

**犬神家の一族** 金田一耕助ファイル5 横溝正史

信州財界一の巨頭、犬神財閥の創始者犬神佐兵衛は、血で血を洗う葛藤を予期したかのような条件を課した遺言状を残して他界した。血の系譜をめぐるスリルとサスペンスにみちた長編推理。

# 角川文庫ベストセラー

疾走 (上)(下)　重松　清

孤独、祈り、暴力、セックス、殺人。誰か一緒に生きてください――。人とつながりたいと、ただそれだけを胸に煉獄の道のりを懸命に走りつづけた十五歳の少年のあまりにも苛烈な運命と軌跡。衝撃的な黙示録。

哀愁的東京　重松　清

破滅を目前にした起業家、人気のピークを過ぎたアイドル歌手、生の実感をなくしたエリート社員……東京を舞台に「今日」の哀しさから始まる「明日」の光を描く連作長編。

みぞれ　重松　清

思春期の悩みを抱える十代。社会に出てはじめての挫折を味わう二十代。仕事や家族の悩みも複雑になってくる三十代。そして、生きる苦みを味わう四十代――。人生折々の機微を描いた短編小説集。

とんび　重松　清

昭和37年夏、瀬戸内海の小さな町の運送会社に勤めるヤスに息子アキラ誕生。家族に恵まれ幸せの絶頂にいたが、それも長くは続かず……高度経済成長に活気づく時代と町を舞台に描く、父と子の感涙の物語。

みんなのうた　重松　清

夢やぶれて実家に戻ったレイコさんを待っていたのは、いつの間にかカラオケボックスの店長になっていた弟のタカツグで……。家族やふるさとの絆に、しぼんだ心が息を吹き返していく感動長編!

# 角川文庫ベストセラー

二度はゆけぬ町の地図　西村賢太

日雇い仕事で糊口を凌ぐ17歳の北町貫多は、彼の前に現れた一人の女性のために勤労に励むが……夢想と買淫、逆恨みと後悔の青春の日々とは？　『苦役列車』の著者が描く、渾身の私小説集。

人もいない春　西村賢太

親類を捨て、友人もなく、孤独を抱える北町貫多17歳。製本所でバイトを始めた貫多は、持ち前の短気と喧嘩っぱやさでまたしても独りに……『苦役列車』へと連なる破滅型私小説集。

一私小説書きの日乗　西村賢太

11年3月から12年5月までを綴った、無頼の私小説家・西村賢太の虚飾無き日々の記録。賢太氏は何を書き、何を飲み食いし、何に怒っているのか。あけすけな筆致で綴るファン待望の異色日記文学第1弾。

冷静と情熱のあいだ　Rosso　江國香織

2000年5月25日ミラノのドゥオモで再会を約したかつての恋人たち。江國香織、辻仁成が同じ物語をそれぞれ女の視点、男の視点で描く甘く切ない恋愛小説。

泣く大人　江國香織

夫、愛犬、男友達、旅、本にまつわる思い……刻一刻と姿を変える、さざなみのような日々の生活の積み重ねを、簡潔な洗練を重ねた文章で綴る。大人がほっとできるような、上質のエッセイ集。

# 角川文庫発刊に際して

角　川　源　義

第二次世界大戦の敗北は、軍事力の敗北であった以上に、私たちの若い文化力の敗退であった。私たちの文化が戦争に対して如何に無力であり、単なるあだ花に過ぎなかったかを、私たちは身を以て体験し痛感した。西洋近代文化の摂取にとって、明治以後八十年の歳月は決して短かすぎたとは言えない。にもかかわらず、近代文化の伝統を確立し、自由な批判と柔軟な良識に富む文化層として自らを形成することに私たちは失敗して来た。そしてこれは、各層への文化の普及滲透を任務とする出版人の責任でもあった。

一九四五年以来、私たちは再び振出しに戻り、第一歩から踏み出すことを余儀なくされた。これは大きな不幸ではあるが、反面、これまでの混沌・未熟・歪曲の中にあった我が国の文化に秩序と確たる基礎を齎らすためには絶好の機会でもある。角川書店は、このような祖国の文化的危機にあたり、微力をも顧みず再建の礎石たるべき抱負と決意とをもって出発したが、ここに創立以来の念願を果すべく角川文庫を発刊する。これまで刊行されたあらゆる全集叢書文庫類の長所と短所とを検討し、古今東西の不朽の典籍を、良心的編集のもとに、廉価に、そして書架にふさわしい美本として、多くのひとびとに提供しようとする。しかし私たちは徒らに百科全書的な知識のジレッタントを作ることを目的とせず、あくまで祖国の文化に秩序と再建への道を示し、この文庫を角川書店の栄ある事業として、今後永久に継続発展せしめ、学芸と教養との殿堂として大成せんことを期したい。多くの読書子の愛情ある忠言と支持とによって、この希望と抱負とを完遂せしめられんことを願う。

一九四九年五月三日

田中英光傑作選
オリンポスの果実／さようなら　他
田中英光　西村賢太編
平成27年 11月25日　初版発行
令和 6 年 10月30日　14版発行
発行者●山下直久
発行●株式会社KADOKAWA
〒102-8177　東京都千代田区富士見2-13-3
電話　0570-002-301（ナビダイヤル）
角川文庫 19403
印刷所●株式会社KADOKAWA
製本所●株式会社KADOKAWA
表紙画●和田三造

●お問い合わせ
https://www.kadokawa.co.jp/（「お問い合わせ」へお進みください）
※内容によっては、お答えできない場合があります。
※サポートは日本国内のみとさせていただきます。
※Japanese text only

ISBN978-4-04-103454-5　C0193
◆◇◇

本文中には、今日の人権擁護の見地に照らして不当・不適切と思われる語句や表現がありますが、作品発表時の時代的背景を考え合わせ、また著者が故人であるという事情に鑑み、原本のままとしました。
旧字・旧仮名遣いは現代表記に改め、一部のルビを追加しております。

編集部